기억의
정원

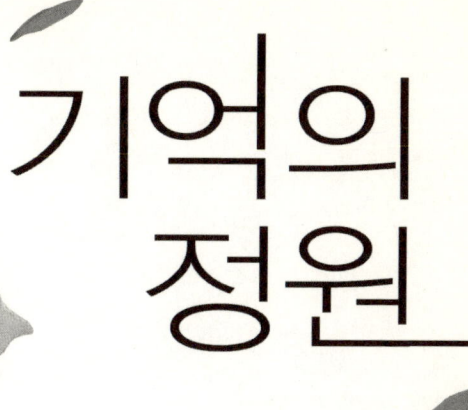

기억의
정원

이대동창문인회 엮음

개미

빈 배 虛船

　배로 강을 건너는데 빈 배 하나가 떠내려 와서 자기 배
에 부딪혔다면 아무리 성질 급한 사람이라도 화를 내지
않을 것입니다. 그런데 떠내려 오던 배에 한 사람이라도
누군가 타고 있다면 당장 소리치며 피하거나 물러가라고
할 것입니다. 한 번 소리쳐서 듣지 못하면 다시 소리치
고, 그래도 듣지 못하면 결국 세 번째 소리치는데, 그땐
반드시 욕설이 따르게 마련입니다. 조금 전에는 화를 내
고 지금은 화를 내지 않은 것은 조금 전에는 배가 비어
있었고, 지금은 배가 채워져 있기 때문입니다. 사람들이
모두 자기를 비우고 인생의 강을 흘러간다면(세상을 산다면)
무엇이 그에게 해를 끼칠 수 있겠습니까?

— 「장자」 산목山木편에 나오는 글에서

2부
그래도 살맛 나는 세상

4부
서러움도 아름다운 깊은 밤

우리 모두 세월의 품안에 있음을

강숙희

‖ 수필가, 불문학과 78 ‖

새하얀 모시 치마저고리에 양산 받쳐 들고 칸나 활짝 피어 있는 장독대를 지나 외출하는 여인의 모습이 홀연히 떠오른다. 여름 한낮의 고요, 텅 빈 적막한 집안에 홀로 내던져 있을 때면 이따금 떠오르는 나만의 오랜 영상. 바깥은 한낮의 열기로 온 세상이 숨을 헉헉대고 있을 시간, 이 절대의 고요를 사랑한다. 침묵의 바다로 침잠한다.

따르릉…… 전화소리는 바깥세상과 나를 기어이 이어 놓는다. 단아한 한복의 여인도 붉은 칸나도 허공에 흐트러져 갔다. "나야." 선배의 목소리는 고요의 바다를 한없이 떠돌고 있는 나를 시끌벅적 육지 위로 건져 올려놓는다. 문득 집안의 모든 사물들이 혼곤함에서 깨어난 듯 시계의 똑딱 소리가 귓가에 들려온다. 간단한 용건을 전해 듣고 이 얘기 저 얘기 나누며 우리는 한낮의 느슨함에 젖어 들어갔다.

언젠가 다녀왔던 양로원의 어느 할머니 얘기를 했다. 그날 우리 봉사단원들은 그곳의 고추밭과 콩밭을 매러 나갔다. 한참 일을 하는데 멀지 않은 곳에서 누군가가 어린아이처럼 야단을 맞고 있는 소리가 들렸다. 어느 할머니가 잡초 대신 고추나무를 죄다 뽑고 있었다. 할머니는 길가의 풀을 뽑으라고 명령을 받고 고추밭에서 퇴출당했다. 밭일이 끝나고 나오다가 뽑지 않아도 될 길가의 풀포기를 아직도 뽑고 있는 그녀와 눈이 마주쳤다. "나, 하인들이 이런 거 하는 것 보고 배웠어." 했다. 은회색의 컷트머리에 금테 안경은 어느 노교수의 모습을 연상시켰건만 맑은 정신은 이미 아닌 듯했다. 가슴이 저려왔다. 나중에 애기를 들으니 치매 노인인데 우리들을 따라 그토록 밭에 나오고 싶어 했다는 것이다. 순간순간 꿈과 현실이, 과거와 현재가 구분되지 않는 세계에 살고 있는 분이었다. 그날 그 할머니는 살아낸 그 무수한 삶의 강물 위 어디쯤을 떠돌고 있었을까?

내 애기를 묵묵히 듣고 있던 선배가 말했다. "나는 우리 아들한테 엄마가 더 이상 너를 알아보지 못하게 되면 좋은 시설이 있는 요양소로 꼭 보내달라고 말했어. 남은 재산을 모두 너에게 줄 테니 그것을 비용으로 쓰고, 네가 엄마를 버렸다고 생각하지 말고 꼭 그렇게 해 달라고 했어. 엄마가 너를 못 알아보니 네가 엄마를 버린 것이 아니야 라고 하면서. 그 아이는 그러마고 약속했어. 엄마를 진심으로 사랑하는 아이니까."

가슴이 옭죄어 오더니 뜨거운 무엇이 목구멍에 꽉 들어찬 듯 더 이상 이야기를 이어갈 수 없어 전화를 끊고 말았다. 내 마음속 어느 곳에선가 어느새 하나씩 둘씩 피어나는 피나물, 작은 노랑 꽃잎을 달고서 산에 지천으로 깔려있던 그것들이 슬로우 모션으로 내 마음속을 가득 메우고 있었다. 피나물 줄기를 꺾으면 붉은 즙이 나온다. 슬픔에 절어버린 마음에서 배어나오는 아픔의 핏방울처럼.

몇 해 전 신문 한 귀퉁이에 난 시 구절을 보고 자맥질하던 해녀가 물 위로 떠올라 숨을 고르려고 내뱉는 숨비소리처럼 일상의 수면 위로 떠올라 깊게 숨을 고르는 듯한 그런 날이 있었다. 불혹을 넘긴 나이에 앞으로 살아갈 날이 지금까지 살아온 날보다 짧다는 그런 구절이었다. 당연한 그 사실에 마음 밑바닥까지 뒤흔들리는 충격을 받았다. 세월의 강물을 따라 무심히 흐르다가 어느 날 물 위에 떠 있는 부표를 보고 문득 어디쯤 왔나를 깜짝 놀라 허둥대며 헤아려 보았던 그런 날이었다.

Memento mori, 우리 언젠가는 이 세상을 떠난다고 무심코 얘기한다. 인간의 생로병사를 삶의 과정으로, 자연의 섭리로 당연시하며 죽음도 삶의 과정이며 우리 일상은 죽음을 향해 하루하루 나아가고 있노라고 스스럼없이 말하지 않았던가. 어쩌면 그때까지만 해도 삶의 끄트머리를 구체적으로 그려보기에는 너무 젊어서였을까. 노년이란 먼먼 훗날 맞게 될 실감나지 않는 삶의 또 다른 부분으로 여기고 있지나 않았었는지.

얼마 전 가족의 우환으로 병원 중환자실을 들락거렸다. 처음에는 여러 고통의 모습이 차마 쳐다볼 수 없을 만큼 두려웠다. 시간이 흐르면서 인간이 인간일 수 없도록 만드는 병마에 한없는 슬픔과 연민이, 알 수 없는 분노가 가슴을 짓눌렀다. 정신과 육체가 다 함께 건강한 노년을 맞아 인간답게 삶의 끝 지점에 다다를 수 있다는 것이 얼마나 커다란 복락인지 사무치도록 깨달았다. 이승에서 목숨 다하여 세상 뜰 때까지 정신 놓지 않고 건강하게 사는 것, 가까운 이들과 가족에게 귀찮은 존재가 되지 않고 환영받는 노년을 살 수 있는 복을 달라고 간절히 빌고 싶어진다. 그러나 돌아보면 나를 위한 기도할 틈이 아직은 별로 없다. 나보다 먼저 기원해야 할 사랑하는 사람들이 먼저 떠오르니 아직은 젊다고 해야 할지.

지난밤 제사상에 올라앉은 어머니 사진을 보니 와락 그리움이 인다. 어머니의 세월, 그 회상의 시간은 사진 속 그 모습으로 언제나 그렇게 정지되어 있다. 그렇듯 우리 모두 언젠가는 추억의 사람으로 남게 될 것을. 정다운 이들에게는 절절한 그리움으로 남게 될지도 모를 것을. 부박한 우리네 인생, 사라져 갈 날들 위를 떠돌며 꾸는 한낮의 짧은 꿈인지도 모를 것을.

우리 모두 세월의 품안에 있음을 어찌하랴.

내 마음속 풍경
— 사랑하는 아오스팅께

구자숙
▌수필가, 국문학과 60 ▌

그날 전의역 대합실까지 조롱박 아치문으로 걸어 나왔던 것을 오랫동안 잊을 수가 없어요. 탐스러운 넝쿨과 푸른 잎이 얽혀 그늘진 지붕 아래로 애기 주먹만한 조롱박 수백 개가 주렁주렁 매달린 것이 여간 귀여운 것이 아니었어요.

당신은 빨리 나오라고 재촉했지만 조롱박이 발목을 잡더라구요.

마침 우리를 마중 나온 딸이 순간의 모습을 찍으려 하니 당신은 "사진을 정리하고 있는 터에 무슨 사진이냐"며 마지못해 내 옆에 서 주었지요.

그날 아침 딸의 전시회를 보기 위해 대전 가톨릭대학으로 출발하게 되었는데, 당신은 언제나처럼 "노 노" 하며 고개를 저었어요. 함께 가 줄 의사가 전혀 없는 것같이 하더니 오히려 먼저 앞장을 서서 동행을 해주었지요. 이왕 같이 갈 것을 언제나 "노 노" 하는지 그 습관이 평생 가는 것 같네요.

오랜만에 열차를 타서인지 기분이 좋았어요. 굳이 새마을호라고 헛기침까지 치며 우기는 당신의 고집도 변함이 없구요.

며칠 후 현상된 사진에 조롱박 족두리가 당신 흰 머리 위에 앉아 있는 것을 보는 순간, 문득 하찮은 일로 말싸움을 자주했던 신촌집 생각이 났어요. 이백 포기나 되는 김장을 했던 다음날이었지요. 나는 따끈따끈한 안방에서 연년생인 지영과 호영이를 끼고 푹 쉬고 싶은 마음에 출근하기 싫었답니다.

방글방글 웃는 지영이와 젖을 물고 놓지 않는 호영이를 떼어놓고 마지못해 집을 나섰는데, 아이들 얼굴이 지워지지 않은 채 버스를 탔어요. 그때 나의 앞좌석에 계신 흰머리의 노부부를 보면서 갑자기 부러운 생각이 들더라구요.

지금 떼어 놓고 온 우리 아이들은 언제 다 클 것이며 또 어떻게 교육을 시켜서, 내게도 저분들같이 머리가 하얘질 때까지 살 수 있는 행운이 오려는지……. 미래에 대한 두려움과 걱정 때문에 우울한 때가 많았어요.

라틴어로 미사를 보던 그 시절, 하느님 사랑이 좋아서 명동성당에 자주 다니다가 당신과 함께 혼인성사를 하게 되었지요. 우리는 주님을 닮아가면서 성실한 삶을 살자고 약속한 후 꿈도 많았고 할 일도 많았지만, 행복에 취해 모든 것이 아름답게만 느껴지던 때는 잠시뿐. 닥쳐오는 비바람을 헤치면서 앞만 보고 달려온 날들이었지요.

필연과 우연 그리고 기적에 가까운 일들이 우리 주위를 맴돌고 있는 것조차 모르고 겪은 시간들이었던 것 같아요. 그러나 닥쳐올 일들을 미리 알고 산다면 누가 그 험난하고 만만찮은 삶의 산을 넘으려 하겠어요.

참, 금년 봄에 딸이 개인전하던 '평화화랑'이 40여 년 전, 성모병원

분만실이었던 것을 알고 깜짝 놀랐어요. 악몽 같은 그때 인큐베이터 안에서 꼬물대는 딸을 지켜보며 안타까워했지요. 초등학교 입학 때까지 마음을 놓지 말라는 의사의 말 때문에 거의 하루도 빠짐없이 기도를 올렸던 성모 동굴도 평화화랑 입구 우측에 그대로 있더군요.

그때 당신이 간호사에게 선물로 준 코티 분 때문에 다투었던 일이 생각나네요. 이왕이면 두 개를 사서 내게도 하나 주어야 되지 않느냐며 부렸던 투정, 그땐 당신 주머니 사정까지 헤아릴 만큼 성숙하지 못하였음을 이 나이가 되어서야 알게 되었답니다.

지영이가 건강하게 커서 고등학교에 입학할 무렵, 폭풍이 또 한 차례 왔었지요. 당신이 위암이란 소식에 앞이 캄캄했었어요.

그런 중에도 별명이 '무쇠'이니 자기는 절대로 죽지 않을 것이라며 6·25전쟁 중 두 번이나 인민군에게 잡혀갔을 때도 용감하게 탈출한 이야기를 들려주었었지요. 생존자가 듬성듬성 적힌 고등학교 졸업반 명단까지 내게 보이면서 말입니다. 그 모든 것이 나를 안심시켜주려는 당신의 사려 깊은 배려임을 왜 제가 몰랐겠어요.

얼마 후 당신은 마음을 정리한 듯, 이 세상을 가족들이 지켜보는 가운데 떠날 수 있다는 것도 축복이 아니겠냐며 초연한 듯한 말을 했었지요. 그런 당신의 모습은 내게 마치 성인처럼 보였는데, 그때도 나는 자식들과 살아가야 할 앞날만을 틈틈이 걱정하고, 홀연히 떠날 준비를 하고 있는 듯한 당신을 원망한 적도 있으니, 이제 생각해도 미안한 마음을 씻을 수가 없네요.

맞아요. 당신은 정말 무쇠였어요. 그 난관을 모두 이기고 아직도 우리 가족들 곁에 건재하니까요. 어젯밤에는 당신이 사십대 후반에 쓴 일기를 슬쩍 펴보았어요.

'교육과 경제' 문제에 허덕이는 골치 아픈 글 사이사이에 나에 대한 글귀가 있어 들여다보았던 거예요. 그중 몇 자를 여기에 옮기는 실례를 하는 것은 그날들과 그때의 당신을 오래오래 기억하기 위해서입니다.

아내가 백화점을 자주 애용하는 것이 어깨를 무겁게 한다. 오늘은 어떤 낯선 물건이 들어와 있을까. 현관문을 열면서 여기저기를 살피게 된다. (1979년 7월 15일 일기에서 빼온 것입니다.)

솔직히 털어놓는 아내의 성격은 좋은 편이지만, 남편이 편하다면서, 남들 앞에서 남편의 자존심을 건드리는 말을 하는 부분이 겁이 난다. (1982년 9월 3일 일기에서 가져온 것이고요.)

생각하면 눈가에 눈물이 어리기도 하고, 때로는 나도 모르게 웃음이 입가에 나오기도 하지만, 살아온 시간들이 더 없이 고맙고 소중해서 앞으로 잊어서는 안 되겠다는 생각을 하게 되는군요. 삶은 단지 왔다가 가는 것뿐만이 아닌, 나름의 흔적을 남기는 것임을 일기장을 뒤적거리다 깨달았습니다.

우리가 함께 참여했던 M.E.(부부 피정) 노트를 보면서 그때와 지금의 생각들을 비교하여 보았어요. 10분 대화하고 10분 동안 글을 쓰는 형식으로 진행된 부부 교육 이벤트의 주제가 '사랑은 결심'이었지요.

우리 부부에 대해서 좋은 점과 안 좋은 부분을 솔직히 표현하여 각자 자신에 대해서 장점과 단점을 쓴 후 서로의 의견을 나누기도 하고, 오해도 풀고 공감도 하였던 일, 우리 부부 중 누가 먼저 죽는다고 가정하면서 유언장을 쓰고 대화하였던 것 기억나요?

세월의 흐름과 함께 내용은 얼마든지 변할 수 있겠지만, 사랑은 분명 결심하기에 따라 얼마든지 더 가치 있는 것으로 다시 태어날 수 있는 것임을 확인할 수 있었던 것 같아요.
　모든 사람들이 이 사실 하나만 마음에 새긴다면 오늘날의 우리 주변의 현실처럼 이렇게까지 어지럽혀지지는 않았을 것 같군요.

　어느새 내가 부러워했던 흰 머리의 노부부가 성큼 우리에게도 찾아왔어요. 오늘 하루의 삶도 기적이라 생각해서인지, 이별이 가까워 오는 언덕에 이르니 모든 것이 아름답게 보입니다. 당신과 못 다한 이야기를 나누는 내 마음이 이렇듯 편안하고 잔잔합니다.
　당신은 아실 거예요. 지금의 내 마음속의 풍경이 노을빛만큼이나 곱고 따뜻하다는 것을…….

뜻밖의 기쁨

김남순
▮ 수필가, 영문학과 65 ▮

취미가 무엇이냐고 물으면 금방 대답하는 사람이 부럽다. 평소 자신이 좋아하는 것, 잘 하는 것을 분명하게 알고 있다는 증거이리라. 이런 질문에 선뜻 답하지 못하는 나와는 달리 손자들은 묻는 대로 바로 대답하니 기특할 뿐이다.

초등학교 4학년인 외손자는 그림 그리기가 취미란다. 취미가 하나 생기면 거기에 몰두하는 성향이 대물림인 듯싶다. 다만 스케치북에 그린 그림이 하나같이 아파트여서 걱정이었다. 아파트 밀집지역에서 살고 있으니 보이는 대로 그렸을 뿐인데 제 어미는 못마땅하여 다른 그림을 그려보라고 내내 성화를 해댔다. 동물이든 사람이든 단순한 풀포기라도 좋으니 다른 것을 그려보라고 했지만 외손자는 자신이 잘 그리는 아파트만 줄기차게 그렸다.

제 아들이 그림 그리기에는 소질이 없는 모양이라고 딸이 대놓고 푸념할 때마다 나는 속으로 웃곤 했다. 그 나이 때 딸은 모눈종이에 집 설계도만 내리 그렸으니 바로 모전자전 아닌가. 당시 나도 똑같은 말을 했다. "넌 밤낮 집만 그리니? 딴 것도 좀 그려라."

그런데 얼마 전에 놀라운 일이 일어났다. 외손자의 그림이 세계 아동 미술대회에서 대상을 받은 것이다. 미국에 있는 협회에서 상을 받으러 오라는 연락이 왔을 때 딸이 직장 일로 아이를 데리고 갈 수 없다고 하자 협회에서는 상패를 소포로 부쳐왔다. 상패 한 켠에는 외손자가 그린 작품이 축소되어 박혀 있었다. 바로 아파트 빌딩 숲 그림이었다.

상패를 보고 온 식구가 얼굴을 맞대고 웃음을 터뜨렸다. 그렇게도 말렸던 아파트 그림으로 대상을 받을 줄이야! 꾸준한 습작의 결과였나 보다. 뜻하지 않게 받은 상이라 기쁨이 한층 더 컸다. 상패 속의 그림을 찬찬히 살펴보니 거리감이며 명암이며 다양한 크기며, 수많은 창문을 세밀하게 꼼꼼히 그리느라 작은 손마디로 애쓴 흔적이 고스란히 스며 있었다. 딸은 그동안 아파트만 그린다고 타박했던 일이 미안했던지 멋쩍게 한마디 던졌다. "제가 잘 하는 걸 하더니 일냈네!"

외손자는 그동안 엄마의 잔소리에 얼마나 짜증이 났을까. 어른의 눈으로 못마땅하다고 자신의 잣대를 휘둘러 아이에게 상처를 주는 경우가 어디 한두 번이었겠는가. 내 딸뿐이랴. 모든 엄마들이 같은 행동을 했을 법하다.

이번 일로 딸은 자녀교육에 대해 새로운 깨달음이 있었을 게다. 아이들의 교육은 강제로 훈련시킨다고 잘되리라는 보장이 없다는 사실과, 잘 할 수 있는 한가지에 집중하게 놔둘 것을. 어린아이가 자신의 잠재력을 발휘하도록 도와주는 것이 교육이라는 에릭 프롬의 말에 깊이 공감했을지도 모른다.

자식교육은 백인백색인만큼 다양한 동시에 참으로 힘든 과정이다. 자식 뜻에만 맡길 수도 없고, 부모 의지대로만 밀고 나갈 수도 없는 예측 불허의 모험이기도 하다. 그렇다고 마냥 시간 가는 대로 방치할 수도 없으니 엄마들의 고민이 가히 짐작이 된다.

외손자는 요즘 취미를 바꾸어 자동차에 빠져있다. 아이들에게는 적합한 취미란 따로 없나 보다. 무언가에 순간 꽂히면 그게 바로 취미가 된다. 손자는 아파트 주차장이나 길에 다니는 차를 보면 이름을 줄줄 꿰고 있다. 국산차든 외제차든 자동차의 상표, 바퀴 모양, 라이트 모양을 보고 제작 연도와 모델명을 맞히는데, 그만큼 공부에 집중했으면 좋겠다고 딸은 또 걱정이다.

학년이 올라가면서 외손자의 취미가 또 무엇으로 바뀔지 가늠할 수 없다. 그때마다 어미로서 애면글면할 딸의 마음을 다독이는 일은 내 몫일 터이다. 딸의 푸념이 때로는 큰 걱정으로 다가오기도 하고 때로는 은근한 자랑처럼 들리기도 하겠지만 자식에 대한 어미의 관심이니 나는 그냥 웃어 넘기기만 하면 되리라.

호기심으로 가득 찬 외손자는 끊임없이 취미를 바꾸며 성장할 것이다. 제 어미의 보물단지가 되기도 하고 애물단지가 되기도 하면서 제 할 일을 꿋꿋이 해내겠지. 앞으로 또 무엇으로 뜻밖의 기쁨을 안겨줄지 그 순간을 상상하면 미리부터 마음이 설렌다.

오늘 나도 그들과 함께

김남주

｜수필가, 국문학과 63 ｜

늦봄인가 싶더니 어느새 지천이던 진달래꽃은 자취를 감추고 사방이 연녹색으로 가득하다. 벌써 여름으로 건너가는가 보다. 밑반찬을 서둘러야 한다는 생각이 들자 조바심이 났다.

마트 진열대에는 오십 개씩 포장된 오이지용 오이가 할인 판매를 하고 있었다. 몇 번을 망설이다 카트에 올려놓는다. 욕심껏 장아찌용 마늘도 반 접 묶음 두 단을 집어 싣는다. 집으로 오면서 마음속은 치고받고 야단이 났다. '어쩌려고 오이에 마늘까지 산 거야!' '그럼 언제까지 밀어놓고 살 건가?' '할 줄 모르잖아!' '그래도 해봐야지!' 욕심이 머리를 들이대고 억지를 부리며 지지 않으려 한다.

오랜 직장생활을 하는 동안 시어머니 손에서 밥을 먹으며 큰살림은 거의 어머니 몫이었다. 간장, 된장, 고추장은 물론이고, 매실주며 딸기잼도 어머니의 손을 거쳐 우리 가족의 입으로 들어왔다. 한창 오이가 날 때면 가시가 칼칼하게 돋은 키 작은 것이 오이지로 변하여 여름 입맛을 돋우었다. 풋마늘이 나올 때는 야들한 것으로 진간장에 색을 내고 새콤달콤하게 삭힌 그야말로 감칠맛 나는 어머니표 마늘장아찌가 되어 구미를 당기게 했다.

퇴직한 후 시어머니가 하시던 살림을 맡아 하게 된 것은 나에게 새로운 도전이었다. 어머니의 손맛에 익숙해 있는 식구들의 입맛을 맞추려면 며느리표가 될 요리 전수가 필요하였다. 항상 곁에서 보고 시키는 대로 하던 내 실력은 실제 손맛이 되지 못했기 때문이다. 간단한 음식부터 배워가는 중에 무거운 병마가 어머니를 덮치면서, 나는 살림을 적당히 대충 살게 되었다. 해마다 담근 간장, 된장, 고추장이며, 과실주를 어머니 세상 떠나실 때까지 오 년여를 먹었으니 매년 빈 항아리만 늘어갔다. 그 후 오이지는 마트에서 사오고 마늘장아찌는 상에 오르지 못한 지 십여 년은 족히 된 것 같다.

며느리를 셋이나 본 나는 명절 음식을 마련할 때면 미리 상차림표를 만들어 냉장고문에 붙여놓고 며느리들에게 "내 살림 연차가 너희들과 같으니 이것 보고 알아서 준비해라."고 말해왔다. 그러나 한편 나도 시어머니인데 이건 아니다 싶어 속마음이 가끔씩 까탈을 부린다. 그래서 결심했다. '남의 속에 있는 글도 배우는데 그깟 살림을, 요리를 배우지 못할 게 무엇인가? 내 생각을 보태면 더 다양하게, 맛있게 할 수 있다. 자, 장 담그는 일은 뒤로 미루고 우선 오이지와 마늘장아찌부터 시작해보자.' 마음을 다잡으며 실행에 옮긴 것이다.

살림 잘하는 친구에게 전화를 걸어 오이지 절이는 법과 마늘장아찌 담그는 법을 전수받았다. 요리책을 들춰보고 인터넷에서 검색하며 메모도 했다. 그것들을 참고삼아 내 나름의 레시피를 만들었다. 그렇게 시작한 나의 살림살이는 여전히 서툴고 어렵기는 마찬가지이다. 더욱이 남편의 입맛에 맞을까 눈치를 보는 요령까지 생겨났다.

깨끗이 씻어 물기를 뺀 오이를 항아리에 차곡차곡 넣었다. 시작이 반이라고 했으니 소금물만 끓여 부으면 일차 완성인데 펄펄 끓는 소금물을 싱싱한 오이에 부으려니 선뜻 손이 가지 않는다. 괜찮을까, 오이가 아파하면 어쩌나 망설여진다. 우리의 삶 속에서도 펄펄 끓는 소금물 같은 고난이 있었을 것이며, 그 고비를 넘기면서 새로운 희망을 찾을 수 있었던 것은 아니었을까! 생각이 미치자 독한 마음으로 끓는 소금물을 내리부었다. 금시 초록색 오이가 누런빛으로 변해간다. 내일 아침 오이소금물을 다시 한 번 끓여 붓고 일주일만 기다리면 쪼글쪼글 노란색을 띠고 아삭거릴 오이지가 될 것이다. 새로운 맛의 변신으로 내 앞에 설 것이다.

꽃무늬가 아름다운 유리단지 속 마늘이 차례를 기다린다. 식초와 물을 희석하여 끓인 후 식힌 초간장물을 마늘에 붓고 뚜껑을 닫았다. 일주일을 기다려 다시 초간장물을 만들어서 삭혀야지. 불그스레한 속살이 초간장물에 잠겨 한 달여를 넘기려면 숨이 차겠지만 오이보다는 덜 아프겠다. 그래도 제맛을 내기까지 더 많은 시간을 기다려야 하는데 그 괴로움이 오이 못지않을 것 같다. 오늘 나도 그들과 함께 고단한 하루를 보내었다.

시집와 새살림하는 새댁 같은 마음으로 마늘 단지를 바라본다. 그동안 해보지 못했던 일들을 새롭게 배우며 살림 맛을 알아가는 중이다. 많이 늦었지만 시시하다고, 부끄럽다고 타박하지 않고 해보고 싶은 일, 하려고 마음 가는 모든 것들을 집중해서 하고 싶다.

더운 기운이 가까이 퍼져온다. 따가운 햇볕과 무더위에 지쳐 씨름할 한여름, 짭짤한 오이지에 새콤달콤한 마늘장아찌를 곁들여 밥상을 차리는 내 모습이 보인다. 노랗게 익어 상큼한 맛을 낼 오이지가 고마울 것 같다. 연분홍 날개옷 속에서 숨죽여 기다리던 흰 속살이 숙성되면 투명한 유리 접시 위에 꽃수를 놓은 듯 반짝일 흑진주 마늘장아찌. 군침이 저절로 감돈다.

미안했던 마음을 달래며 어느새 스스로 흡족해하는 내 안으로 아삭하고 새콤한 살림의 맛이 훈기처럼 전해온다. 오늘 나도 그들과 함께 성숙해져 가는가 보다.

실버들이여, 더 높이 날아라

김우남(본명 김희숙)
▮ 소설가, 정치외교학과 81 ▮

2013년 여름은 지독했다. 인간 체온을 넘나드는 살인적인 더위에도 불구하고 정부의 전력공급 비상사태로 어디를 가든지 실내온도가 28도를 웃돌았다. 에어컨을 옆에 놔두고도 맘대로 켤 수 없는 상황이었다. 그 와중에 우리집의 낡은 전기 제품들이 한꺼번에 고장이 났다. 에어컨에서는 뜨거운 바람이 나오고, 냉장고의 냉동실은 얼음을 얼리기는커녕 줄줄 땀을 흘렸다. 텔레비전과 오디오세트가 말썽을 부려 교체하거나 부품을 바꾼 지 얼마 안 된 시점이었다. 그러고 보니 전기 제품들을 혼수품으로 한꺼번에 구입한 후 딱 한 번 교체를 했으니 그 후로도 10년 세월이 훨씬 지나 있었다. 아니 벌써? 내 기억의 회로는 고작 5, 6년밖에 안 됐다고 고집을 부렸지만 제품들의 실제 나이는 그 두 배 이상이었다. 아무리 아끼고 깨끗이 닦아주며 곱게 사용했다지만 결국 수명을 다한 셈이었다.

전기 제품들을 하나하나 수리하고 새것으로 바꾸던 중 문득 이것들이 주인을 닮았다는 생각이 들었다. 누구보다 건강을 자신하던 내가 작년부터 여기저기 고장이 나서 병원을 들락거리기 시작한 것과 다르지 않았던 것이다. 수영, 요가, 밸리댄스, 국선도, 헬스 등 건강을 위해서 운동을 게을리 하지 않았으나 몸 상태가 한 해 두 해 달라지는 건 확실했다. 그렇지 않다고, 오늘만 좀 더 피곤한 거라고 핑계를 대며 믿으려 하지 않았을 뿐…….

어느 날인가. 한 번도 쉬지 않고 껑충껑충 30분 만에 뛰어오르던 앞산이 힘에 겨웠다. 여러 번 쉬었는데도 헉헉거리고 숨이 턱까지 찼다. 그때 '아, 설악산 대청봉도 한 번 못 오르고 주저앉는 것인가.' 그런 생각이 들자 왈칵 겁이 났다. 뒤늦게 병원을 찾으니 갑상선항진증이라고 했다. 또 0.3의 시력을 유지한 채 별다른 어려움 없이 지냈던 눈이 갑자기 맵고 따갑고 건조해지기 시작했다. 악성건조증 현상이라고 했다. 처방을 받은 그날부터 두 가지 눈약을 사용하게 되었다. 그렇다면 학교 다닐 때 건치아동으로 뽑혔던 나의 치아는 어떨까? 쉰이 넘는 동안 치과치료는 거의 해본 적이 없었는데 불쑥 이가 시렸다. 일시적인 증세라고 외면하려 했으나 그럴 수 없이 불편했다. 엑스레이로 찍은 내 이는 전체적으로 건강한 상태이긴 하지만 군데군데 팬 자국이 많이 보였다.

"너무 열심히 양치질을 하셨나 봅니다. 치아가 많이 닳았습니다. 이가 좋은 분들은 평소에 단단한 음식물 씹기를 좋아하시죠? 그러나 이제는 그런 것을 좋아하지 않으셔야 합니다."

치과의사가 날더러 씹는 즐거움을 포기하라고 권했다. 오마이 갓! 몇 년 전만 해도 내가 그런 말을 들으리라고 상상이라도 했던가.

"아기들 이는 끝이 톱니처럼 뾰족뾰족하게 생겼죠? 그게 본래 이 모습이에요. 이가 매우 단단한 것처럼 보이지만 쓰는 만큼씩 닳아서 짧아지고 얇아진답니다."

치아에 불소도포를 하고 시린이전용 칫솔과 치약을 구입할 때 간호사가 덧붙여 설명해주었다.

그러더니 제왕절개 외에는 수술을 해본 일이 없는 내가 자궁근종수술을 받았다. 이렇게 몸은 찬찬히 내 나이를 가르쳐주고 있었다. 나이 드는 걸 부정하고 거부하려는 날 조용히 타이르며 훈련시키고 있었다.

숨이 턱턱 막힐 만큼 무더웠던 올 여름, 나는 우리 지역 노인복지센터인 사랑채에서 '자서전쓰기' 프로그램을 진행했다. 그때 만난 70대의 여성들은 참으로 아름다웠다. 글을 쓰려고 온 그녀들은 다른 일에도 열심인 진짜 '원더우먼'이었다. 외로운 독거노인들을 위해 상담일을 하거나 그림을 그리고 바둑을 두고 운동을 하며 바쁘게 살고 있었다. 그들의 얼굴에는 활기가 넘치고 배움에 대한 열망으로 눈동자가 반짝거렸다. 어여쁜 소녀의 모습 그대로였다. '다시 태어난다면'이라는 테마를 받고 홍길동이나 전우치가 되어 하늘을 쌩쌩 날고 동에 번쩍, 서에 번쩍 하며 살고 싶다는 글을 쓰기도 했다. '20년 후를 생각해 봅시다'라는 제목 앞에서 90대의 나이를 상상하고 한숨을 쉬기보다는 남해에다 집을 짓고 바다와 하늘을 벗 삼아 살겠다는 꿈을 이야기했다. 그런 멋진 상상을 하는 70대 여인은 정말 행복해보였다. 그녀의 꿈을 전해들은 나 역시 행복 바이러스에 흠뻑 전염되었다.

70대의 그녀들은 내 나이를 진심으로 부러워했다. 그러자 있는 그대로의 나를 받아들이고 더욱 사랑해야겠다는 생각이 들기 시작했다. 예전보다 건강이 나빠졌다고, 몇 년 전과 같지 않다고 속상해 하고 마냥 주저앉아 있을 것인가. 오늘의 나는 어제의 내가 아니듯 지금 이 순간의 나는 불과 한 시간 전의 내가 아니지 않은가. 1년 후, 10년 후의 내가 지금의 나를 얼마나 부러워할 것인가. 2007년 영국의 도리스 레싱은 여든 살이 훨씬 넘은 나이에 노벨문학상을 받지 않았는가. 여든 전후까지 왕성하게 작품 활동을 했던 우리나라의 박경리와 박완서 소설가 또한 어찌 잊을 수 있을까. 그리고 하얀 머리를 짧게 자르고 여전히 매혹적인 목소리로 노래를 부르고 있는 75세의 패티킴이 우리 곁에 건재하고 있지 않은가.

삼 년 전, 나는 97세의 루이즈 부르주아의 그림과 조각 작품을 감상하려고 삼청동 갤러리를 찾은 적이 있다. 그때 부러운 마음으로 '저 나이가 됐을 때 나는 무엇을 하고 있을 것인가?' 그렇게 스스로 질문을 했었다. 여성 실버들의 열정과 적극적인 활동이 의기소침해지던 나의 의식을 다시 일으켜 세우는 죽비가 되었다. 이제 나는 북인도로 가서 히말라야를 트레킹할 꿈에 부풀어 있다. 브라질의 코파카바나 해변에서 탱고를 출 날을 고대하고 있다. 그리고 당당하고 멋진 실버가 될 것을 선언했다.

지팡이

박상혜

▮ 수필가, 국문학과 65 ▮

현관문 옆에 지팡이 하나가 참하게 서 있다. 황금빛 몽둥이에 날아오르는 새 죽지마냥 까만 손잡이가 활기차다. 그곳에 늘어진 끈도 새 꼬리마냥 정겹다. 옛날의 지팡이들은 마디가 잘려나간 자국들과 함께 굽어지고 휘어진 것들이 많았던 것 같은데, 현대의 지팡이들은 저토록 날렵하고 끼끗한 멋이 있다니, 3단 조정의 실용도는 또 무슨 마법의 묘기인가.

이제부터 '저 놈이 내 벗이고 지킴이요 황혼의 동반자로구나.' 체념을 하니 공연히 서글퍼진다. 옛날에는, 노인들이 흰 수염을 날리며 지팡이를 짚고 구름처럼 떠도는 모습이 도인 같아 멋있기도 했는데, 도인 아닌 나는 저 멋있는 지팡이로 어떤 추태를 연출하며 '노을을 넘을 것인가' 생각하니 두렵고 허망하다.

키가 크고 차만 타고 다닌 내 긴 다리는 이순 전부터 비틀거렸다. 관절에서 물을 뽑고 뼈 주사를 맞으며 찔뚝걸음으로 버텼다. 주위에서 지팡이를 많이 권했지만 지하철 계단 손잡이에 매달리다시피 걸으면서도 버텼다. 직립보행의 자존적 존재를 굽히기가 싫었다. 넘어지고 깨지고 다치는 세월 속에서 황혼의 허무가 다리보다도 더 아팠다. 하지만 올겨울, 혹한의 빙판길에서 메달 급으로 넘어졌다. 뼈대에 인대에 목발까지 짚으며 병원에서 퇴원하던 날이다.

"생사의 지킴이야, 알았지?"

남편이 이 멋진 지팡이를 손에 쥐어 주었다. 할 수 없이 메이는 가슴으로, 우리는 이렇게 연(緣)이 닿았다. 하지만 지팡이는 문간에서 저렇듯 정중히 나를 기다리고 있건만 아직도 나는 환자용 목발보다 지팡이가 더 슬프다. 오히려 지팡이는 긍정적인 면이 더 많다. 호신용, 권위용, 효와 예의 상징성, 모세 기적의 신비성, 더구나 맹인한테는 흰 지팡이가 광명의 빛이다. 황혼에 보행 보조용구로서 절대적 역할도 익히 알고 있다. 지팡이를 꽂듯, 황혼의 이정표를 꼭꼭 찍는 삶의 궤적도 의미 있는 인생의 마무리일 것 같은데, 나는 왜, 이 부정적 비감(悲感) 늪에서, 아직도 선뜻 지팡이에게 손을 내밀지 못할까.

드디어 지팡이를 짚고 체험해 보니, 과연 몸에 균형이 잡히며 쏠림을 막아주고 펼쳐지는 허리는 앞을 보게 한다. 땅만 보던 눈은 하늘도 쳐다보고 주위도 둘러 볼 수 있다. 알고 있던 미미한 지팡이의 역할이 나보란 듯이 확 전신의 기를 뿜으며 직립 보행을 용이하게 받쳐 준다. 가느다란 지팡이 역할이 이렇듯 황혼의 여생을 지켜주고 구해주다니……

만물은 저마다 존재로서 빛나고 서로 상생원리가 있다더니, 부지깽이 같은 지팡이도 이렇듯 존재가치가 있었을 줄이야.

지팡이의 잡아주고 막아주고 펴주는 중심점의 힘 덜기 운행은, 직진의 가속 운행인 페달, 타이어 등 다른 기구 역할들보다 훨씬 더 용이한 운동으로 안전하다. 우리 황혼을 더 강건하게 지켜주는 안전벨트라고나 할까. 어쨌든 여생을 지팡이에 의지하여 생생한 인생을 즐기는 것도 황혼을 즐기는 한 류의 멋이 될 것도 같다.

더불어 사는 우리 삶에는 지팡이의 역할이 더 필요할 것 같다. 외양은 부지깽이 같아도 꺼져 가는 황혼의 심지를 돋우는 막대한 그 역할!
가냘픈 지팡이의 숨겨진 역할을 쓰려하니, 갑자기 시야가 흐려진다. 최근에 남편이 좀 아프다. 그는 온건할 뿐 빛나지를 못해, 항상 나는 친구들의 신나는 남편 자랑 앞에 기가 죽곤 했다. 하지만 그는 내가 넘어지고 주저앉고 누웠을 때, 내 인생의 중심을 잡아 주는 굳건한 지팡이였다. 과시하지 않는 남편에 대한 소홀함, 세상 물정 모르고 당한 사기들, 내 직장의 자잘한 실수 등 적재적소를 꽝꽝 짚으며 막아주고 덮어주던 남편의 지팡이. 자랑거리는 없었지만 그 막중한 지팡이 역할! 그 지킴의 배경이 없었다면, 난 이미 날아버린 낙엽 존재. 그는 오직 나에게는 빛나는 자랑스러운 남편이요, 굳건한 지킴이었다. 아내인 내 지팡이는 그의 막대한 역할에 눌려 힘을 받지 못했었다. 이제 그가 아프니, 가볍기만 했던 내 지팡이도 그간의 그의 인고의 무게가 점점 실려 온다.
'그는 얼마나 힘겨웠을까.'
눈물이 마음으로 스민다. 이제부터라도 내가 그의 지팡이가 되어 주어야 하겠다. 그의 여생을 보필, 보은하는 막강한 지팡이가 되고 싶다.

외로운 영혼을 적시는 따스한 위무의 속삭임. 남을 배려하고 응원해 주는 삶의 생기. 따스한 말 한마디의 훈훈한 향기는 또 우리의 삶을 얼마나 살찌우는가. 무기력한 우리 삶의 진정한 원동력은 빛나는 훈장보다 이런 가냘픈 지팡이 역할이 아닐까. 빛없이 받쳐주는 구심점의 사랑. 식물도 양분, 햇빛을 나누면서 서로 받치며 성장한다. 받쳐주며 나누는 사랑은 생명의 질서요, 자연 법칙일 터.

남을 위해 가냘픈 지팡이의 역할도 못하는 우리네 삶. 남의 성공에 충심으로 박수를 못 치는 우리들의 이기심, 배타심. 시기와 질투로 남의 허를 찌르며 자기의 결핍을 달래는 쾌감.

만물은 다 상생의 원리가 정연한데 그 영장인 인간만이 천 리를 벗어나는 역행으로 불역(不易)의 엄정한 질서를 외면하고 있으니 과연 우리는 어디로 가는 것일까.

문간에 놓인 멋쟁이 지팡이가 새삼스럽게 미덥고 고맙다. 이제는 지팡이를 반길 것이다. 오히려 인생의 훈장인 지팡이를 자랑삼아 꽝꽝 땅을 짚으며 자연을, 인생을 즐기며 살련다.

초파일

서성림
▮시인, 국문학과 75▮

　파릇파릇 산천에 새잎이 날 때, 거리에 걸려있는 울긋불긋한 연등을
보고 초파일이 다가왔음을 알 수 있다.

　내게 제일 처음 기억에 남는 연등은 40년 전 대학교 4학년 때이다.
학년 초에 독실한 불교신자인 지금의 남편을 만나 열심히 데이트를 하
던 중 같이 어느 사찰에 갔다.

　들어서자마자 제일 먼저 눈에 띄는 것이 천장에 달록달록 달려있는
연등이었다. 다소 유치해 보이는 색깔들이 촌스럽게 느껴졌다. 그렇지
만 연등의 의미는 상당히 컸다. 무명의 그림자에 가려 미혹한 중생들을
밝은 등불로 밝혀 구제하겠다는 뜻이었다. 그중에 매사를 긍정적으로
보라는 스님의 법문이 너무 가슴에 와 닿아 절에 열심히 다녔다.

　난 고등학교를 졸업하고 맘껏 펼쳐진 세상에서 또 다른 소속감을 느
끼고 싶었는지 쉽게 접할 수 있는 교회를 찾아갔다. 이름 난 목사님에
게 세례를 받고 수양회도 따라다니며 마음을 잡으려 했으나 무조건적

인 믿음을 강요하는 교리가 싫었던지 2년 후 결국 교회를 그만 다니게 되었다.

4학년이 되어 취업을 위해 일본어 학원을 다니던 중 우연히 그를 알게 되었다. 아마 그이는 한참 전부터 나를 마음에 두고 접근을 계획하고 있었던 듯했다. 우연을 가장한 필연으로 데이트가 시작됐는데 그는 젊은 나이에 불교에 대한 조예가 깊었다.

자연스럽게 절에 같이 다니게 되어 결혼식 주례도 스님이 해주시고 매주 법회에 참석하는 열혈 신자가 되었다.

2500년 전 인도에서 석가모니 부처님은 작은 나라의 왕자로 태어났으나 일찍 어머니를 여의고 이모에 의해 키워졌다. 어린 나이에도 즐거움을 모르고 늘 고뇌에 빠져있던 싯달타는 출가를 결심했다. 그 후 갖가지 고행을 하다가 보리수 아래서 문득 생사를 뛰어넘을 큰 깨달음을 얻었다.

이때부터 뭇 중생들을 위해 전법을 시작하셔서 사찰이 생기고 오늘날 많은 불교신자가 부처님을 믿고 의지하며 살 수 있게 되었다.

남편 덕에 착실한 불교신자가 된 나는 해마다 초파일이 되면 두세 절을 돌아다닌다. 올해도 오전에 늘 다니던 절에 가서 법회에 참석하고 친정오빠를 만나 사는 얘기를 나누고 남편과 둘이 안성 석남사에 갔다.

술과 담배를 평생 해본 적이 없는 남편이 처음엔 무척 신비스러워 보였다. 그러나 살다보니 자기 고집이 세고 지나치게 주관적인 생각이 너무 싫었다. 내 마음의 갈등은 점점 커져 늘 시끄러운 소리가 났다. 속으로 다른 남자에게 끌리기도 하며 냉랭한 집안 분위기는 오래 지속되었다. 그러나 아이들이 커가고 남의 식구도 들어오게 되니 그런 것들이 창피하고 약점이 될 수도 있어 부단히 나 자신을 타일렀다.

남편은 감각이 둔한 대신 기본이 착하고 또 없어서는 안 될 존재이니 내 마음을 좀 누그러뜨리기로 했다. 요즘은 가끔 영화도 보러가고 드라이브도 즐기며 그런대로 행복하게 사는 편이다.

석남사에 내려갈 때도 휴게소에서 간식을 사먹으며 넉넉한 마음의 풍요를 느꼈다. 가만히 생각해보면 나도 어려서부터 누군가를 싫어하는 버릇이 있었던 것 같다. 제일 처음은 잔소리 많은 아버지였고, 짜증 많은 엄마도 그 대상이었다. 그러다보니 남편이 조금만 나와 다르면 바로 싫은 감정이 솟아나는 것이었다. 지성이면 감천이라던가, 요즘은 옛날 같은 싫은 감정은 별로 없고 못마땅한 생각이 불쑥 나다가 금세 평정심으로 돌아온다.

환갑이 지난 나이에 나의 허물을 깨닫게 되어 기쁘고 고맙다. 초파일 날 부처님이 주신 선물인가 싶다.

목리(沐里)의 한여름

선화(본명 김선화)
▮ 수필가, 영문학과 67 ▮

눈을 뜨니 새벽 6시. 창 너머 맞은편으로 빨간 지붕의 축사가 한눈에 들어온다. 젖을 찾는 어린 양들의 매에~ 소리가 새벽 공기를 가른다. 목리의 하루는 양유 짜는 일에서부터 시작된다. 서둘러 앞장서는 남편의 뒤를 따라 젖병 바구니를 들고 나선다. 현관 앞에 무더기로 핀 달개비 꽃이 일제히 아침 문안을 건네 온다. 새벽이슬을 머금고 피어선가. 한결같이 맑고 신선하다. 일시에 뿜어오는 청신한 청보랏빛이 돌연 선잠을 쫓아낸다.

남편이 부지런히 양유를 짜는 동안 나는 마른 밀짚을 한 아름씩 날라다가 철망 앞에 길게 늘어놓는다. 현악기 줄처럼 생긴 밀짚을 양들이 한 줄기씩 쏙쏙 뽑아 당긴다. '사각사각' 저마다 씹는 소리가 낮은음의 무반주 실내악이다.

사람도 성장기에 따라 특징과 삶의 모습이 다르듯이 양들의 속성도 예외는 아닌 모양이다.

어린 양들에겐 놀이가 곧 삶인 셈이다. 뿔이 난 줄 착각하고 서로 부딪혀 보지만 울리지 않는 징 격이니 단조로운 정경의 연속이다. 훨씬 성숙한 양들 사이에는 제법 힘겨루기에 재미를 붙여가는 모습이 역력하다. 끊임없이 모색하고 시도하는 삶이랄까, 슬쩍 과시도 해가며 자신을 시험해 보는 수련기 같다.

하지만 완전히 성숙해버린 양들 사이에는 머리를 부딪는 소리가 예사롭지가 않다. '타닥 타다닥' 서곡부터가 긴장감을 조성하며 치열한 공격으로 이내 바뀐다. 센 놈이 불도저처럼 밀어 붙이기 시작, 상대방이 철망 모서리 끝에 처박혀야만 결국 끝이 난다.

'뿔'이 양들에게 힘의 상징이라면 인간에겐 무엇이 힘의 상징이랄 수 있을까? 부나 명예? 아니면 권력이나 지위? 밀짚 위에 잠시 앉아 먼 산을 바라본다. 세간이 인정하는 뿔의 존재를 남편에게는 찾아낼 도리가 없다. 편히 갈 수 있는 길을 놔두고 굳이 어려운 길로 돌아가고 있는 사람. 해야 할 일보다 하고 싶은 일을 하며 사는 그는 세상 밖에서 세상을 바라보며 사는 아웃사이더이다. 결혼 후 유학 생활 5년, 귀국 후 시어른이 세상을 떠나시자 예산의 목리마을, 지금의 농장에 정착하게 되었고 그때부터 우리는 주말 부부가 되었다. 어쩌면 그의 마음속에 '뿔'이라는 존재는 애초부터 없었던 것이 아니었는지…….

남편이 어깨를 치는 소리에 놀라 뒤돌아본다. 방금 짠 양유병을 건네받으니 어미양의 따스한 체온이 전하여 온다. 젖 냄새를 맡은 새끼 양들이 어느새 철망 앞으로 몰려와 자리다툼을 한다. 제일 연약한 것부터 찾아내서 우리 밖으로 안고 나온다. 내 품에 안긴 것은 암놈. 아직 뿔이래야 연한 핑크빛으로 손톱 끝만큼 보일 듯 말 듯하다. 세상 밖을 나올까 말까 망설이기라도 하는 듯이.

점심 무렵이 되니 하늘에 구름이 몰리기 시작한다. 아무래도 양들을 서둘러 우리에 집어넣어야 할 것 같다. 남편이 내게 앞장서라 하고 뒤에서 몰아 보려하니 양들은 나를 쉬 따라주지 않는다. 다시 자리를 바꾸어 그가 앞장서고 내가 뒤로 자리를 잡자 본격적인 양몰이가 시작된다. 구름도 내 뒤를 바짝 따라 붙는다. 들판에 서 있는 상수리나무도 우리가 뛰는 방향을 향해 온 팔을 흔들며 힘을 싣는다.

급할 것도 느릴 것도 없는 마라톤. 내게 등을 보이며 달리는 양들이 그의 뒤를 충실히 따르고 있다. 남편과 양들의 군은 결속을 의심할 여지가 없다. 그는 마치 선한 목자라도 된 듯싶다. 저들만큼 나도 그의 충실한 추종자였나 생각해 본다. 추종이 아닌 동반을 주장하며 헛된 시위만 고집했던 건 아닐까?

남편이 뒤돌아보며 속도를 내라고 손짓을 한다. 그가 기다릴 수 없는 상황에서 내가 속도를 내야 할 입장이다. 삶의 길목 어딘가에 뒤쳐진 채 머물고 있는 자신을 발견한다. 우리가 지내온 삶이 지금의 상황과 다를 바 없음을 깨닫는 순간 갑자기 채찍을 맞은 말처럼 나는 속도를 가하여 달리기 시작한다. '빨리 따라 오라고. 시간 없으니. 불평을 나누기엔 남은 인생이 너무 짧은 것 아닌가?' 라는 메시지가 그의 신호 속에 묻어 오는 듯하다.

간신히 양들을 우리 안에 넣고 나니 빗방울이 후드득 떨어지기 시작한다. 비가 그치기를 기다리며 집안으로 들어선다. 남편은 대나무돗자리 위로 몸을 던지듯 누워버린다. 모처럼 휴식 시간이다. 이 시간은 마치 오아시스를 만난 기분이다. 입을 꽉 다문 그의 얼굴을 바라본다. '고집'이라고 써 붙이고 사는 사람 같기도 하고 고행을 자처한 수도승 같기도 하다. 고립되어 있는 듯하면서도 무한한 자유를 만끽하는 듯한 얼굴.

축사의 양철지붕 위로 퍼붓는 소나기가 그야말로 수천수만 마리의 말발굽 소리 같다. 갑자기 목리의 여름 한낮은 온통 소나기 소리로 가득 차 넘친다.

"이렇게 비 오는 날 누워서 빗소리를 듣는 것도 나쁘지 않군."

시종일관 일벌레처럼 일과에 몰두하던 남편에게서 모처럼 흘러나온 한마디에 한 줄기 낭만이 묻어 온다.

"아니, 자기도 그런 말을 할 줄 아나보네?"

"드르렁."

갑자기 코 고는 소리에 힘껏 그의 콧등을 비튼 순간 여린 손목은 억센 손에 낚아 채인다.

더욱 세차게 퍼 붓는 소나기 속으로 목리의 한 여름이 파묻혀 간다.

우리에게 허락되지 않는 것들

이주남
시조시인, 영문학과 69

'해는 아침에 동쪽에서 떠서 서쪽으로 진다.'는 이 진리를 깊이 생각해 본 적이 있던가. 아침에 잠에서 깨어나 눈을 뜨면 나는 숨을 쉬고 있다. 아침엔 아침밥을 차리고, 점심엔 점심, 저녁엔 저녁 식사를 해야 한다는 이 당연한 일들에 대해 한 번이라도 생각해본 적이 있었는가. 우리에겐 그런 것이 일상적인 습관들이다. 오늘 저녁도 '라면'으로 때워야 하는 어려운 가족들에겐 이같은 생활들이라도 매우 간절할 것이다.

오늘 우리에게 주어진 시간이 어제 죽은 사람들에게는 허락되지 않은 시간이다. 이런 사실도 깊이 생각해 본 적이 있는가. 어쩌면 우리가 아무렇지도 않게 느끼고 생각하는 이 평범한 일상 습관들이 그 누군가에겐 간절하고도 어렵고 힘든 일일 수가 있다.

문호 레오 톨스토이는 『전쟁과 평화』 『안나 카레리나』와 같은 명작으로 불후의 명성을 얻었다. 하지만 한편으론 종교와 인간에 대한 짧은 소설도 많이 남겼다. 혹자는 문맹률이 높았던 러시아 민중을 생각해 어려운 종교적 가치관들을 독자들이 가장 쉽게 이해할 수 있도록 풀어썼다고 한다.

　그의 짧은 작품들은 우화라고 가벼이 말하는 사람도 더러는 있지만, 그의 작품들은 역시 톨스토이다운 내면의 갈등과 선한 신념을 잘 표현해주고 있다. 그중 가장 기억에 남는 작품이 있다. 외손녀 수빈이와 영어로 함께 읽은 「사람은 무엇으로 사는가」라는 단편이다.

　천사 ─ 아니 한국식으로 '저승사자'라고 해야 할까 ─ 미하일은 남편을 잃고 쌍둥이를 갓낳은 한 어머니의 생명을 거둬오라는 하느님 명령을 거역한다. 그 벌로 벌거숭이 인간이 되어 땅에 내려오게 된다. 하느님이 준 세 가지 질문 ─ 사람 안에는 무엇이 있는가?(What dwells in man?) 사람에게 허락되지 않는 것은 무엇인가?(What is not given to man?) 사람은 무엇으로 사는가?(What men live by?) ─ 에 답을 할 수 있을 때까지 구두 수선공 사이몬 밑에서 일하며 살아가는 이야기다.

　하느님의 명을 거역한 죄로 미하일은 벌을 받았다. 양 날개를 잃고, 벌거벗긴 채로 추운 겨울 거리로 쫓겨났다. 마침 그 옆을 지나가던 구두장이 세몬을 만나게 된다. 세몬은 우리같이 그저 평범한 사람이다. 그날도 돈벌이는 시원찮았다. 모든 하는 일들이 순조롭게 풀리지가 않았다. 오히려 쌈지에 숨겨놓았던 돈까지 탈탈 털어가면서 그 돈으로 술을 마시고 집에 들어가던 중이다.

　그때 이상하게도 벌거숭이로 서 있는 한 남자를 보았다. 너무 안쓰러워서 들고 가던 외투를 그 벌거숭이 거지에게 입혀주었다. 어서 집으로 가서 불이라도 좀 쬐고 몸을 녹이라고 권했다. 그러나 한편으로는 이 사람을 데리고 가면 부인에게 뭐라고 둘러댈까 싶었다. 그는 이런 고민도 하는 소시민이다.

　그의 아내는 한술 더 떠 보인다. 한겨울 거리에 혼자 벌거숭이로 서 있었다는 이 남자가 오히려 수상해 보인다는 것이다. 그리고 하나밖에 없던 남편의 재킷을 얻어 걸친 이 남자가 의외로 더 이상해 보인다고 했다. 게다가 오늘따라 돈도 못 벌어온 데다가 더 없어 이상하기도 하고 무서운 이 낯선 남자를 집으로 데리고 온 남편이 정말 미웠던 것이다.

하지만 이 부부는 이 이상한 남자에게 밥도 먹여주고 일도 가르쳐주었다. 말하자면 한식구로 받아들인 셈이다. 이 부부나 낯선 사내의 머릿속에는 각자 무슨 생각들이 들어 있었을까.

구둣방 조수 일을 하며 살아가던 미하일은 어느 날 1년이나 신어도 닳지 않을 부츠를 한 켤레 만들어 달라며 큰소리치는 한 부자를 만나게 된다. 그 부자 손님은 요즘 사람들이 말하는 '갑 중의 갑'이나 되는 사람으로 보인다. 미하일은 그 부자손님 뒤에 서 있는 동료 저승사자를 생각하고 있다.

천사는 이런 생각을 하게 된다. 이 손님은 오늘 해가 지기 전에 죽을 텐데, 1년을 신어도 해지지 않는 부츠를 만들라고 큰소리를 치는구나. 사람들은 이처럼 자신에게 주어진 생명의 길이도 알지 못한 채 살아가는 것을 깨닫는다. 아무리 높고 부유한 사람일지라도, 다른 이에게 함부로 고함치고 호통이나 치며 살아갈 수는 없는 일이다. 이런 지체가 높은 사람이라 할지라도 그에겐 남은 생명이 얼마 되지 않는다는 것을 곧 깨닫게 될 것이다.

천사는 어느 날 자기가 생명을 거두어갔던 어머니의 쌍둥이 딸을 만나게 된다. 얼마 전 아비를 잃고 자기마저 데리러온 저승사자를 보고 자기마저 죽으면 갓난아이들을 키울 가족이 없다며 애절하게 소원하던 어머니가 남긴 쌍둥이 딸들이다. 그 어미의 애원하는 모습이 애처로워 천사는 하느님의 명조차도 거역하려 했다.

한 아이는 어머니가 죽으며 쓰러진 몸에 눌려 한쪽 다리를 절게 되었다. 하느님의 명으로 저승사자는 그 어미의 생명을 거두어야 했지만, 어미의 우려와는 달리 이웃들이 죽은 어머니를 대신해 남겨진 갓난아이들을 보살펴 키웠던 것이다. 사람의 생명은 어쩔 수 없지만, 이웃의 선한 마음이 그 두 아이들을 잘 보살폈다. 어쩌면 이웃의 선한 사랑이 우리를 살 수 있게끔 해주는 것 아닐까?

지금 생각해보니, 우린 참 어렵게 살았다. 내가 태어난 3년 후에 6·25전쟁이 터졌다. 다행히 가족이 무사하긴 했지만, 주변엔 온통 고아와 가난한 상이용사들이 참 많았다. 먹고 사는 것이 넉넉하지는 않았지만, 어머니는 항상 집 앞에서 밥 달라며 서 있는 사람들을 빈손으로 돌려보내지는 않았다. 우리도 먹고 살기에 쉽지만은 않았는데, 어머니는 왜 저리 밥과 김치를 많이 퍼주나 생각했다. 그때 그러지만 않아도 부모님은 더 편안하게 사셨을 텐데 하는 생각을 할 때가 많았다. 그래도 어머니는 항상 '사람은 그러는 게 아니야.'라며 무슨 선문답 같은 대답만 했다.

이제 일흔도 되지 않은 내가 아흔이 훨씬 넘은 어머니를 온전하게 이해할 수 있을 리 없다. 하지만 가끔 이제까지 가족이 어려운 시절을 무사하게 넘길 수 있었던 것도 생각해보면 주변에 부드럽게 보살펴주었던 어머니 덕이 아니었을까 한다. 누구라도 내 욕심만 챙기는 것이 아니다. 어렵지만 주변을 돌봐주는 선한 이웃이 있어 우리 사회가 부드럽게 돌아가는 게 아닐까. 이제 우리에게 허락된 삶은 그다지 길지 않다. 사람은 길어봤자 백 년, 난 그 반을 훌쩍 넘겼다. 하지만 그날까지 진갑스러운 부자처럼 살지 않겠다고 다짐한다. 크게 요란스럽게 살 요량도 없다. 그저 소심해도 좋고, 평범해도 좋지만, 구두장이 세몬과 아내처럼, 아니면 그 쌍둥이 딸을 맡아 키우는 이웃의 처자처럼 이 생명 허락하는 한 할 수 있는 일을 해가며 지낼 생각이다.

밖에는 가을을 재촉하는 비가 구성지게 내리고 있다.

난 조개를 잡으러 가지 않았다

이현명

∎ 시인, 영문학과 64 ∎

둥둥둥
어디선가 들려오는 북소리 장고소리
피리소리 꽹과리 소리에
너덧 살 난 계집아이 하나
아장아장 이끌리듯 걸어간다

아이가 걸음을 멈춘 곳은 해방(8 · 15) 몇 개월 전 소개를 갔던 황해도 시골집 대청마루. 키 큰 어른들이 정말 많아 계집아이는 사람들 다리 가랑이 사이를 휘저으며 들어간다. 겨우 제일 앞쪽으로 나서자 동그래진 두 눈은, 울긋불긋 불을 내뿜는 무녀의 눈과 마주치고, 곧 아이의 호흡은 멈추어 선다.

나는 제사 때 피우는 향냄새를 두려워한다. 아름다운 산사는 좋아해도 그곳에서 은은히 퍼지는 향내를 두려워한다.

　그 시절, 아버지는 생각이 많으셨을 것이다. YMCA에 나오던 청년
회원들은 어떻게 되었을까? 함께 나라를 걱정하던 조병화 박사, 신익
희 박사, 이범석 장군, 장면 박사…… 그리운 동지들은 지금 어디서 무
엇을 하고 있을까? 창씨개명을 하지 않아 직장서 쫓겨나신 아버지. 일
본이 망하던 막바지에, 시골로 소개 온 아버지는 막내딸 아이를 넓은
등에 붙이고 계셨다. 학생들이나 가르치던 도시 남자가 시골서 무슨 할
일이 있었겠는가? 그곳의 어린아이나 병든 이웃들을 무료로 치료해 주
시던 아버지.
　그는, 말만큼 큰 세퍼드를 훈련시키고 가끔 엽총을 들고 나가 참새
사냥을 하셨다. 12가지 악기를 다루셨다는 아버지. 이해를 하는지 못
하는지 모를, 어린 막내딸 앞에서 뾰족뾰족한 톱 모양의 악기와 바이올
린을 꺼내 신비하게 떨리는 소리로 연주하셨던, 단 한 명의 어린 청중
을 두고 곧잘 연주를 하셨던 아버지.

　울밑에선 봉선화야 네 모양이 처량하다
　길고 긴 날 여름철에 아름답게 꽃 필 적에
　어여쁘신 아가씨들 너를 반겨주었도다
　너를 반겨주었도다~

　뜸북뜸북 뜸북새 논에서 울고
　귀뚤귀뚤 귀뚜라미 숲에서 울 때
　우리 오빠 말 타고 서울 가시면
　비단구두 사가지고 오~신 다더니

오신다던 오빠는 소식도 없고
나뭇잎만 우수수 떨어집니다

뜻도 잘 모르면서 어린 나는 조금씩 따라 부르곤 하였다. 알 순 없지만 왠지 구슬픈 노랫가락에 눈물을 글썽이면 아버지는 나를 꼬옥 안아주시곤 하셨다.

어느 봄날, 아버지는 막내딸을 무릎에 앉히고 등을 토닥이시며 귀에 대고 약속하셨다. "여름이 오면 (시집간) 원산 큰언니네 가자. 우리 바닷가에 나가 조개 줍자." 원산 해변 모래사장엔 조금만 물속으로 들어가도 예쁜 조개가 많았던 것으로 기억한다. 그해 여름이 오기만 기다리던 막내딸. 하지만 여름이 오고 가고…… 다시 여름이 와도 아버지는 오시지 않으셨고 나는 조개잡이를 가지 못했다. 그렇게 오랜 세월이 흐르며 계절이 바뀌었건만 아버지는 끝내 오시지 않으셨고 나는 아버지를 기다렸다.

해방되기 3개월 전, 우리 가족은 서울 집으로 돌아왔다. 아버지만 빼고 돌아왔다. 나중에 안 일이지만 이웃 환자를 돌보던 그는, 환자는 살리고 자신은 전염병에 걸려 그만 돌아가셨다. 나는 그때 보았다. 원산 언니네 안방, 병풍 앞에 아버지가 가만히 누워계셨다. 억센 남자들이 누르스름한 광목천 같은 뻣뻣하고 긴 끈으로 아버지를 꽁꽁 묶는 것을 보았다. 아버지 몸에서 이상한 소리가 났고 나는 아프겠다고 생각했다. 그때 문득, 놀란 어느 친척 어른이 날 번쩍 들어 다른 방으로 데려가 잠재웠다. 나는 지금도 원산 언니네 정원을 본다. 수많은 수녀님들이 머리에 하얀 고깔을 정갈하게 쓰고 여러 모르는 사람들과 함께 모여서 성가를 부르는 모습도 보인다.

나는 제사 때 피우는 향냄새를 두려워한다. 아름다운 산사는 좋아해도 그곳에서 은은히 퍼지는 향내를 두려워한다.

서울로 돌아온 어머니는 막내인 나를 동대문에 있는 탁아소에 보냈다. 과부가 된 그녀는 아이들을 기르고 학교에 보내려면 돈을 벌어야 했다. 탁아소에서, 모든 아이들이 층층으로 된 침대에서 곤히 낮잠을 자고 있을 때 나는 침대를 내려왔다. 소변이 급했는데 말할 사람이 보이지 않았다. 밖으로 나가려고 문 앞으로 다가서서 문을 흔들었다. 그러나 열리지 않아 열쇠구멍으로 밖을 내다보았다. 그때 어떤 눈동자가 안을 들여다보다 깜짝 놀랐고 나는 서 있던 그 자리에서 그만 따뜻한 물로 바닥을 흥건히 적시고 말았다.

다른 어느 날, 아이들이 모두 잠들었을 때 혼자 일어나 문을 열고 나온 심심한 한 아이는 수도꼭지를 돌리기 시작했다. 한 개, 두 개, 여기 저기…… 바닥은 홍수를 이뤘다. 어머니 대신 나의 언니는 아침에 탁아소까지 따라왔다. 마중 나온 선생님을 보고, "선생님께 인사해야지? 자아." 언니가 말하자, 그때 나는 고개를 앞으로 숙이지 않았고 반대로 가슴을 활짝 피며 배를 불쑥 내밀었다. 당황한 언니는 민망해 하면서 도망치듯 집으로 돌아갔다. 나중에 언니가 말하기를, 애가 커서 어떤 사람이 될지 꼭 보고 싶다고 선생님이 말씀하셨단다.

나는 제사 때 피우는 향냄새를 두려워한다. 아름다운 산사는 좋아해도 그곳에서 은은히 퍼지는 향내를 두려워한다.

나는 아버지를 기다렸다. 하루 또 하루 일 년이고 몇 년이고 기다렸다. 그러나 아버지는 오시지 않으셨고 나는 원산 해수욕장으로 조개잡이 하러 가지 않았다. 그런 나는 조용히 초등학교에 다녔다. 커다란 운동장에서 여자아이들이 긴 고무줄을 팽팽히 잡고 놀이를 즐길 때 나는 깡충깡충 뛰는 고무줄을 하지 않았다. 아이들이 노는 것을 그냥 바라만 보고 있었다. 1950년 6·25 한국전쟁이 일어났다. 어른들은 지폐가 가득 들어있는 전대를 배에 차고 아이들은 간식거리를 넣은 작은 가방을 메고 뚜껑 없는 화물칸 기차에 탔다. 펄펄 눈을 맞으며 피난을 가면서도 나는 아버지를 기다렸다. 그러나 아버지는 오시지 않으셨고 나는 조개잡이 하러 가지 않았다.

충청도 연기군을 거쳐서 부산으로 피난을 갔다. 어머니는 거기서, 된장같은 것이 담긴 함지박을 머리에 이고 나가, 대신동 시장 입구 쪽 바닥에 앉아 장사를 하셨다. 나가실 때마다 어머니는 마른 김과 밥 한공기와 간장을 주고 가셨다. 초등학교 2학년쯤인 나는 학교에 다니지 않았고 때가 되면 마른 김에 밥을 둘둘 싸서 맨 간장에 찍어 먹었다. 나는 바다 냄새 나는 김을 좋아했고 어머니는 날마다 마른 김과 밥과 간장을 내주고 시장엘 가셨다. 잠시라도 안 보이면 병아리처럼 졸졸 따라다니며 울던 나는 엄마도 찾지 않고 김밥을 먹었다.

나는 제사 때 피우는 향냄새를 두려워한다. 아름다운 산사는 좋아해도 그곳에서 은은히 퍼지는 향내를 두려워한다.

세월이 흘렀고, 평범한 나는, 어머니의 뜻대로 공부도 하고 결혼도 하였다. 아이도 3남매나 낳았다. 슬플 때나 기쁠 때나 어떤 변화가 있을 때마다 나는 아버지를 기다렸다. 그러나 아버지는 돌아오시지 않으셨고, 나는 원산 백사장으로 조개잡이 하러 가지 않았다. 한 번은, 연탄가스 냄새에 중독되어 일 년 동안이나 자리보존하고 누워 식물인간으로 지냈다. 그리고 나는 시인이 되었다. 그때도 나는 아버지를 기다렸다. 그러나 아버지는 돌아오지 않으셨고 나는 원산 바닷가로 조개잡이 하러 가지 않았다.

나는 제사 때 피우는 향냄새를 두려워한다. 아름다운 산사는 좋아해도 그곳서 은은히 퍼지는 향내를 두려워한다.

꽹과리 소리, 장구소리, 피리소리 요란했던 그곳. 무당이 화로의 잿더미 속에 가득 꽂힌 향불을 뒤로 하고 갑자기 내 앞으로 다가왔을 때, 어린 나는 호흡을 멈췄다. 산더미처럼 커, 위압적인 무녀는 나의 목뒷덜미, 원피스의 제일 윗 단에 있는 단추 하나를 우악스레 잡아 뜯었다. 그리고 펄펄 제자리로 돌아가 미친 듯이 춤추기 시작했다. 구경꾼들이 웅성 거렸다. 무당이 아버지의 목숨을 죽어가는 어떤 환자의 목숨과 바뀌쳤다고 말했다. 아마 아버지는 그때 돌아가셨는지 모른다. 그 순간 그 환자는 살아났고 나의 아버지는 돌아가셨다. 아~ 나는……그곳에…… 가지 않았어야 했다. ……않았어야 했다.

나는 제사 때 피우는 향냄새를 두려워한다. 아름다운 산사는 좋아해도 그곳에서 은은히 퍼지는 향내를 두려워한다.

아버지…… 빈 하늘에 대고 불러본다. 정말 죄송해요……정말 사랑 했는데…….

기우뚱한 나무

임덕기

▮ 수필가, 국문학과 72 ▮

우리 동네 꽃집 옆에는 이름을 알 수 없는 나무 한 그루가 서 있다. 지난해 휘몰아친 바람으로 뿌리가 흔들려 멀리서 보면 '피사의 사탑'처럼 보인다. 관리실에서 버팀목을 세워도 나무는 점점 기울어져가고 지나다니는 이들은 불안한 눈으로 위를 올려다보곤 한다.

오랜 세월 아파트와 함께 한 나무는 이제 중병에 걸린 사람처럼 모습이 애처롭다. 장승처럼 서 있는 나무 등걸에서 하얀 송진이 눈물처럼 쉼 없이 흘러내리고, 우듬지에는 뻐꾸기 시계추 같은 초록열매가 힘겹게 매달려 있다. 몸이 아픈 어미가 새끼를 품에 껴안고 죽을힘을 다해 버티고 있는 모습처럼 보인다.

같은 종류의 나무가 저만큼 떨어진 교회 옆에도 서 있다. 머리숱이 많은 남자처럼 당당하고 수려한 나무는 기울어져가고 있는 나무를 애끓는 마음으로 바라보고 있다. 차마 달려갈 수 없는 붙박이 나무라 서로 그리워하면서도 만나지 못하는 사람처럼 애절해 보인다. 서로 마주보며 기운을 잃지 말라고 무언의 말을 이미 전했는지도 모른다. 사람이 모르는 그들만의 교감방법으로 말이다.

기우뚱한 나무 옆을 지나가면 뜨거운 모성애가 훅 느껴진다. 죽어가면서도 열매를 살리려는 안간힘이 보는 이의 마음을 애태운다. 식물은 위기가 찾아오면 종족보존을 위해 더욱 치열해진다고 한다. 위험한 상황을 재빠르게 알아채고 적응하는 나무의 능력이 놀랍고 신비스럽다.

공기 좋은 산속에 있는 소나무보다 공해가 심한 길옆 화단에서 사는 소나무에 솔방울이 더 많이 달린다고 한다. 언제 나무가 사라질지 모르니 종자를 남겨야 한다는 유전자의 다급한 명령을 말없이 따르는 것이리라.

봄부터 가을까지 햇빛이 넉넉한 불과 몇 달 사이에 나무는 온 힘을 다해 새순이 돋고 꽃이 피어 열매를 맺는다.

기우뚱한 나무를 바라보면 한 여인의 슬픈 모성애가 떠오른다. 결혼 초 장위동에서 살 때였다. 우연히 동네 근처 산자락을 지나가다가 본 움막 안에는 얼굴이 꼬질꼬질한 웬 여인이 어린 아들과 살고 있었다. 땅이 꽁꽁 얼 정도로 매서운 날씨에 아들을 품에 꺼안고, 차디찬 흙바닥에 가마니를 깔고 앉아 밀가루 풀죽을 끓이고 있었다. 들리는 말로는 정신이 약간 온전치 못한 여인이라고 했다. 하지만 그녀의 자식 사랑은 정상적인 다른 이들보다 더하면 더하지 결코 덜하지 않았다. 아들을 위해 헌신하는 모습을 보면 가슴이 저렸다. 안쓰러운 마음에 겨우내 먹을 것을 갖다 주었다.

하지만 봄이 되자 그들은 어디론가 떠나고 말았다. 이따금 그들 모자의 모습이 생각나곤 한다. 매서운 추위에 어미의 체온으로 견뎌낸 아이가 지금쯤 잘 자라 성인이 되었을까 궁금해서다.

창조주가 신의 사랑을 대신할 수 있는 모성애를 인간에게 주었다. 하지만 결혼하지 않고 자식도 낳지 않으려는 젊은이들이 늘어간다. 그들은 모성애를 느껴볼 기회조차 없는 반면, 나무는 종자를 퍼트리며 주어진 숙명을 잘 감내하는 모습이 아름답다. 그래서 지구의 생물이 명맥을 이어가고 있는지도 모를 일이다. 우리는 나무가 드리워주는 널찍한 품인 그늘 아래서 서로 의지하고 부대끼며 살고 있는 게 아닐지.

평생 자식들 돌보느라 살림밖에 모르고 고생만 하셨던 어머니. 다함이 없는 희생과 사랑으로 오늘의 우리를 있게 하셨다. 아버지가 돌아가신 후에는 기우뚱한 나무처럼, 마주보는 나무처럼 자식만 바라보다가 떠나가신 어머니를 생각하면 지금도 목이 멘다.

삶의 여정에서 나도 내 자녀들에게 꼭 필요한 곳에 있어주고, 단지 그 자리에 서 있기만 해도 위안이 될 나무처럼 살아가고 싶다. 자주 찾아가지는 못해도 늘 식지 않는 모성을 간직한 채, 멀리서 말없이 자식들을 마주보며, 그들의 삶이 행복하길 기원하는 어미의 길을 가고 싶다.

기적의 만남

정영자
▮ 수필가, 불문학과 64 ▮

1950년 9월 28일, 드디어 서울이 수복되었다. 북진이 계속되면서 우리가 살고 있던 해주를 거쳐서 유엔군이 압록강까지 이르게 되었다. 우리 식구는 전쟁 전에 월남해서 서울에 사시던 외삼촌이 우리에게 연락하실 것을 기다리고 있었다.

그러던 중에 언니의 친한 친구가 서울에 사는 가족에게 가게 되었다며 우리집에 들렀다. 오빠가 서울에서 국군에 입대했는데, 군 동료가 해주에 오는 길이 있어서 동생을 데려오도록 부탁했다는 것이었다. 그 친구는 6·25전쟁 전에 가족과 같이 월남하다가 경비병에게 혼자만 붙잡혀 이산가족이 되어 해주에 살고 있었다. 같은 고등학교 1학년생으로 언니와는 같은 반 친구였다. 어머니는 가족과 떨어져 혼자 지내는 그를 늘 측은해 하셨다. 특별한 음식을 만드시는 날엔 꼭 그 친구를 집으로 부르곤 하셨다.

전부터 언니는 하루라도 빨리 서울에서 학교에 다니고 싶어했다. 반대하시는 부모님을 설득해서 그 친구와 서울로 가는데 동행하도록 허락을 받아 냈다. 친구를 데려갈 군인 아저씨도 언니의 동행을 허락했다는 전갈을 받고는 언니는 뛸 듯이 기뻐했다.

언니가 떠나는 날, 어머니는 둘째 남동생을 업고 시장에 가셨다. 단골 상점에서 좀처럼 구하기 힘든 남한 화폐를 꾸어서 언니에게 주시며 조심해서 잘 가라고 이르셨다. 약속한 시장 입구에는 이미 트럭이 와서 기다리고 있었다. 친구가 트럭 위에서 내미는 손을 잡고 언니가 올라타자마자 차는 서서히 출발하기 시작했다.

뒤에서 천천히 따라가시던 어머니가 갑자기 나도 가야겠다고 소리치시며 트럭을 향해 달리기 시작하셨다. 언니와 친구는 운전석 위를 마구 두드렸다. 차가 멈칫멈칫 하는 사이에 언니와 친구의 손을 부여잡고 어머니는 트럭에 올라타셨다. 순간의 결정이었다. 전쟁 와중에 결코 두 소녀만을 보낼 수가 없었던 것이다. 온갖 고생 끝에 서울에 도착해서 외삼촌 댁 식구들과 반갑게 만날 수 있었다.

외삼촌이 우리가 사는 해주로 연락을 못 주신 것은 슬픈 사연이 있었기 때문이었다. 월남 후, 외삼촌은 조달청에 군인용 고추장과 된장을 납품하는 사업을 하셨다. 북한군이 서울에 진입하자 월남했다는 것과 군에 납품했다는 죄목으로 체포되어 북송되셨기 때문이었다. 어머니와 언니가 도착하자, 혹시 외삼촌이 해주 우리집에 가지 않았냐고 외숙모가 물으셨다. 아니라고 하자, 외할머니와 외숙모가 대성통곡을 하셨다.

어머니와 언니가 서울에 도착하고 얼마 후에 한 젊은 청년이 집으로 찾아왔다. 자기는 외삼촌과 같이 묶여서 캄캄한 밤에 북으로 끌려가고 있었다고 했다. 체포 전부터 치질로 고생하시던 외삼촌이 묶인 줄을 풀어주시며, 당신은 젊으니까 어서 남한으로 가라고 하셨단다. 자기는 더 이상 걸을 수가 없는데, 한 사람이 쓰러지면 두 사람 모두 죽일 것이니

어서 피하라고 하셨다. 그러면서 외삼촌이 집에 소식을 전해 달라시며· 주소를 주셨단다. 그 청년의 말로는 자기가 도망친 사실이 발각된 즉시, 외삼촌은 죽임을 당했을 것이라고 했다. 행여나 하는 한 가닥의 희망마저 사라지자 온 식구가 또 한 번 통곡을 했다. 교회 장로이셨던 외삼촌은 항상 믿음 안에 사시는 진실한 분이셨다.

어머니와 언니는 며칠 후에 공민증을 발급받았다. 그 즈음에 중공군이 참전하면서 북과 장구를 치며 인해전술로 파도처럼 밀고 내려오기 시작했다. 유엔군이 후퇴한다는 소식이 들려왔다.

어머니와 언니는 해주에 머무는 아버지와 식구들을 데리러 가기로 했다. 그 소식을 들으신 이 장로님께서 본인이 가겠다고 하셨다. 만주에서부터 아버지와 호형호제하며 친형제처럼 지내던 분이셨다. 어머니와 언니보다는 건장한 청년인 자기가 가야만 더 빨리 해주에 도착할 수 있다고 하셨다. 그 어려운 상황에 선뜻 나서 주시니 어머니와 식구들은 감사할 따름이었다.

그런데 이번에도 언니가 동행하겠다고 고집을 부리며 나섰다. 방해만 될 뿐이라고 모두가 반대했다. 하지만 언니는 자기가 가야만 해주 집을 빨리 찾을 수 있고, 어린 남동생도 업고 와야 한다며 끝까지 고집해 허락을 받아냈다. 한없이 선하고 조용한 성격의 언니에게 어디에서 그런 용기가 나왔는지 지금도 궁금하다.

가족이 이주하려면 이사 증명서가 필요했다. 증명서를 발급받은 다음날 새벽에 이 장로님과 언니는 서울을 떠났다. 쉬지 않고 걸어서 밤늦게 개성에 도착했다. 100여 리 길을 걸었던 것이다. 열여섯 소녀였던 언니는 그날 밤에 여관에서 저녁상을 받았을 때, 지진이 난 듯이 주위가 온통 흔들리며 어지러웠단다. 다음날 새벽에도 일찍 출발해야만 당일에 해주에 도착할 수가 있었다. 후퇴 속도가 점점 빨라져서 자칫하면 중공군과 맞닥뜨리게 될지도 모르는 급박한 상황이었다.

해주로 가려면 청단을 지나야 했다. 장로님과 언니가 청단을 통과하게 된 때는 오후 1시경이었다. 점심 먹을 생각조차 못하고 빠른 걸음걸이로 지나가고 있었다. 그때 어디선가 "명숙아!"라고 언니를 부르는 소리가 들려왔다. 낯익은 목소리여서 뒤돌아 보니 고종 사촌인 영복 오빠가 서 있었다. 언니는 "오빠가 여기 왜 있어?"라고 물었다. 오빠는 "아버지, 영자, 영건이 그리고 평양에서 사업하던 아버지의 사촌 동생인 아저씨랑 피난 가려고 여기까지 왔다."고 했다. 점심을 먹느라 식구들은 식당에 있었다. 해주에서 이곳으로 오는 길에 국군 복장의 병사들이 절대로 후퇴는 없다며 다시 해주로 돌아가라고 했었다. 아무래도 그들은 위장한 공산당원인 듯했단다. 그래서 아버지는 자초지종을 알아보시려고 경찰서장을 만나러 가셨다고 했다.

언니는 월남할 때에 밥값 대신 자신의 외투를 여관에 저당 잡혔었다. 때문에 서울을 떠나면서 외사촌 동생의 외투를 빌려 입었다. 추워서 머플러도 푹 눌러 썼다. 지나가는 인파도 많았는데 어떻게 오빠가 언니를 알아볼 수 있었을까. 그리고 점심도 거른 채, 왜 오빠는 식당 밖에 나와 서 있었을까. 참으로 기적 같은 만남이었다.

아버지는 한 시간쯤 후에 돌아오셨고, 그날 밤은 여관에서 자기로 했다. 나는 오랜만에 언니를 만나 무척이나 반가웠다. 남동생도 큰누나를 꼭 붙잡고 놓지 않으려 했다.

해가 져서 어두운데, 해주에서 같은 교회에 다니시던 김 장로님이 여관으로 우리를 찾아 오셨다. 해주에 있는 가족에게 급히 전해야 할 편지가 있다고 했다. 자전거를 빌려 줄 테니 내일 새벽까지는 돌아올 수 있을 것이라고 영복 오빠한테 다녀와 달라는 것이었다. 참으로 난처한 부탁이었다. 오빠는 싫다는 말을 차마 못 하고, 그가 건네는 편지를 가지고 서둘러 떠났다. 자전거를 빠르게 타려면 거추장스럽다며 외투도 벗어 놓고 갔다.

다음날 아침에 우리 모두가 식사를 끝내고 한참을 더 기다렸지만 오빠는 돌아오지 않았다. 이 장로님께서 서둘러 떠나야 한다고 하셨다. 중공군이 도착하면 길이 막힐 거라고 재촉하셨다.

아버지는 사지로 보낸 조카를 두고 떠날 수 없다고 하셨지만, 상황은 점점 급박해져 갔다. 할 수 없이 오빠의 외투와 여비를 묵었던 여관에 맡기고 떠나야만 했다. 우리는 청단을 떠나서 쉴 새 없이 걷고 또 걸었다. 혹시나 오빠가 뒤쫓아 오는가 해서 연신 뒤를 돌아보면서……

예성강에 도착할 때까지도 오빠는 오지 않았다. 강가에는 괴나리봇짐을 등에 진 수많은 피난민들이 이미 구름처럼 모여 강변을 온통 하얗게 덮었다. 나중에 백의민족이란 단어를 내가 처음으로 듣게 되었을 때, 그 예성강변의 광경이 제일 먼저 머리에 떠올랐다.

피난민들 사이를 헤집고 나룻배로 다가가니 증명서가 없으면 태울 수 없다고 했다. 이 장로님이 이사 증명서를 제시하자 우리 식구는 모두 배에 오를 수 있었다. 증명서 없이 배에 타려는 피난민들을 뱃사공은 사정없이 때려서 내리게 했다. 대부분의 피난민들은 증명서가 없어 우왕좌왕하며 기다릴 뿐이었다.

작은 배에는 우리 식구 여섯을 포함해 30명에 가까운 피난민들이 빽빽이 선 채로 예성강을 건넜다. 아무도 불평하지 않았고, 오히려 배를 탈 수 있어서 감사할 뿐이었다. 예성강을 무사히 건너서 우리는 서울로 향했다.

영복 오빠가 아니었다면 우리는 길이 엇갈렸을 터이고 증명서도 없었으니 남한으로 내려오지 못했을 것이다. 이 장로님과 언니도 해주에서 북한군과 맞닥뜨려서 체포되었을 것이다. 그랬다면 기독교인인데다 남한으로 피난까지 가려 했다는 이유로 모두가 숙청되어 이북 땅 어느 혹독한 정치 수용소에서 비참한 생을 마감했을지도 모른다.

"나를 그리도 예뻐해 줬던 영복 오빠, 우리만 남한에서 편안히 살게 되어 참으로 죄송합니다."

100m 거리

정훈모
┃ 수필가, 국문학과 74 ┃

지난 연말 연초에 내린 눈과 혹한으로 한동안 나가지를 못했는데 날씨가 조금 풀린 듯하여 집을 나섰다. 호수공원의 물은 얼어버렸지만 설경은 아름다웠다. 길이 미끄러워 조심조심 걸어야 한다. 작년 늦가을 개장한 이곳을 우리 부부는 자주 이용한다. 2개의 호수를 다 돌면 2시간이 넘게 걸려 충분한 운동이 된다. 유유히 흐르는 호수를 보며 사색에 잠기기도 하고 자맥질하는 오리떼를 보며 웃기도 한다. 남편은 걸음이 느린 내가 답답한지 저만치 혼자 걸어간다. 언제나 이렇게 손을 잡고 출발하지만 걸음이 느린 나를 제치고 앞서 걸어가 버린다. 저만치 앞에서 걸어간다. 가끔 뒤돌아보기도 하지만 거의 앞을 보며 묵묵히 걷는다. 38년을 살았지만 늘 느끼는 그와 나의 거리는 100미터다. 산비탈에서 눈썰매를 타는 아이들의 웃음소리와 환성소리가 고요한 공원에 활기를 불어 넣는다. 지금 나는 이렇게 혼자서 걷는 이 시간이 행복하다.

은퇴 후 남편은 혼란스러운지 잠깐 정신적인 방황을 했지만 곧 제자리로 돌아왔다.

평생을 정확, 완벽을 추구하며 살아온 그의 일상은 아침 7시30분 아침을 먹고 신문을 보고 그리고 9시에 도서관으로 향한다. 오후 5시에 돌아와 그날의 신문을 스크랩하고 저녁을 먹고 운동을 2시간 하고 11시에는 잠자리에 든다. 공부하고 학생들 가르치는 일에 종사했던 그는 그동안 미루어 두었던 한자자격 시험공부를 시작하여 목표를 달성했고, 여전히 전공 공부를 하며 도서관에서 하루를 보낸다. 학창시절 별명이 '도서관 귀신'이어서인지 언제나 한 자리에서 움직이지 않고 공부를 한다. 간혹 다른 학생이 자신의 지정석에 앉아 있으면 무엇인가 불안하고 편치를 않아 공부를 할 수 없었다고 한다. 그 버릇은 여전해 할아버지가 된 요즈음도 동네 도서관에서 자기 자리에 다른 학생이 앉아 있으면 눈치를 주곤 한다. 자기 방어벽을 견고히 쌓고 다른 사람에게는 전혀 관심이 없고 주위에 흔들리지 않는다. 처음에는 이런 남편이 답답하고 이해가 되지 않아 싸워도 보고 고쳐 보려고 애썼지만 소용이 없었다. 결국 포기하고 내 할 일을 할 수밖에 없었다. 소통은 한 사람만 애쓴다고 해결될 문제는 아니다.

완벽이란 얼마나 숨 막히는 말인지 정서적으로 나와는 맞지 않는 말이다. 너무나 정반대의 생활습관과 취향은 사람을 지치게 하고 질리게 한다. 하도 힘들어 한때는 헤어질까 하는 생각도 들었지만 아이들을 생각하며 순간순간을 넘기며 살았다. 차츰차츰 다름을 인정하고 나니 조금씩 편해졌다.

일상의 철학자로 불리는 '알랭 드 보통'은 결혼생활은 침대시트와 비슷하여 아무리 애를 써도 네 귀퉁이가 반듯하게 펴지지 않는 시트와 같다고 한다. 한쪽을 펴면 반대쪽이 흐트러지므로 따라서 완벽을 추구하면 곤란하다고 한다. 우리는 떠나고 싶어 하지만 결국 돌아오고, 실패가 두려워 불안해하지만 늘 성공을 꿈꾼다. 인생이란 행복과 불행의 고통 속에서 늘 허덕이며 힘들어 하지만 그래도 작은 위로와 희망이 우리를 붙들어 준다. 놓쳐버린 풍선이 아쉬워 울음을 터뜨린 꼬마도 엄마의 '내일 엄마가 또 사줄게' 라는 한마디에 울음을 멈추듯이……

세계에서 100미터 달리기를 제일 잘하는 우샤인 볼트는 9초 후반대로 주파한다고 들었다. 인간은 과연 9초대를 돌파할 수 있을까? 동물 중에 가장 빨리 달리는 치타는 4초대에 달리고, 여자 선수들은 평균적으로 15초에서 18초 사이라고 한다. 나는 걸음이 느리니 아무리 빨리 달려도 30초 사이일 것이다. 30초라는 시간은 짧다면 짧고, 길다면 긴 시간이다. 100미터, 길다고 느낀 거리가 30초라고 생각하니 결코 먼 거리가 아니라는 생각이 든다. 잠깐이면 달려 올 수 있는 거리다. 10쌍 중에 4쌍이 이혼한다는데, 나처럼 이렇게 집착보다는 다름을 인정하면 이솝우화에 나오는 두루미와 여우처럼 배려하며 살아갈 수 있다.

삶이란 묵묵히 걸어가는 게 아닐까 생각해 본다. 그러고 보니 100미터의 거리가 그동안 살아온 우리 부부만의 비법이었다. 벌써 정문에 도착한 남편이 저만치에서 나를 기다리고 있다.

허리케인 샌디가 첫 손님

조현례
동화작가, 영문학과 58

　어떤 시사 만평에서 미국 대륙을 천재지변이 자주 일어나는 현상을 크게 4구역으로 나누었다.

　미국 대륙의 동북상에서부터 해안선을 끼고 뉴멕시코를 거쳐 텍사스까지를 허리케인 지역으로, 서쪽 북상으로부터 역시 해안선 쪽으로 캘리포니아까지는 지진 지역으로, 중부와 다시 허리케인 지역을 합해서 토네이도로, 그리고 미국 전역을 기근 지역으로 구분해 놓았다. 그러니까 평화스런 햇볕 지역보다는 이중 삼중으로 재해 지역이 훨씬 넓은 것을 알 수 있다. 타이틀은 '어디에 살아야 하나?' 밥 잉글하트작 케이글 USA(한국일보 특약).

　물론 이 만평을 백프로 믿는 것은 아니지만 아무리 생각하고 골라봐도 안전한 곳이 없다.

　온난화로 인해 뉴저지 땅 전체가 물에 잠길 거라고 어떤 이는 말했단다. 그 말을 전해 듣는 순간 난 가슴이 철렁하고 내려앉았다. 좋아하는 친구와 가까운 지기도 많으며 아들도 사는데 어쩌나 하면서, 다음 순간 '걱정 마세요. 5천 년 후에 일어난다니까요.' '아이 깜짝이야, 난 또!'

요즘 와서 사람들은 날마다 여기저기에서 물난리가 나고 사람들이, 집더미가, 또 빌딩들이 떠내려가도 별로 놀라지도 않나보다. 나, 내 식구들이 안전한 곳에 있어서 얼마나 다행인가, 하는 것만 같다. 과연 그럴까. 참말로 멍청하니 태평해도 된다는 걸까. 나도 마찬가지다. 그렇다고 내가 무슨 뾰족한 수가 있단 말인가.

숲속의 우리집! 기다랗게 야산을 두리번거리고 내다볼 수 있게 지어놓은 볼품 없는 듯한 창고 집인데 멋지다고 하면 웃을까. 동북향을 향한 뒤뜰이 온통 자연의 아름다움을 과시하는 것 같아 한시도 내다보지 않을 수가 없다. 더구나 썬룸과 리빙룸은 대형 유리벽으로 건축되어 있어 내가 지금 어디에 앉아 있는지 어떤 땐 분간하기가 어렵다. 분명히 집안에 앉아 밖을 내다보고 있어도 바깥의 신선한 공기를 내 시원치 않은 심장 깊은 데까지 들이마실 수 있는 듯 상쾌하고 새들의 노래가 들리는 것 같다. 해가 떠오르는 황홀한 모습을 날마다 볼 수 있으며 해가 중천에 떠오를 때까지 우리집은 뉴욕의 겨울이 아니다. 12월 중순인데 햇볕이 사슴 한 쌍을 우리집 창문 가까이 불러내고 있다. 나무 밑에 깔린 낙엽을 뒤적거린다. 무슨 먹이가 있을까 싶다. 앞집의 개나리가 벌써 피기 시작한 걸 보아서는 낙엽 속에서 아마도 푸른 새싹이 움트고 있을지도 모른다.

이 집에서 내가 가장 선호하는 이 식탁만 해도 그렇다. 부엌 한가운데 캐비넷을 둘러싸고 돌같은 타일(6인치 정방형)의 결코 세련되게 보이지 않는 시골스러운 분위기를 풍기는 테이블이다. 바깥 풍경과 잘 장단을 맞춘다고 할까. 겨울에도 가을에도 아니 어느 계절의 특색도 다 따뜻하게 받아줄 아량이 있어 보이는 밥상이요, 책상이요, 아무 동반자 없이도 늘 대화할 수 있는 분위기를 만들어준다. 마치 이 집의 심장인양 모든 식구들의 마음을 따스하게 엔터테인 해주고 있다. 식당과 식탁이 기다리고 있어도 모두모두 이 자리에 모여 앉는다.

이사 온 지 꼭 1주일이 되는 날(10월 29일) 반가워하지 않을 허리케인 샌디가 첫 손님으로 방문을 하겠다고 들이닥쳤다. 제일 먼저 파워가 나갔다. 그것은 샌디가 벌써 가까이 왔다는 신호였다. 나는 미국 이민와서 36년 동안 한번도 겪어보지 못한 손님이어서 별로 준비를 못하고 있었다. 이사 오기 전에 냉장고는 다 비웠기 때문에 다시 사흘쯤 먹을 것들을 사들였다. 그 덕택에 안 먹어야 할 육식이랑 생선을 날마다 억지로 먹었던 것 같다.

미리 준비한 촛불과 전지들이 다 동원되었다. 저녁을 서둘러 먹고 치우는데 제법 사나운 폭풍이 불어닥쳤다. 겁이 났지만 어느 정도라는 감이 잡히지 않았다. 촛불은 어두움을 쫓아내 주었고 게다가 무드까지 내게 해주었기 때문이었던 것 같았다.

갑자기 어디선가 딱! 소리가 났다. 겁이 좀 났으나 아무도 어디에 누가 찾아왔는지 반갑게 나가 맞이할 수가 없었다. 남편이 어떻게 알았는지 지붕 위에 나뭇가지가 떨어졌다고 했다. 지붕이 평면이어서 큰 나무도 아닌데 소리가 크게 들린 것 같았다. 모두들 약간의 긴장감을 품고 있는데 또 한번 따딱! 소리가 났다. 우리 모두가 몰려 앉아 있는 서북쪽 썬룸 옆으로 제법 중간치 나무가 쓰러졌다. 샌디는 바로 기다랗게 드러누워 있는 우리집을 향해 동북쪽에서 뛰어서 달려들 듯 불고 있었다. 나무들은 마치 몸둘 바를 몰라 어쩔 줄을 모르는 것처럼 강렬하게 춤을 추고 있었다.

그때 소현이가 "엄마 우리 모두 두터운 코트를 하나씩 이 식탁 위에 올려 놓고 있다가 무슨 일이 생기면 입고 뛰어나가자." 하는 거였다. 그러면서 모두들 신발은 지금부터 신고 있어야 한다고 아이들을 향해 큰소리로 말했다.

그러면서 두려움을 잊어버리려는 듯 게임을 시작했다. 7살, 11살짜리와 남편 넷이서 모나포리를 하며 우리도 끼지 않겠냐고 했다. 우리는 그때가 고작 10시밖에 안 되었지만 우리 방에 들어가서 누워 있겠다고 했다. 누워서 책을 들면 시름을 잊을 수 있을 거라고 생각되어서였다. 보통 1시간이면 잠이 들곤 했으나 오늘은 신경이 곤두 서 있었다. 남편이 나보다 먼저 손을 들었다. 책이 머리에 들어오지 않는 모양이었다.

"자자. 이제 자다가 죽으면 함께 죽으니까 괜찮지 뭐야." 하는 거였다.

농담 반 진담 반으로 해석할 수 있었다. 난 아무 대꾸도 안했다. 그런데 그 순간 두려움이 사라지는 것만 같았다. 왜였을까. 설마 하나님이 우리를 보호해 주시겠지 하는 신념이 있어서였을까? 아무것도 확신할 수는 없었지만 아무튼 안정을 취했다.

아주 신경이 둔한 사람처럼 아침까지 푹 잘 수 있었다. 평소에 아무데도 배짱 하나 없는 겁쟁이 나 자신이 의아해할 만큼 잤으니 말이다.

아침에 일어나자 소현이 이미 뒤뜰을 돌아 보고 와서 알렸다. 그때까지 나는 어림잡아 10그루의 나무들이 쓰러져 있다고 추정을 했으나 딸은 20여 그루가 넘는다고 말했다. 경계선이 애매하니까 그중엔 몇그루쯤 다른 집의 영역일 수도 있다고 생각했다.

그때부터 우리는 원시 시대로 돌아가고 있었다. Leo는 어느 틈에 회사에 가서 제너레이터를 가져다 부분적으로 가동시키고 옆으로 쓰러진 나무들을 전기톱으로 켜고 있었다. 남편은 여기저기 말려 놓은 장작들을 들여다 2개의 벽난로에 불을 지피고 있었다.

우리는 아무것도 끓일 수는 없지만 장작불에 고구마랑 감자를 구워 먹을 수 있었다. 딸은 샌드위치를 한쪽 테이블에서 잽싸게 만들어 싸놓고 있었다. 나는 어릴 때 소풍 나갔을 때처럼 조금은 설레이고 서글프지가 않았다.

나는 장작불 앞에서 불현듯 옛날 우리 조상님들을 생각했다. 우리는 문명의 혜택을 받고 그동안 하마터면 우리의 조상들이 살아계셨던 옛날 그리고 아주 먼 옛날이 아닌 우리 기억 속의 가까운 옛날의 불편을 느꼈던 과거도 회상하지 않을 수 없었다.

차츰차츰 요령이 생기니까 숯불 위에 주전자를 올려놓고 커피도 마실 수 있게 되었다. 이것은 우리의 불청객인 허리케인이 가져다 준 별미의 행복이었다.

가로놓인 강

홍애자

┃수필가, 국문학과 60┃

"희정아, 건강 조심하고 연습 열심히 해."

건드리기만 하면 금방이라도 울음보가 터질 듯한 딸의 얼굴을 두 손으로 감싸 안았다. 안쓰럽고 측은해하며 아이를 보낼 때마다 매번 가슴이 멘다. 한창 부모 그늘에서 어리광을 부리며 학창시절을 보내야 하는 나이에 먼 이국땅에서 홀로 어려움을 감당해야 하는 아이가 한없이 안돼 보인다.

밤낮으로 연습에 몰두해야 하는 아이, 무엇 때문에 그 힘든 공부를 택해 고생을 하는지, 생각하면 모두가 내 탓인 것만 같다.

남편은 아무 말이 없다. 아이들이 왔다가 다시 돌아갈 때마다 입을 꽉 다물어버리는 남편, 섭섭함이 얼마나 클지 가늠이 된다. 자식 일이라면 우선순위로 놓고 있는 남편이기에 서운함이 얼마나 큰지 가늠이 간다. 다섯 딸을 모두 국외로 내보내고 오가는 길목에서 기쁨과 슬픔의 엇갈림으로 보내버린 십수 년 세월, 그 시간들 속에 열매 맺는 큰 나무로 자랄 아이들을 기다리는 게 오직 소망일 뿐이다.

아래층으로 내려가니 입국하는 가족을 마중하려는 사람들이 북적인다. 아이들을 보내고 이 층계를 밟을 때마다 입국장에 모여 있는 사람들이 부럽고 가슴마저 떨리는 건 아이들을 맞이하던 설렘이 남아 있어설까.

돌아오는 길은 멀고 먼 길처럼 아득하다. 아이들을 마중하러 달리는 길은 솜털처럼 가볍고 즐거움이 가득하지만 배웅을 하고 돌아오는 이 길은 무겁고 허전하다. 남편은 창밖을 응시한 채 말이 없다. 하나도 아니고 아이들 다섯을 모두 보내놓고 우리 내외는 속빈 강정처럼 허탈하게 지냈다. 이따금씩 전해지는 아이들의 기쁜 소식으로 별똥별을 좇듯 순간의 기쁨에 젖곤 하지만 그것은 그저 지나가는 바람처럼 흩어져 버리고 만다.

차창을 연다. 강에서 올라오는 비릿한 냄새가 코끝에 스민다. 남편은 여전히 창밖만을 바라보고 있다. 오늘따라 아섭고 서운한 마음이 더한 모양이다. 그는 기쁨과 슬픔을 감추지 못하는 게 큰 흠이다. 감성이 넘치는 성격이어서 표현이 다양하게 표출된다. 옆얼굴을 훔쳐보던 나는 입을 다물었다. 무슨 말이든 나누어야만 내 자신도 자제될 것 같았는데 그의 어둔 표정이 그나마 막아버린다.

저녁노을에 일렁이는 물살을 따라 달린다. 문득 아이와 우리 앞에 가로놓여 있는 게 바로 이 강인 것을 깨닫는다. 어디론가 끊임없이 흘러 정착할 곳을 찾아가는 물줄기처럼 아이들은 차츰 우리의 품을 떠나 자신의 길로 하나둘 떠나갈 것이 아닌가.

비가 뿌린다. 차창에 부딪히며 도록도록 물방울을 그린다. 어느 화가의 물방울을 담은 화폭을 연상해 본다. 내 가슴 안에서도 물방울이 흐른다. 크고 작게 멈추었다가 흩어진다. 물방울 속에 아이들이 웃는다.

손짓을 한다. 작가가 물방울을 화폭에 담는 것은 아마도 순간에 사라져 버림을 아쉬워해서가 아닌가 싶다.

아이 방문을 열었다. 찬바람이 돈다. 몇 시간 전만 해도 따뜻했던 방 안에 냉기가 돌고 적막하다. 떠나보내는 일에 익숙하다고 스스로 최면을 걸어왔던 십수 년이다. 억지로 되지 않는 게 자식과의 인연인가. 아이들마다 차례로 떠나보내고 그리워하는 세월은 가슴을 헤집고 뼈를 깎는 듯한 아픔이 아닌가 싶다.

헤헤거리던 딸아이의 모습이 이곳저곳에 떠다니며 손에 잡히지 않는 그림자로 남아있다. 아이와의 사이에 가로놓여 있는 강, 그 강을 넘나들며 또다시 허허로운 가슴에 그리움을 쌓고 있다.

2부
그래도 살맛 나는 세상

나의 살던 고향은

고영자
▮ 평론가, 영문학과 60 ▮

그제도 어제도 쭉 요즘은 아침부터 비가 내린다. 오늘 아침도 나는 비 오는 소리에 눈을 떴다. 비는 큰 소리를 내면서 세차게 쏟아진다. 비는 지붕에서부터 아침의 뿌연 광선을 받으며 빠르게 앞뜰의 돌 위로 소리를 내며 튀어 오르듯 내려온다. 이 빗물의 단조로운 연속음은 언제 끝날지도 모르게 계속되고 있다.

나는 얼마 전 소포로 받았던 우계숙의 소설 『나의 살던 고향』을 집어 들었다. 먼저 소설의 제명이 되고 있는 『나의 살던 고향』이 의표를 찌른다.

이 소설에서 말하는 '나의 살던 고향'은 어떠한 곳일까. 작가는 '수백 년 뒤 우리 후손은 지금의 우리 분단 역사를 어떻게 얘기하고 평가할까?'라는 전제를 초두에 내걸고 있다.

나는 우리나라의 분단과 6·25전쟁에 관하여 책을 여러 권 저술한 일이 있어 이 역사적 대사건이 소설 『나의 살던 고향』에서는 어떻게 풀어내고 있는지 관심이 쏠렸다.

　작가는 소설 속에서 주제로 하고 싶다고 미리 말하고 있었던 것, 우리의 분단 및 6·25전쟁 그리고 이산가족의 이야기를 작품 전체를 통해 집요하게 계속적으로 이야기 하고 있다. 우리 민족의 통한, 그것이 '우리 민족의 운명이다'라는 성찰, 그것이 소설의 전체를 뒤엎고 있는 것으로 해서 생기는 폐쇄성은 일본의 패전 후의 우리 민족의 '해방'의 의미를 되새기게 한다.

　『나의 살던 고향』이라는 제명은 1927년에 이원수가 작사하고 홍난파가 작곡한 우리나라 대표적인 동요「나의 살던 고향」에서 따왔다는 것이 직감된다.

　이원수는 나의 살던 고향은 꽃피는 산골 / 복숭아꽃 살구꽃 아기진달래 / 울긋불긋 꽃대궐 차리인 동네 / 그 속에서 살던 때가 그립습니다……라고 노래하였다.

　동요 속의 '그 속에서 살던 때가 그립습니다'의 구절은 그 당시의 현실이 무엇인가 옛 고향을 그리워할 정도에 처해있다는 호소를 감지시킨다.

　이 동요는 1927년에 작사되었으므로 그 시절을 돌아보면 1927년은 일본에서 1923년 관동대지진이 일어났으므로 이 지진 후 4년이 지난 때다. 관동대지진은 어마어마한 재해를 일으켰다. 이때 발생한 화재를 두고 일본 위정자들은 재일조선인들이 한 짓이라는 유언비어를 퍼뜨려 일본 자경단들이 약 2만 명의 우리 동포를 무지막지한 방법으로 무차별 살해하였다. 이는 이원수가 『나의 살던 고향』에서 나라 잃은 우리 민족의 통한을 담아내었다고 믿을 수 있게 한다.

　그런데 관동대지진기의 우리 동포 학살사건은 독일의 히틀러의 유대인 인종말살정책과 일맥상통하는 면이 있다. 히틀러의 나치스당 결당은 1920년이고 3년 후인 1923년에 히틀러를 중심으로 한 히틀러봉기가 일어났기 때문이다.

히틀러 나치스의 反유대인주의·유대인 인종말살정책은 데토릿히 엣카도라의 '인종주의'에서 연유된다. 엣카도라는 '유대인은 열등인종 중에서도 가장 위험한 민족으로 다른 민족과 혼혈을 하기도 하고 자신들의 풍습이나 사상, 세계관 또는 기독교라고 하는 형식을 통해 그 열악한 피를 다른 민족에게 감염시키려 하고 있다'고 선전하였다. 나치스당은 엣카도라 등이 결성하였고 1923년을 전후하여 크게 성장하였다. 히틀러는 엣카도라의 인종주의에 빠져들어 나치스당에 가담하였고 엣카도라는 히틀러를 이 당의 지도자로 내세웠다.

일본의 근대는 제반사에 독일을 모범으로 하고 있었던 역사적 사실이 있다. 더욱이 일본은 태평양전쟁에서는 독일과 이태리와 함께 3국 동맹을 맺고 함께 전쟁을 수행하였다.

일본에는 경구 비슷한 것이 있다. 우리에게는 '자빠져도 코가 깨진다'는 속언이 있지만 일본인들은 '자빠져도 흙 한 줌이라도 움켜쥐고 일어나라'라는 속언이 있다. 1945년 일본이 패전하여 우리나라 강제점령에서 되돌아 갈 적에 우리는 광복을 찾았다고 만세를 불렀지만 그들은 우리나라에서 흙 한 줌이도 움켜쥐고 돌아갈 궁리를 하였다는 사실을 우리는 전혀 모르고 있다. 그들의 흙 한 줌은 우리나라 38선 분단의 뒷배경이 되었다. 뿐만 아니라 6·25전쟁의 원인이 되기도 한 제주 4·3사건과 긴밀히 연관되어 있고 마침내는 알게 모르게 동족상잔의 6·25전쟁 발발에까지 이르는 음모로 변질되었다. 어떤 6·25전쟁 연구자는 6·25전쟁을 희극이라고 평하고 있었다.

오늘날 세상 사람들은 우리 민족이 어째서 그토록 오랫동안 분단된 채 한민족끼리 일상적인 갈등과 삶을 위협하는 긴장 속에 사는지를 이해하지 못할 것이다.

그러나 우리 민족은 바로 6·25전쟁 때문이라는 사실을 잘 알고 있다. 하지만 6·25전쟁 발발 뒤에는 일본의 음모가 작용하고 있었던 일은 거의 모르고 있다.

1945년 독일이 패배하여 제2차 세계대전은 종결되었고 미국과 영국, 프랑스, 소련의 4개국은 독일을 분할하고 점령을 시작하였다. 이 해 일본도 패전하여 우리나라는 광복을 외치면서 기쁨을 누렸지만 곧이어 38선의 분단을 맞았다.

전쟁을 일으킨 독일이 패전하여 전승국 연합국에 의해 분단 점령되는 일은 당연지사로도 보인다. 그런데 독일과 마찬가지로 패전한 일본은 분단되는 일도 없이 오히려 전쟁 발발과는 아무런 관련도 없고 일본에게 36여 년 간 강제점령으로 하여 황폐에 극에 달해 있던 우리나라가 일본을 대신하여 38선을 경계로 분단되어 오늘날에 이르고 있다.

나는 그동안 한일관계에 대한 역사책을 20권이 넘게 저술하였다. 그 중에는 6·25전쟁에 관한 책도 2권 있다. 6·25전쟁 뒤에 일본이 있다는 것이 나의 지론이다.

나에게는 지금도 어이없게 느껴지는 일이 하나 있다. 나는 항상 생각이 복잡하다. 그래서 몸소 차를 모는 대신에 택시를 자주 이용한다. 그 어느 날도 택시로 귀가 하던 도중에 기사와 6·25전쟁 이야기를 하게 되었다. 6·25와 일본이 관련이 있다는 이야기를 내가 꺼내자 그 기사는 강하게 반발하면서 그 당시 크게 보도되고 있던 '천안함 폭침'에 관하여 되묻는다. 그는 물론 북한이 한 행위라는 것을 굳게 믿고 있어 우리나라 자작극일 수 있다는 견해에 내가 동의한다고 말하자 그 기사의 격앙은 마침내 극에 달한 듯하였다. 그는 나에게 서슴없이 '빨갱이 같다'고 하면서 더 이상 자기 차에 태울 수 없으니 내리라고 한다. '빨갱이는 공산당'이니 나는 우리나라 국민의 0.2%에 속하는 계층이라고 자만하면서 보수주의 층에 속한다고 믿고 있는데 그런 내가 한순간에 공산당원이 되었다.

'빨갱이'가 크게 이슈화하던 시기는 북한을 '괴뢰 북한'이라 하면서 적의에 찬 반공교육이 극에 달하던 1980년대이다. '무찌르자 공산당, 몇천만이냐……' 이 멸공 반공의 노랫말은 오늘날에도 기억에 생생하다. 반공교육은 '북한, 그들은 인간의 가면을 쓴 짐승이다' '공산당은 잔악하고 괴물과 같은 존재'이다. 아마도 반공국가로서의 대한민국은 반공 기치의 원조인 미국을 앞서고 있다는 생각이 든다. 아마도 세계에서 둘째가라면 서러울 것 같다.

중국에는 '주택은 1년, 나무는 10년, 인간은 100년'라는 옛 속담이 있다. 무척 웅장한 호화주택이 아닌 이상 1년이면 한 채의 집을 지을 수 있다. 작은 묘목도 10년 자라면 나무라고 말할 수 있을 만큼은 자란다. 그러나 인간은 100년 걸린다는 이야기다.

요즘 100년 시대라고 하고 있어 인간은 100년의 수명으로 연장되어 있다고 해도, 그리고 아무리 의학이 발달하였다고 해도 100년의 수명은 그리 흔한 일은 아닐 것이다.

그런데 중국은 100년 시대로 칭해지지도 않던 옛날에 어째서 그러한 속담을 남기고 있었을까. 인재론이란 면에서는 그러한 해석이 통할지는 모르겠으나 단순히 한 사람의 인간의 성장만으로 생각할 때는 잘 납득이 가지 않는 면이 있다. 그러나 인간은 부친과 모친의 영향을 강하게 이어 받으면서 자란다. '부모는 半평생'이라는 우리의 속담이 있다. 그래서 '인간은 100년이다'가 가능한 말이 될 수 있다고 생각된다. 태어난 갓난애가 30세, 40세가 되고 50세가 되었다고 볼 적에 그 인간이 하나의 인간으로서 성장을 보이게 된 데에는, 그 성장의 발단은 100년 전에 씨앗이 있었다고 생각하면 오늘 갓 태어난 아이도 그렇게 자랄 것이라는 뜻이 담겨진다.

국가도 마찬가지 일 것이라는 생각이 든다. 오늘의 우리에게 있어 대한민국의 운명이 100년 전에 발단이 있었다고 보면 물론 대한제국기의 국가적 쇠망이 씨앗이라는 것은 자명해 진다. 하지만 오늘날의 우리에게 있어 더욱 가까이 다가오는 국가적 발단은 6·25전쟁이라는 생각이 든다.

도쿄에서 겪은 만국기 일화

김예나

▮ 소설가, 도서관학과 64 ▮

그해, 1977년 광복절 우리 가족은 도쿄에 살고 있었다.

특파원인 남편을 따라 온 가족이 도쿄에서도 한복판인 아카사카 7정목(丁目)에 '만숀'이라 불리는 아주 소박하고 작은 다다미방 아파트에 월세를 살았다.

일본말이라곤 동요 몇 개를 부를 수 있는 게 고작인 세 아이들을 일본인 초등학교에 3학년, 1학년과 유치원에 입학시킨 처음 얼마 동안은 남모르는 긴장의 나날이었다. 제대로 따라갈 수 있을까 했던 처음의 기우를 뒤집고 한 학기가 지나자 세 녀석들 모두 학과공부는 물론 피아노, 미술, 음악, 수영, 스키 심지어 게임까지도 앞장서서 섭렵해 주었다.

시월 몇 번째인가의 일요일 가을운동회가 열렸다. 재학생들의 온 가족이 참석한 문자 그대로 동네잔치였다. 학생 수가 워낙 적은 탓에 한 아이가 여러 종목에 겹치기 출연, 제 기량을 한껏 부모들에게 보일 수 있는 날이기도 했다. 남의 잔치에 초대받은 듯한 서먹함이 전혀 없지는 않았지만 우리 아이들 셋이 자신만만하게 제 몫을 해내는 걸 낱낱이 볼 수 있었기에 우리 내외에겐 행운의 날이었다.

집으로 돌아오면서 크고 작은 상을 한 아름이나 안고 있으면서도 무겁게 가라앉은 큰딸의 얼굴이 문득 내 눈에 들어왔다. 그제야 나는 그날 내내 그 아이가 별 말이 없었던 것에 생각이 닿았지만 집 밖이라서 아무것도 캐묻지는 않았다. 현관문만 열면 외국이다. 너희들 한 명 한 명이 모두 살아있는 외교관이다. 언제부터인가 남편이 아이들과 내게 해오던 말을 나 또한 주문처럼 외우고 있었다.

집에 와서도 여전한 큰딸을 안아주며 무슨 일이냐고 묻는 아빠 품안에서 아이는 만국기, 만국기라고 울음 범벅인 대답을 했다. 나는 여전히 어리둥절해 있었고 남편은 '나만 알고 있으려고 했는데 원 녀석이 눈도 밝다' 하면서 아이의 등을 쓸어주었다. 구름 한 점 없는 하늘 드높이 매달려 온종일 아이들과 같이 뛰고 같이 깔깔대고 신명을 냈던 만국기 안에는 태극기가 없었다는 거다. 세계의 알만한 나라들의 국기가 다 걸렸는데, 심지어 벌써 망해버린 월남 국기까지 끼었는데 대한민국, 우리나라의 국기만 없더라는 거였다.

'1965년 한일국교정상화가 이뤄지기 전에 일찌감치 장만한 만국기인데 아직도 깨끗해서 새것을 살 생각은 미처 못 했다. 그러나 댁의 애들이 섭섭해 했다는 얘길 듣고는 너무나 미안하다. 다음 운동회 때는 명심하겠다……'

이튿날 학교장으로부터 걸려온 소명전화의 취지였다. 직접 찾아뵙지도 못하고 전화로 인사 올리는 무례를 용서해 주십사 하는 깍듯한 예의와 함께 걸려온 전화의 내용은 상당히 설득력이 있었다. 우리 아이들이 처음 참가한 운동회 감상을 들으려 일부러 찾아온 아파트 주인이 전후 사정을 듣고는 학교 당국에 태극기가 빠진 만국기 얘길 한 모양이었다.

그 뒤 아이들이 귀국하기까지 세 번의 학교운동회가 더 있었다. 그리고 우리 가족은 가을바람에 '어색하게' 끼어 펄럭이는 작은 태극기 몇 장을, 그나마 이웃 학교에서 잠시 빌어다 운동회 때만 잠시 매달아놓곤하는 태극기를 가슴 뻐근함으로 바라보곤 했다.

흐르는 세월 속에서 아이들은 키나 몸집만 자라는 게 아니었다. 삼년이 조금 넘는 동안 얼마간의 거리를 두고 내 나라를 바라보았을 때의 모습도 볼 수 있었고, 설명이 필요 없는 '내 나라사랑을 뼈저리게 체험할 기회도 있었다고 본다. 현해탄을 가운데 두고 우리에게는 더 없는 애국지사가 그 나라의 흉악범이 되는 상반된 상황 앞에서 한때는 흔들리기도 했던 가치관이 혼란을 거쳐 새로운 개념의 가치를 만들어 가기도 했다. 모두가 어둔한 상태였긴 했지만 그 연령대로서는 최선의 발버둥이었다는 걸 엄마인 나는 인정하고 싶었다.

임기가 끝나 서울로 돌아올 때 우리는 만국기 여섯 벌을 학교에 선물했다. 세계의 수많은 나라들 속에서 태극기가 당당하게 자리매김한 만국기이었다. 누구에게 선물을 하고 그렇게 마음 뿌듯해 보기는 난생처음이었다.

아이들의 마지막 등교일은 마침 음악조회가 있는 금요일이었다. 단상을 가운데 두고 양 옆으로 세워놓은 히노마루 일장기(日章旗)와 태극기(어디서 어떻게 구했는지 모를)가 연신 바람에 펄럭거렸다.

언제까지나 사라지지 않는 / 친구로 남아 있어요.
내일의 꿈을 간직한 희망의 길목에서 / 서로 믿는 기쁨을 소중히 간직하고
오늘은 안녕 / 다시 우리 만나는 날까지

'오늘은 안녕'이 여울져 흐르는 노래 한가운데 우리 아이들 셋은 나란히 서서 교실로 들어가는 전교생 한 명, 한 명과 악수를 나누었다. 아이들은 좋아하는 사람과의 헤어져야 하는 아픔을 몸으로 체험하고 있었다. 같은 언어를 쓰던 사람들이 서로 방언을 쓰며 나뉘어져 살기 시작한 게 언제라고 했던가. 일본인이기에 앞서 좋은 친구들과의 이별을 하고 있는 나의 세 아이들은 긴 설명 없이도 사람과 사람 사이에는 거창한 이념이나 가치관 이전에 가슴으로 흐르는 정감(情感)이 있다는 것을 절감하고 있으리라.

  오늘은 2013년 광복절. 이날만은 잊지 않고 창밖에다 태극기를 내거는 남편의 얼굴에서 땀방울이 뚝뚝 듣는다. 오늘, 이 심상치 않은 폭염을 무릅쓰고 그때 그 세 아이들의 2세들, 고등학교 3년에서부터 초교 5년생까지 여섯 명의 손주들이 모두 우리집으로 모인단다.

마음 안에 담아둔 편지

김은자
▮ 수필가, 국문학과 60 ▮

명주가 갔다.

낯선 길로 들어서 혼자 걸음을 떼어놓으며 그때 제 발이 밟고 가는 그 길이 되돌아올 수 있는 예사로운 길이 아님을 친구는 알고나 갔던 것일까?

친구가 그 길을 떠나기 전날, 병원에 있다고 해서 서둘러 일산에 있는 병원으로 갔다. 곁을 지키고 있던 딸의 말이, 어머니 허리통증이 심해 주사를 맞고 잠들었다고 했다. 돌아와 전화를 기다렸다. 이전 같으면 다녀간 것을 아는 순간 바로 전화로라도 상황을 알려주며 '고맙다'는 말을 수차 반복해서 '그만!' 이라는 명령조의 한마디로 말을 아끼라고 했을 텐데……

그날은 감감무소식이었다.

전화를 통해 확인한 결과가 '명주의 돌연한 절명' 이었다.

지난 세기의 50년도 후반, 전쟁의 상흔을 밟고 캠퍼스에서 만나 그 후 무려 60여 년 함께 쌓은 정의 돌탑이 무너져 내리는 소리를 그가 없는 상태에서 혼자 듣게 되다니…… 친구의 곁에서 그 하룻밤을 같이 있어주지 않고 발길을 돌렸던 것이 후회스럽기만 했다.

이제 친구와 다시 만날 때 그는 뭐라고 말을 할 것이며, 나는 또 그날 돌아 올 수밖에 없었던 상황을 뭐라고 변명을 해야 할지…….

명주는 그 어느 누구보다 진실하고 성실하게 일생을 산, 말뜻 그대로의 알곡이었을 뿐 결코 한순간도 쭉정이는 아니었다.

대학에서 시간강사를 하던 남편을 젊은 때, 하늘로 떠나보낸 후에도 두 아들과 딸을 동량으로 키워냈다. 그러면서도 영등포로터리에서 과일 몇 개씩을 풀어놓고 그것을 팔고 있는 동창의 처지를 동정해 동분서주하기까지 했던 휴머니스트였다. 명주가 자주 즐길 뿐만 아니라 좋아하기도 했던 음식은 냉면 그것도 물냉면이었다. 그녀의 가슴 안에 늘 불덩이 같은 사랑과 함께 아픔이 이글거리고 있어서 그랬을지도 모른다.

모두가 힘들 수밖에 없던 때, 혼자 힘으로 그 거센 파도를 헤쳐 나가야했고 그때마다 몸을 무기로 해서 파고와 맞붙어 힘들었을 테니, 왜 허리통증이 심하지 않았겠는가.

명주는 이를 드러내 내보이지 않고 특히 동창회 일에는 힘을 보태려 애를 썼던 우리들 사이의 여장부였다. 바로 이런 그 친구 나름의 순수한 열정으로 제 발로 병원에 들려 수분과 함께 전해질 등을 보충해주는 링거 바늘을 팔에 꼽고 누워서 다른 한 팔로 내게 전화를 하곤 했었다.

사실 그가 어느 누구 앞에서도 당당할 수 있었던 것은 비바람 속에서도 힘없이 무너져 내리지 않고 우산살처럼 활개를 펼치고 있는 의지와 이네들의 버팀목인 우산대 같은 무게감 때문이었음을 그가 떠난 후인 이제서 비로소 깨닫게 된다.

쓸 데 없는 말수로 차린 잔칫상처럼 화려하게 분위기만 띄워놓고 뒤

돌아서서 비웃는 전형의 속물이 아닌, 언제나 그날이 그날인 진국 그 자체였다.

사람들이 인품을 흔히 그릇에 비유한다. 접시나 대접 또는 커피잔이나 이들을 쓸어 모아 담을 수 있는 드럼통 같은 곳이 세상이라면 명주는 맑은 물이 가득 담겨있는 항아리였다. 누구든 뚜껑만 열면 맑고 신선한 물이 가득 채워져 있어 갈증을 씻어낼 수 있는, 그런 속 깊은 친구였다.

이런 친구에게, 26일 동창회에서 만나자고 인사를 건넸을 때, 그래, 그날 우리 만나자, 할 줄 알았으나 명주는 그날 전혀 예상 밖의 말을 했었다.

"그날 갈 수 있을지 모르겠다."

어떤 예감 때문이었을까, 아니면 피치 못할 이유가 있느냐고 묻지도 않고 나도 모르게 마음과는 다른 말이 튀어나왔다.

"그래 오지 마! 기다리지 않을게."

그를 위한 진심어린 걱정이 모임과의 마지막 이별이었다.

명주야, 이생의 많은 순간들을 같이 할 수 있어서 고맙고 행복했다. 어디에서 무엇으로든 우리는 또 만나 이승에서의 인연을 이어갈 수 있으리라고 확신한다. 그곳에서의 생활이 즐겁고 보람되기를 간절한 마음으로 기원하고 있을게.

보고 싶다 명주야.

서울 일본인 교회와 나

김정희
▮ 수필가, 불문학과 63 ▮

내가 서울 일본인 교회 30주년 감사예배에서 감사패를 받은 것은 2011년 10월 30일이었습니다. 내용은 '귀하는 초기부터 일본인 교회의 여러 집회에 참석하고 성가대의 멤버로서도 봉사를 하는 등 후진의 성도들에게 솔선수범을 보였습니다. 이에 그 노고를 기리어 감사패를 증정합니다.' 나는 너무나 황송하고 부끄러웠습니다. 지금까지 일본인 교회에서 받은 은혜가 너무나 많았기 때문입니다.

나는 대학 졸업 후 결혼하여, 1970년 남편이 신문사의 주일특파원으로 임명되어 아이들 셋을 데리고 동경에서 1년 반 살았습니다. 당시의 일본은 고도경제 성장기였기 때문에 우리가 살던 아파트 밑에는 좋은 물건이 버려질 정도로 한국과 경제적 차이가 있었습니다. 처음 외국 생활은 즐거워 남편이 정치부장으로 승진되었어도 서울에 돌아오고 싶지 않을 정도였습니다.

40대 초, 나는 대학원 일문과에 입학했고 그곳에서 만난 친구와 같이 일본인 교회에 간 것은 1984년 봄이었습니다. 그때는 종로5가 연동교회를 빌렸고 신자 수가 20~30명 정도였습니다. 처음의 인상은 조용하고, 정돈된 분위기였습니다. 요시다 고조(吉田耕三)목사님의 설교는 무언가 진실을 말하려는 듯이 들렸습니다. 후에 목사님이 1981년 9월 일한친선선교협력회로부터 '사죄와 화해의 선교사'로 가족과 함께 한국에 오신 것을 알게 되었습니다. 나는 일본인으로부터 사죄라든가 화해에 대해서 들은 적이 없기 때문에 그 말은 굉장히 충격적이면서도 또한 신선한 감동이었습니다. 36년간 일본 식민지 지배를 받은 선조들의 비통한 외침이 들려오는 듯했습니다. 그러나 나는 이 교회에는 무언가 있는 것 같아 다니기로 정했고, 거기에는 호기심도 있었습니다. 또한 성가대도 들어가서 숙명여대에 다니는 맏딸 노리코(範子)도 만났습니다. 그녀는 4학년 때 판문점을 보러 온 일본인 전도사와 결혼해 지금은 목사 부인이 됐습니다. 매주 수요일 목사님 댁의 성서연구회도 참석하였고, 성경공부 후에 사모님인 요시다 야스코 씨(吉田泰子)의 이야기도 들었습니다. 야스코 씨가 한 살 때 태평양전쟁이 시작되었는데 30대의 아버지는 독일어 교수로 독일어 사전을 만들면서 독일행을 기다리는 독일 문학자 아버지에게 징병영장이 나와 출병하게 되었답니다. 그 직후에 패전으로 소련군에 의해 시베리아 포로로 끌려가 혹한·강제노동·조식으로 위장이 약한 아버지는 영양실조로 쓰러져 소련의 흙이 되어버렸답니다. 일본 군국주의의 죄악은 피해국의 국민에게도 비극을 가져왔지만 야스코 씨의 아버지도 그 희생자 중의 한 사람이었습니다.

1990년 가을의 어느 주일 성가대에서 연습을 하고 있는 나에게 목사님이 부탁이 있다고 말씀하셨습니다. 일본의 『백만인의 복음』인 기독교 잡지의 편집장으로부터 대한항공 폭파사건의 공작원인 김현희와의 인터뷰를 원한다는 건이었습니다. 목사님은 '한국에서 그녀는 일반인과는 접촉할 수가 없기 때문에 거절했는데' 남편에게 부탁해볼 수 있겠느냐고 물었습니다. 북한의 김정일의 지령을 받은 김현희는 1987년 11월에 승객·승무원 115명을 태우고 바그다드발 서울로 오는 KAL기의 폭파범이었습니다. 그런 김현희가 예수를 믿고 세례를 받았다는 것은 그 당시 놀라운 빅 뉴스였습니다. 집에 돌아온 나는 남편에게 그 사실을 말했습니다. 남편은 1987년 당시의 한국방송공사(KBS)사장으로 우리 역사에 처음 있는 88서울 올림픽 방송을 위해 역사적인 업무를 수행하고 있었습니다. 올림픽을 방해하기 위한 김현희의 대한항공 폭파 사건은 주관 방송공사로서도 대사건이었습니다. 취조의 결과 김현희는 항공법 위반 등으로 사형 판결을 받았으나 1990년 4월에 특별 사면이 되었습니다.

그 후 남편은 국가안전기획부의 고위층을 설득하여 요시다 목사와 김현희와의 인터뷰가 허락되었습니다. 마침내 1991년 11월 1일 요시다목사와 『백만인의 복음』 편집부 기자 2명이 서울 시내의 취재 장소에서 김현희와의 인터뷰가 이뤄졌습니다. 그녀가 신앙을 갖게 된 것은 그녀 주위에 있는 여성 수사관들이 크리스천이었기 때문이며, 우선 성경의 '잠언'을 읽도록 권유했답니다. 모르는 곳은 목사님에게 배웠습니다. 그때까지는 김일성 사상과 혁명에 관한 서적 외는 읽은 적이 없고, 김일성을 위해 목숨을 바치는 것이 최고의 행복이라고 배웠으므로, 예수를 믿기 전 그녀는 너무 절망해서 비관적이었습니다. 서울에 와서 자백을 한 후 재판소에 갔을 때, 유족들이 그녀를 욕하는 소리·울부짖음이 들려 '아 그때 죽었어야 했는데 왜 죽지 않았을까' 하는 자책감으로 가슴이 찢어지는 듯했답니다. 신앙을 가진 지금은 유족들의 아픔·슬픔·괴로움을 생각하여 하나님이 그들 마음에 위로를 주시도록, 또

한 남북통일을 위해 기도하고 있다고 했습니다. 김현희도 분단국가의 희생자였습니다. 그 기사가 게재된 잡지는 보통 때 보다 4배가 팔렸고 또한 재판까지 나왔습니다.

내가 1991년 일본 니가타(新潟)대학의 연구생으로 1년 반 동안 일본 문학을 연구하고 있을 때, 한국어로 번역한 니가타시의 '시민헌장'이 92년 7월 21일 니가타일보에 실렸습니다. 우리가 지향하는 니가타라는 제목으로 「시나노강 아가노강의 풍요로운 물줄기가 바다로 흘러 들어가는 곳, 이곳이 우리의 고장 니가타입니다. 일본해로 지는 저녁노을이 아름답습니다……」 이것을 번역할 때 처음 '일본해'를 알게 되었습니다. 니가타 시청의 국장과 만나 일본해로 번역하면 한국인들은 모르니 동해로 번역해야 한다고 하면 '검토하겠습니다'고 답했습니다. 일주일 후에 가면 또 그대로, 이렇게 한 달을 지나다 겨우 타협해서 일본해(동해)로 했던 기억이 새삼스럽습니다. '검토한다'는 것은 거절한다는 의미라는 일본 문화를 체험했습니다. 연구생 수료증서의 수료식 때 빨간 치마와 흰 저고리를 입고 연구생을 대표로 답사를 했습니다. '나는 한·일 간에 조금이라도 도움이 될 역할이 있다면 가교로서 기쁘게 일하겠습니다'라는 다짐이 '시민헌장'과 김현희의 인터뷰로 이루어졌습니다.

일본인 학생 방문단이나 목회자, 신도들이 한국에 오면 목사님은 독립기념관, 탑골공원, 일제의 기독교인 학살이 있었던 제암리교회로 안내했습니다. 제암리교회 학살은 1919년 3·1운동 과정에서 일어난 일제의 대표적인 만행입니다. 4월 5일 화성군 향남면 장날에 있었던 만세시위에 대한 보복으로 4월 15일 일본헌병들은 21명의 남자들을 제암리교회에 모이게 한 후, 문을 걸어 잠근 채 불을 질러 교회는 화염에 휩싸였습니다. 창문을 열고 나오려는 사람들을 향해 헌병들이 무차

별 발포하였고, 교회마당에서 통곡하는 2명의 여성도 살해했습니다. 이틀 후 캐나다의 의료 선교사 스코필드가 사건현장을 사진으로 찍어 일제의 만행을 외국 언론에 폭로했습니다.

나는 1993년 50대 초, 일본의 작가 아쿠타가와 류노스케(芥川龍之介)를 연구하기 위해 니가타대학 박사과정에 들어갔습니다. 다음해 12월 22일 '현대사회형성론'의 수업에서 동경대 교수 야나이하라 타다오의 「조선통치의 방침」 논문을 발표했습니다. 1919년의 독립만세사건 전의 조선 통치는 헌병에 의한 경찰제도로 행정관리도 학교교원도 제복에다 칼을 차는 등 철저한 무단정치였습니다. 그 예로 제암리교회 학살사건을 들었습니다. 화염에 쌓인 교회 밖으로 나오려는 사람을 헌병들이 발포하는 제암리기념관의 그림, 아기만이라도 살려 달라고 애원했지만 사살하는 그림들을 목사님이 찍은 사진, 교회에서 남편이 학살당하는 광경을 목격한 역사의 증인 전동례 할머니가 1992년 90세로 소천하셨다는 신문기사 등의 자료를 보였습니다. 나의 최근 논문에서는 영국과 프랑스를 돌아보고 귀국 중 제암리교회에 들른 동경대 교수 사이토 타케시(齋藤勇)의 장편시를 게재하였습니다. 일부를 발췌합니다.

어떤 살육사건

그곳은 터키령 아르메니아의 만행이 아니다.
300년 전 피에몬테에 있었던 살육이 아니다.
아시아 대륙 동쪽 끝에서 벌어진 참사이다.
영원한 평화를 기약하는 회의 중에 생긴 일이다.

우리들의 사랑하는 조국에서는,

인종차별을 철회해야 한다고,
소위 지사가 기염을 토하던 때다.

오대열강의 하나인 군자의 나라 지도자는,
그 점령당한 영토의 백성이 결속해 일어나,
군자의 나라 관헌의 압제를 외치며,
한 인간으로서 부여받아야 할 자유와 권리를
요구하기 위해 시위운동을 했을 때,
필경 서양에서 온 사교(邪敎)가 꼬드긴 것이라고,
칼자루를 들고 포고를 내렸다.
모월 모일 모 회당에 반드시 모여야 한다고.

그곳은 도시에서 떨어진 한적한 시골,
허술한 목조 교회당이 서 있다.
흰 옷을 걸친 마을 사람들이,
어떤 이는 중병의 늙은 아버지를 떠나,
어떤 이는 해산 자리에 든 아내를 남겨두고,
어떤 이는 괴로워도 삶을 지탱하는 생계를 버리고,
오늘은 일요일도 아닌데 왜 모이라고 하나,
포고 때문이다. 엄한 헌병 때문이다.

어떤 신문은 간단히 전하기를,
합병국의 기독교도는 무리지어 소요를 일으키고,
해산을 명령한 관헌에게 반항했기 때문에
죽은 폭도의 수는 20, 소실가옥 십수 채라고

또 어떤 신문은 일언반구도 이에 대해 쓰지 않았다.

그러면서 봄바람에 나부끼는 꽃잎을 보겠지.

— 『복음신문』(1919년 5월 22일)

1998년 박사과정을 수료하고 다시 숭실대학 일본학과에서 '일본사회론' '일본문학특강' 등을 가르치고 있었습니다. 목사님의 둘째딸 유카코(由架子) 씨가 신학대학원의 방학으로 서울에 왔을 때, 나는 그녀에게 '한일비교민속 문화론' 수업에서 한국과 일본의 문화의 차이에 대해 말해주기를 부탁하였습니다. 그녀는 자기가 느낀 것을 상세하게 말했습니다. 학생들은 즐거워하며 질문하는 등 매우 유익한 시간이었습니다. 숭실대학교는 평양에 세워졌지만 6·25전쟁 때 남으로 피난 와서 다시 서울에 재건되었습니다. 숭실대의 진리관 앞에는 흰 말 5마리가 하늘을 향하여 달리고 있는 모습과 뒷면에는 십자가가 쇠사슬로 묶인 것이 뚜렷이 드러나는 백마상이 있는데 가운데가 절단됐습니다. 이것은 일본 식민지시대의 종교적 박해, 즉 황민화정책으로 행해진 신사참배를 거부했기 때문에 1938년에 폐교된 후 1954년 재건될 때까지의 긴 세월을 나타내고 있습니다. 그 후 나는 '숭실대학교에 있는 백마상 가운데가 절단돼 있다. 무엇을 의미 하는가?'를 반드시 시험에 냈습니다. 나는 숭실대학교의 훌륭한 역사, 저항의 역사를 자랑으로 삼고 있습니다.

어느 여인을 기리며

김현숙
‖ 소설가, 영어교육과 73 ‖

이번 여름, 그간 짬짬이 써오던 이야기를 묶어 책으로 내었다. 나의 첫 장편이었다. 경장편에 속한다고 할 짧은 분량의 장편이었으나 거기엔 나의 유년기, 성장기의 모든 것이 담겨 있는 추억의 보고(寶庫)와도 같은 작품이었다.

나이가 들며 점차 기억에서 희미하게 잊혀져만 가는 소중한 것들, 가슴속 깊은 곳에 단단히 붙잡아 두고만 싶은 사라져가는 모든 것. 그리고 그 흘러간 시간의 기억 속엔 늘 한 여인이 존재함을 지울 수가 없었다.

아무에게도 사랑받지 못한, 슬하에 소생조차 하나 없이 평생을 외로이 살다 쓸쓸하고 외진 산골에서 홀로 그 생을 마친, 나의 유년기에 숙명처럼 깊이 각인되어 좀체 잊혀지질 않는 존재. 그녀는 나의 숙모, 바로 그분이었다. 서울에서 딴살림 차린 지아비를 대신하여 평생 시부모를 봉양하며 슬하에 자식도 하나 없이 험한 농사일에 파묻혀 살아 온,

더없이 박복하나 질경이처럼 강인했던 여인.

　몇 해 전 돌연 그녀가 숨을 거두었다는 비보를 접하곤 그녀가 홀로
죽음의 순간까지 굳게 지키며 살아 온 고향집으로 달려내려 갔다. 때는
음력 7월 중순이었으나 윤달이 들어 이미 더위는 거의 다 가신 여름의
막바지였다. 소읍의 작은 병원, 호젓한 빈소에 도착한 것은 저녁 무렵
이었다. 흙담을 사이에 두고 숙모와 나란히 이웃해 살고 있는 나의 소
꿉동무 순이가 혼자 우두커니 빈소를 지키고 있다간 황황히 들어서는
나를 보고 반색하며 다가와 손을 부여 잡았다. 더할 수 없이 고마운 이
웃이며 살가운 친구였다.

　손녀라도 곁에 두어 노년의 적적함을 달래고자 하는 조부모의 청에
따라 취학 전 일 년간을 아스팔트 킨트가 아닌 산골 마을 소녀로 지내
야만 했던 나의 유년기는 돌이켜 보면 더없는 축복이었다. 조부모와 숙
모. 그들의 지극한 사랑과 보살핌 속에서 자연을 벗해 맘껏 뛰놀 수 있
었던 시기였기 때문이었다. 유난히 정 많고 이야길 잘 하는 옆집 순이
는 그때부터 나의 동무가 되었고 그 우정은 나이 들어가면서까지 내내
이어져 늘 홀로 사는 숙모의 안위며 근황을 내게 전해주었고, 질녀를
대신한 숙모의 절친한 이웃, 든든한 보호자역을 도맡아 했다.
　가까운 피붙이도 없이 평생을 외로움 속에 살아온 숙모는 늘 토담 밑
에 꽃을 가꾸며 고적함 속에서도 작은 기쁨을 누리며 살아갔다. 그러나
숙모는 급기야 노년에 가벼운 치매 현상을 보이기 시작했고 그 증상은
점점 더 심해졌다. 어느 날은 아무도 함께 할 이 없는 진수성찬을 차려
놓고는, 이미 오래전에 세상 뜬 시아버님, 시어머님이 오셨다며 텅 빈
조부모의 사랑방에 밥상을 그득 차려놓곤 홀로 우두커니 앉아 있을 때

도 많다는 슬픈 소식이 전해오곤 했다.

서울에서 딴살림 차린 남편 부재의 세월 속에서도 혼신을 다해 시부모를 수발했던 일상의 고된 습성이 골수에 사무친 까닭이었으리……순이로부터 숙모의 그러한 근황을 들을 때마다 마음 한 켠이 무너져 내렸다.

"우짜겠노. 큰 일이대이. 너그 숙모가 요즘 많이 이상한기라." 여섯 해 전이던가. 유독 꽃샘추위 심하고 스산하기만 한 봄, 전화선을 통해 들려 오는 순이의 음성엔 우려와 연민이 가득하여 내 맘을 아리게 했다. 각종 봄나물 무침, 생선 등 때론 밥상 가득 차린 음식을 감당 못해 숙모는 담 너머 옆집으로 자신을 부르러 올 때도 있다고 순이는 전했다. 그럴때면 먹어도 먹어도 못 다 먹을 만큼 차린 음식은 많으나 아무도 그것을 정답게 함께 먹어 줄 사람 없는 숙모의 허허로운 삶과 고적을 떠올리며 나 혼자 속으로 아픈 울음을 삼키곤 했다. 그러나 내 삶이 바쁘단 핑계로 맘처럼 그렇게 숙모의 곁으로 훌쩍 달려 가 곁에 있어준 적은 단 한 번도 없었으니 참으로 무정하기만 한 질녀였다.

그리곤 그해 여름이 다 갈 무렵 숙모는 홀연히 홀로 세상을 떠났다. 누군들 세상 떠나는 순간 홀로 가지 않는 사람이야 없겠으나 임종의 마지막 순간까지 아무도 돌보는 손길 없이 너무도 외로이 떠난 것이다. 정신이 오락가락한 탓에 앞산 기슭 감나무 밭에서 바구니 가득 따온, 미처 익지 않은 땡감을 먹고 또 먹고 하루종일 먹은 끝에 얻은 급체와 질식이 숙모의 사인(死因)이었다. 그 전갈을 듣는 순간 너무도 가슴이 아파 걷잡을 수 없이 눈물이 쏟아졌다.

숙모의 장례식 날은 초가을처럼 신선하고 하늘이 맑아 더욱 서러웠다. 어느 호젓한 산골 이름없는 화장터. 그곳에서 한 줌 뼛가루로 화한 그녀의 육신을 받아 안고 수목장으로 마련된 숲으로 들어가 그녀의 유해를 뿌렸다. 순간 숙모의 법적 아들인 나의 사촌이 한 서린 낮은 음성으로 가만히 웅얼거렸다. "내세에선 절대 울 아버지 만나지 말고 다른 사람 만나 행복하게 사세요." 사촌의 젖은 음성이 내 마음을 뭉클 저며왔다.

올해로 벌써 6주기가 되는 숙모님의 기일. 숙모님의 영가위패, 영혼의 집이 모셔져 있는 안산의 어느 조그마한 절을 찾아 그분께 나의 첫 장편을 바쳤다. 살아생전 듬뿍 받은 사랑을 조금이라도 되돌려 드릴 수만 있다면……그녀의 명복을 비는 내 가슴에 만시지탄의 회한과 슬픔이 가득차 올라 눈앞이 뿌옇게 흐려왔다. 그러나 따스하고 포근한 부처님의 미소가 내 마음을 위무하듯 안온한 느낌을 안겨줌은 신비하기만 한 일이었다. 마치 숙모님이 살며시 내 곁에 다가와 환생한 듯한 묘한 체험이었다. 정성껏 삼배 올리며 그분을 위해 마음을 다해 기도했다.

숙모님, 당신이 그토록 염원하던 부처님의 정토에서 부디 극락왕생하시고 무한한 복록을 누리소서. 이 무정한 질녀, 빌고 또 비옵나이다.

애들아, 달 따러 가자

김현자
■ 평론가, 국문학과 66 ■

1.

"합창 연습에 제대로 참여하지 않았거나, 노래에 자신이 없는 사람은
소리를 내지 말고 입만 벌리세요. 모니터에 얼굴이 비칠 수도 있으니까
가능하면 키 큰 사람 뒤에 서서 얼굴을 보이지 마세요."

무대 뒤에서 차례를 기다리는 동안 지휘를 맡은 친구는 몇 번이나 당
부했다. 우리들은 그러마하고 열심히 고개를 끄덕였다. 그러나 출연할
시간이 가까워질수록 지휘자는 안절부절못하더니 결국 나가라고 명령
했다. 짧은 분홍 원피스에 스카프를 매고 무대에 등장한다는 사실에 약
간 흥분하고 긴장되어 기다리던 우리는 맥이 탁 풀렸다. 연습을 잘 안
했어도 배짱으로 그냥 버티는 친구들도 있었지만, 심약한 나는 도리없
이 쫓겨나는 쪽에 섰다.

"50년 만에 만나 같이 무대에 서는데 의의가 있지 노래가 뭐 그리 중
요하냐, 옷 차려입고 나선 마당에 나가라는 것은 뭐냐."고 복도로 쫓겨

나가며 몇몇 친구들이 불평했다. 끝내 마음에 걸렸던지 몇 분이 지난 후 지휘자는 다시 우리를 불러들였다. 다행히 아직 우리 차례가 아니었고, 드디어 우여곡절 끝에 우리들은 무대에 섰다.

꿈이 있나 물어보면 나는 그만 하늘을 본다
구름 하나 떠돌아가고 세상 가득 바람만 불어
돌아보면 아득한 먼 길 꿈을 꾸던 어린 날들이
연줄 따라 흔들려오면 내 눈가엔 눈물이 고여
— 김주행 시 · 이요섭 곡

나는 악보를 조그맣게 손에 말아 쥐고 소리는 내지 않고 입만 크게 벌려 열심히 따라 부르기 시작했다. 오랜만에, 정말 오랜만에 70여 명의 마음을 모아 부르는 〈세월〉과 〈달 따러 가자〉는 아름답게 울려 퍼지고 있었다. 열심히 연습을 한 사람들과, 소리 내지 않고 열심히, 열심히 입만 벌리는 사람들의 마음이 합해져 소리는 아름답고 조화롭게 강당에 퍼져 나갔다. 빗줄기가 메마른 땅을 적시듯이 그 소리는 우리의 내부에서 분출되고 내뿜어져서 떨기 떨기 꽃으로 피어나고 있었다. 풋살구처럼 탱탱하던 젊음도 가슴을 에던 고뇌도 사라져 간 날들 속에 절여져 곰삭은 효소가 되고, 그것이 소리가 되어 울려 퍼지고 있었다.

"사랑도 생의 의미도/꿈을 키운 생의 의미도/세월따라 흔들려 오면/내 눈가엔 눈물이 고여"

노래의 중간쯤에서 나는 목이 메이기 시작했다. 노래의 가사는 점입가경으로 "내 눈가엔 눈물이 고여"가 세 번씩이나 반복되고 있었고, 기어이 두 눈에서는 눈물이 주르륵 흘러내리기 시작했다.

"니 와 우노?"

"응, 쫓겨났다 무대에 서니 감격해서 그렇지."

합창이 무사히 끝나고 자리에 돌아오기까지도 눈물은 자꾸만 나왔다. 요즘 안구건조 증세를 보여 인공눈물을 수시로 넣어야 했는데…….

2.

어느 날 날아온 엽서는 이렇게 안내했다.

"고등학교를 졸업한 지 어느덧 50년, 총동창회에서 우리를 축하해줍니다. 바쁘더라도 부디 와서 서로 만나게 되기를 간절히 바랍니다."

살아온 시간에 새삼 화들짝 놀라 친구들을 찾아 나서기로 했다. 더 늦기 전에 만나봐야지 생각하니, 집에서 학교로 가는 길이 아련하게 떠올랐다. 대청동에서 국제시장으로 향하는 길, 오른쪽으로 꺾어지면 보수동 헌 책방 골목이 나오고 걸어 걸어 대신동 학교에 닿곤 했다.

아아, 그리고 내 단짝 친구 은숙이. "현자야, 학교 가자." 지름길이 있는데도 그는 365일 한결같이 우리집엘 들러 나를 불렀고, 중·고교 6년을 그렇게 우리는 붙어 다녔다. 그는 독실한 가톨릭 신자여서 졸업하면 수녀가 되고 싶다고 해서 내 가슴을 얼어붙게 하더니, 대학을 졸업하자마자 결혼을 하고 아들, 딸을 셋이나 낳았다. 서울과 마산으로 떨어져서 각기 자신의 삶을 살아내느라고 우리는 너무 오래 소식이 끊어져 있었다.

은숙이를 다시 만나 그 길을 다시 걸으며 부평동 팥빙수 집이 아직 있나 봐야지. 식빵 한 줄을 사서 아이스크림에 찍어먹던 그 시원한 맛, 18번 완당집에도 가봐야지, 밀가루를 종잇장처럼 얇게 밀어서 그 끝에 다진 고기를 살짝 넣어 싼 완당이 목줄기를 타고 미끄덩, 미끄덩하고 내려갈 때의 그 맛, 중학교 영어 시간에 "bread and butter"라는 구절을 배우며 친구는 하루종일 '버터빵' 생각에 공부가 전혀 되지 않았다고 했다. 어서 그곳에 가서 그대로 해 봐야지.

그 열망으로 친구들을 만났다.

"엄마야, 코스모스 같던 니가 해바라기가 되었네."

"니도 어릴 때 그 예쁘던 모습이 한 구석 남아 있다 야."

"거짓말!"

나이 들면 인간은 가죽이 말라붙어 삐쩍 마르거나 퉁퉁 불어 뚱뚱보가 되거나 둘 중에 하나라고 생전에 피천득 선생님이 웃으면서 말씀하셨는데, 세월을 견디느라 우리 모두가 숨길 도리 없이 변해 있었다. 그래도 이렇게 모여 "얘들아, 오너라. 달 따러 가자. 장대로 달을 따서…… 순이 엄마 방에다가 달아드리자"고 같이 합창을 한 순간 만나지 못한 세월을 껑충 뛰어 시간은 수직으로 솟구치고 있었다. 어린 날의 얼굴과 변해버린 친구의 모습이 겹쳐지고 멀어져 있었던 시간과 만남의 순간이 겹쳐져서 시간이 강물이 되어 부드럽고 따뜻하게 우리를 감싸고 있었다.

추억 안의 종가

박선자
시인, 국문학과 66

솟을대문 안으로 사랑마당과 사랑채가 있었다. 사랑채 뒤로 안마당과 안채가 있어 사랑채를 거쳐야 안채로 들어갈 수 있다.

남자들이 다니는 문과 여자들 다니는 문이 달랐다. 여자들은 사랑채 서편 옆문으로 안채로 다녔다. 남자들은 동쪽으로 돌아 들어가야 했다. 시집을 와서 며칠 지나고서야 도대체 내가 어디에 와 있는지 모를 정도로 큰 고가를 살펴려 혼자 나섰다.

안마당 서편에 방앗간 채가 있지만 디딜방아는 없고 방아 찧던 홈 파인 돌구멍 흔적만 남아 있었다. 방앗간 옆으로 안채와 통하는 작은 대문이 있어 안으로 들어서니 삼 칸 집이 있었다. 이 집을 새방채라 불렀다. 약 280여 평의 남새밭과 우물이 있고 큰 감나무와 대추나무들이 있었다. 거기에 집안일 도와주는 식구들이 살았다.

안채 동쪽 조금 높은 곳에 우물이 있고 우물 옆에 장독대가 있었다. 장독마당에 고목인 철쭉이 봄이면 연분홍 꽃을 흐드러지게 피워 눈이 부셨다. 장독마당 옆으로 조금 떨어진 곳에 창고가 두 채 있었다. 무엇이 들어 있는 창고일까, 호기심으로 조심하며 문을 열었더니 새까만 염소가 '음~매에' 소리쳐 얼마나 놀랐던지. 옆 창고에는 곡식이 가득하고 창고 앞에 여러 그루의 늙은 감나무에 염소를 매어두었다. 안채의 넓은 뒤뜰에는 겨울초가 새파랗고 우물 뒤로 난 담장은 대나무 숲으로 쭉 둘러 있었다. 새방 대문 옆 뒤로 지방 보호수의 팻말이 붙은 큰 포구나무 고목도 있었다. 방앗간을 돌아 나오다 사랑채 부엌 뒤에 딸린 창고를 열었더니 커다란 장독들이 가득 있어 또 한 번 놀랐다. 장독 고방 옆에 널빤지를 빼서 들어내도록 만든 곳간이 있었다. 그 속에 찧지 않은 나락 알곡이 꽉 차 있어 어린시절 읽었던 동화책에 나오는 옛날 요술의 집에 온 듯하였다.

고조부님께서 지으시고 증조부님에 이어 시아버님께서 물려받은 약 200년이 넘은 경주김씨 서동파 종가였다. 세월이 흐르면서 여러 채의 집이 헐리고 남은 집이라 하였다. 평수로 치면 확실하지 않지만 약 1600여 평 남짓하다 했다.

동남쪽 담장에 문을 틔어 시삼촌댁과 한집처럼 다녔다. 제삿날이면 삼촌댁에 아이를 재우고 집안일을 도왔다. 어느 제삿날이었다. 재워두고 간 어린 딸이 깨어서 무명 솜 넣은 두꺼운 요에 오줌을 싸고 울었다. 너무 난감하고 미안했었다. 미안해하는 나를 괜찮다고 달래면서 '아이 놀래겠다' 하시던 사촌 형님의 따뜻한 말씀과 배려에 정말 고맙고 죄송했다. 지금 생각하면 세탁기도 없던 그 시절 두꺼운 요의 오줌 빨래를 어떻게 했을까 민망할 뿐이다. 사촌 형님동서들 모두 시집와서 처음은 종가에서 살다 분가하여 둘레에 사시니 경주김씨 집성촌이었다.

결혼 날짜를 받고 나니 내 생일 달이었다. 생일 달에 시집을 오면 좋지 않다며 해를 묵히든지 아니면 다시 신행 날을 잡아야 한다는 시아버님의 말씀이셨다. 하는 수 없이 5월에 결혼식을 하고 양력 12월 동지를 며칠 앞두고 신행식을 치르고 셋째 며느리로 시집을 왔다.

시집와서 얼마 안 있어 동지 팥죽을 쑤었다. 부엌의 큰솥에 가득 끓이고 우리 신혼방 밑 가마솥에도 가득 쑤었다. 아들이 성장하면 사랑뒷방 부친 옆에서 기거하다 결혼을 하면 안채 끝에 방이 신혼방이 되었다. 형님들 모두 이 방을 거쳐 살림을 나갔다. 식구들도 많지 않은데 저 많은 팥죽을 어찌 하려나 걱정되었지만 새 신부라 물어볼 수 없었다. 다 끓인 팥죽을 넓은 사구(옹기 그릇) 여러 곳에 담아 식혀 사랑채 뒤 장독방에 두었다.

동지가 지나고 섣달 중순이 되니 설날 쓸 강정 만들 준비를 하였다. 찹쌀과 찐쌀로써 고두밥을 하여 며칠간 말렸다. 그런 뒤 큰 가마솥에 불을 지피고 튀밥을 만들었다. 검은 콩과 흰콩도 볶았다. 흰쌀도 가득 튀밥으로 튀겨왔다. 옛날에는 엿도 집에서 고았으나 좋은 물엿으로 싸왔다.

며칠 밤을 집안 여자들이 모여 강정을 만들었다. 모두들 잘하는데 나는 뜨거운 물엿에 버무린 재료를 한 움큼 쥐었다 펴면 와르르 흩어지며 동그란 모양이 되지 않았다. 그래도 흉보지 않고 이리저리 해보라 가르쳐주면서 웃어주던 집안 형님들과 식구들이 고마웠다. 마지막으로 주먹보다 큰 하얀 박상강정을 한 자루 가득 만들었다. 어린 손자들 몫이라 하였다.

그 많은 일을 주간하시는 시어머님은 나를 처음 며느리로 맞이하신, 자식을 두지 못한 백씨 어머님이셨다. 자그마한 키에 부지런히 살림을 잘 챙기시고 일 못하는 나를 늘 사랑으로 대하셨다. 둥글고 하얀 큰 강정이 맛있어 보여 몇 개를 방으로 가져와서 단숨에 먹었다. 설날 작은 댁에 갔더니 강정을 내왔다. 거슬리어 보기도 싫었다. 그때 큰아이 임신 입덧을 했던가 보다. 제법 오랜 세월이 흐르는 동안 강정이 보기 싫어 먹지 못하였다. 그렇게 많이 쑨 팥죽과 강정은 한겨울 동안 시아버님과 사랑으로 오시는 손님들의 점심과 간식이 되었다. 지금도 팥죽과 강정을 보면 백씨 어머님이 생각난다.

1980년대 초 TV 방송 프로 '맛자랑 멋자랑'에 동서들과 집안에 내려오는 전통주 담는 출연도 했었다.

시아버님께서는 신식 공부한 손위 동서 두 분이 집안 살림이며 농사일을 잘못하여 못마땅하셨다. 셋째 며느리는 큰 가마솥에 대식구 밥을 지을 수 있는 일 잘하는 며느리를 들이는 게 소원이셨다. 서울 유학하고 중학교 교사하는 며느리를 맞게 되었으니 성에 차지 아니하여 서운해 하셨다 들었다. 그래도 가끔 사랑채로 불러 신문을 읽어 달라 하셨다. 눈이 어두워서 그러시나 생각했었는데 지금 생각하니 웃전은 모두 살림을 나고 쓸쓸히 지내시다 새 며느리를 맞아 살갑고 친해지고 싶어서 그러셨구나 생각된다. 내가 오기 전까지 사랑채에서 잡수시던 진지를 혹시 밥상 나르다 다칠세라 배려하여 안채로 오셔서 잡수셨다. 성품이 온화하고 체격이 좋으셔서 한복 저고리 한 벌을 지으려면 치마 한 감이 필요할 정도였다. 친정 엄마 말씀이 예단 한복을 마련하였을 때 옷이 너무 커서 시장 사람들이 '장군 옷이다'고 돌려가며 구경했었단다. 사랑문 앞에 헛기침으로 인기척 내는 손님이 오시면 뒷문을 열고 안채로 들여보내시던 시아버님의 인자하신 얼굴 모습이 그립다.

시집와서 처음 눈에 들어온 안채 처마 밑 시렁 위에 가지런히 놓여 있는 많은 일인용 사각나무 밥상이 궁금하였다. 사랑에 오시는 과객들의 밥상이었다. 남편 형제들은 학교에 등교하기 전에 사랑채로 과객들의 아침 밥상을 모두 나른 뒤에야 등교를 할 수 있었다. 지각할까봐 항상 뛰어다녀야 했었단다.

어느 날 밥상에 수저를 놓는데 집안일 도우는 아이가 "아지매 수저 놓을 줄 모르네" 하면서 옆으로 놓을 때는 숟가락 위에 나란히 젓가락을 놓아야 하고 바로 놓을 때에는 왼쪽에 숟가락을 오른쪽에 젓가락을 나란히 놓아야 한다며 그렇지 않으면 야단맞는다고 가르쳐 주었다. 수저는 그냥 놓기만 하면 되는 줄 알았더니 몹시 부끄러웠다. 동래 안락서원 원장과 향교의 전교를 대를 이어 오신 가풍이 엄한 유교 집안답다 여겼다.

　지금은 다세대 주택들이 들어서서 형체조차 망가져 사라졌다. 안동 하회마을 류씨 종가를 보면서 종가를 지키지 못하여 조상님들께 부끄러웠다. 잘 보존되었다면 조선말기 한옥구조연구자료로서 높은 가치를 지녔을 텐데. 역사 인식이 바르고 전통을 보존할 줄 아는 자손들의 역할이 얼마나 중요한지 깨달았다. 유럽 여행에서 본 세계문화유산으로 지정된 대부분이 제2차 세계대전의 폭격으로 모두 파괴된 거리와 건물들을 많은 돈과 시간을 들여 복원한 것이었다. 역사와 전통을 숭상하여 복원한 문화재가 유럽으로 세계의 관광객을 불러 모으고 있었다. 그 당시 부산에 우리 시댁만큼 잘 보존된 대갓집 한옥이 드물었으니 그대로 보존되었다면 문화재로 등재되고도 남을 곳인데 안타깝다. 부산시 동래구, 지금은 금정구로 된 서동 452번지에 자리했던 그 종가를 어찌 기억에서 지울 수 있으랴. 언젠가 그 터에 종가의 옛 모습대로 복원할 능력을 가진 자손이 나오기를 기대하는 꿈을 꾸어본다.

스무 평의 행복

신도자
■ 수필가, 국문학과 60 ■

행복의 기준은 과연 무엇일까?

우리는 '행복'이라면 늘 거창한 것만을 생각하게 된다. 돈이 많다거나 지위가 높다거나 또는 평수가 넓은 집처럼 크기와 비례한다는 말들을 한다. 그러나 나는 행복이나 기쁨은 우리 인생 곳곳에 묻혀 있는 아주 사소한 것에서도 발견할 수 있다고 생각한다. 우리 주변의 사랑하는 사람들로부터의 따뜻한 말 한마디, 흐뭇한 미소 안에서도 행복을 담아낼 수 있다. 또한 촉촉이 비 내리는 날이면 말이 통하는 친구와 창 넓은 찻집에서 차 한 잔을 나누며 담소하는 즐거움에서도 행복을 찾을 수 있을 것이다. 반드시 호화로운 삶이 아니더라도 소박하고 조촐한 삶 속에서도 행복을 추구할 수 있다면 그것이 진정 행복한 삶이 되지 않을까. 또한 작은 것에 감사하는 마음, 이것 역시 행복의 비결이 될 것이다.

우리 아파트 앞에는 목련을 비롯하여 몇 그루의 크고 작은 나무들이 있어 햇볕이나 바람을 막아준다. 사람들은 높은 층을 선호한다. 여러 가지 장점들이야 있겠지만 그래도 나는 1층을 선택하기 잘했다고 생각하곤 한다. 마치 자기 집 앞뜰을 가진 것 같아서 마음이 넉넉하다. 스무 해 남짓 살면서 우리들의 꿈을 키워 가던 정든 방배동을 떠난 것은 큰 아이가 분가하고 한 아이만 남았을 때였다.

남편이 정년퇴직을 하고 나서 건강 때문에 우리는 공기 좋은 경기도 의왕시로 보금자리를 옮기면서 54평에서 34평으로 줄여 왔다. 이름도 어쩌다가 같은 방배동 삼호아파트에서 의왕 오전동 삼호아파트로 옮긴 것이다. 우연의 일치였겠지만, 아마도 우리의 꿈과 사랑이 넘쳐 나던 '삼호'라는 이름이 주는 향수 때문이었는지도 모른다. 의왕으로 온 후 작은 아이가 분가했고 그 이듬해 남편은 공기 좋은 곳도 소용없이 우리 곁을 떠나 버렸다.

얼마 후 아이들의 권유로 나는 다시 20평짜리 작은 아파트로 옮겼다. 54평 넓은 집에 두었던 가구들은 어림도 없게 그 반보다 더 작은 아파트여서 안방의 화류장들과 거실의 손때 묻은 장식장 둘만을 남겼다. 교수였던 남편이 평생을 함께했던 책들은 일부만 남기고 모두 그의 모교에 기증하고, 정들었던 서재용 가구들도 모두 없앴다. 워낙 수납공간이 좁은 탓에 어렵게 장만했던 손님용 12인분의 전통 반상기와 독일 유학 시절 하나둘씩 사 모았던 고급 식기들은 포장한 채로 베란다 장에 보관했다. 방 둘에 작은 거실 하나라서 처음에는 마치 새장 같아서 답답하다고 여겨졌다. 그러나 살면서 자리가 잡혀가니 우선 청소하기가 수월하고 관리비 적게 들고 또 혼자 살아도 덜 외롭게 느껴지며 익숙해지기 시작하면서는 비둘기집 같다는 애착마저 갖게 된다.

나는 지금의 내 집을 좋아한다. 왜냐하면 집에서 가까운 거리에 모락산과 백운호수가 있어 맑은 공기와 아름다운 경치로 우리의 마음을 풍요롭게 해주기 때문이다. 산기슭에 옹기종기 자리 잡은 전통 음식점과

카페에는 여러 가지 먹을거리들이 있어 먼 곳에서 찾아오는 친구나 우리 가족들이 모였을 때 산책과 외식을 즐기며 단란한 시간을 나눌 수도 있다. 그 주변에는 잘 다듬어진 산책로가 사람들에게 여유로움도 안겨 준다.

우리집은 교통편도 편리해서 신세계 본점까지 직행하는 버스와 강남역을 통과해서 신사동까지 오가는 버스가 있다. 종점에서 가까워 늘 앉아갈 수 있고 책을 읽거나 흘러가는 바깥 경치를 즐길 수 있어 나는 버스로 시내 나들이 하는 것을 좋아한다. 인덕원을 지나 과천과 사당으로 연결된 버스길 내내 펼쳐지는 경치가 아름답기 때문이다. 길 양옆으로 우뚝 솟은 플라타너스 나무들과 그 옆으로 가지런히 손질된 사철나무들, 그리고 아름답게 가꾸어 놓은 꽃밭이 있다. 그리고 정갈하게 정돈된 배밭과 복숭아밭들은 봄에는 화사한 꽃을 피우고 여름에는 한껏 푸름을, 가을에는 풍성한 과일을 선사한다. 또한 찜통더위 여름철에도 우리 아파트 앞길 버스에서 내리면 언제 더웠냐는 듯이 맑고 서늘한 공기를 느끼게 한다.

이제는 20평의 작은 면적이지만 더 넓은 공간이 내 행복의 공간을 의미하지는 않는다고 생각한다. 나는 스무 평 남짓한 이 작은 둥지를 좋아한다. 모두가 바라는 화려한 삶은 아니지만 이렇게 아늑하면서도 조용한 삶의 모습이야말로 진정한 행복이라고 여겨진다. 무성했던 잎들을 떨쳐 버린 늦가을의 나무처럼 내 마음을 비우며 나는 이 작은 내 울타리에서 나의 소중한 꿈과 행복을 가꾸어 나갈 것이다.

나의 공부방

신필주
▌시인, 국문학과 73 ▌

　어린시절 나에게는 공부장이 하나 주어졌다. 머리가 좋으신 부모님을 닮아 어릴 때부터 공부를 좋아했고, 당시 여덟 살에 초등학교에 취학하던 또래보다 한 해 빠른 일곱 살에 학교에 들어가게 되었다. 우리집에는 많은 식구가 모여 살았고, 사촌인 철재 오빠는 어느 날 『칠천국』이라는 커다란 어린이 잡지를 사주셨다.

　내가 잡지를 읽은 것은 그때가 처음이었다. 6학년이 되었을 때 아버지는 나에게 가정교사 한 분을 데려오셨다. 그분은 가까운 여자고등학교의 학생회장으로, 얼굴이 예쁘고 마음씨가 고와서 언니가 없는 나는 참 잘 따를 수 있었다. 우리집은 드물게 큰 집이었고, 교육열이 강하셨던 부모님은 아담한 방을 하나 나의 공부방으로 정해주셨다. 검정과 회색으로 무늬진 비닐바닥과 중국 고전영화에 나오는 왕비의 방을 닮은 둥근문의 벽장 안에는 온갖 신기한 물건들이 많았고, 친구들은 내 공부방에 모여 어머니가 차려주신 음식을 먹으며 유복하게 산다고 모두 부러워하였다. 그 방에서 여선생님과 나는 함께 먹고 자고 하며 열심히 공부를 배웠고, 세월이 많이 흐른 지금도 가끔 그리워지는 사람이다.

아버지는 큰딸인 나를 가까운 부산으로 중학교에 보내려고 하셨지만, 나는 아직 어렸고, 가족과 집을 떠나기 싫어서 그냥 울산에서 여중학교에 입학하겠다고 말해서 내 마음대로 결정이 내려졌다. 여중 교정에는 아름드리 수양버들이 몇 그루 교정의 울타리 곁에 서 있었다. 잔디밭이 아닌 풀밭에서 네 잎 클로버를 찾으며 변치않는 우정을 약속하던 네 명의 친구들은 낭만적인 생각으로 네 잎 클로버가 새겨진 은빛 목걸이를 하나씩 걸고 다녔다. 지금은 어디에서 무엇을 하며 살아가는지 알 수 없지만 그리운 벗들이다.

중학교 때 아버지는 너른 마당 한 켠에 커다란 이층 양옥집을 지었고, 내 공부방으로 이층의 큰 다다미방을 얻을 수 있었다. 나는 밤늦도록 공부를 하다가 쉬고 싶으면 앞뜰이 보이는 커다란 유리창문으로 흘러드는 달빛을 받으며 아름다운 미래의 꿈을 꾸곤 하였다. 내 어렴풋한 기억 속의 그 달은 지극히 환상적이며 신비스런 모습이었다.

혼자 지내며 낮에는 뜰의 나무들 자라는 모습을 보고, 밤에는 달과 별을 살피던 그 시절이 훗날 나를 인생의 고독을 아는 마음 곧은 시인으로 키워 주었고, 돌이켜보아 참 그리운 옛날이다.

드디어 나는 부산으로 고등학교에 가게 되었다. 다섯 명이 시험을 보았는데 나 혼자 합격했다. 가족은 매우 기뻐했고, 주변 사람들은 많이도 부러워했다. 내 마음은 기쁨 반 두려움 반이었다. 큰 도시의 최고 수준의 여고에 당당하게 입학해서 기뻤지만, 청소시간에는 책걸상이 쌓인 위쪽 구석에서 외로움의 눈물을 쏟으며 남몰래 울었다. 고등학교에 다닐 때 나는 작은댁에서 살았다. 학교는 서대신동에 있었고, 숙부네는 동대신동에 있었다. 걸어서 학교까지 십 분밖에 걸리지 않았다. 숙모님은 고마우시게도 나에게 작은 공부방을 쓰도록 하셨다. 나는 집 떠난 외로움을 공부로 달랬고, 책상 위 벽에다「코스모스」라는 제목의 시화를 걸어놓고 밤샘을 하며 공부를 했다. 아래채에는 세를 든 남자 고등학생이 있었는데 그와 나는 누가 더 오래 불을 켜고 공부하는지 내기를 하며 좋은 친구가 되었다. 전기 요금도 생각하지 않고 밤 내내 전등을 켜도 너그러우신 숙모님은 한 번도 나무라지 않으셨다. '비둘기집'이라 불리는 돌샘 하나가 있어서 온 마을 사람들이 식구가 되었다. 이름 그대로 앉아서 바가지로 물을 뜨며 커다란 바위로 둘러싸인 샘은 길어내고 길어내도 금방 맑은 물이 퐁퐁 솟아나곤 하였다. 개천 건너편 이층집에는 초저녁마다 이 집 작은 아들이 시원한 테너 목소리로 '토셀리의 세레나데'를 불러 사춘기의 나는 매우 낭만적인 감동을 받았다.

공부에만 몰두하며 젊음을 후회없이 보내고, 내 나이 중년이 되었을 때 고향 울산의 태화강가에 조그마한 다락방 하나를 얻어 공부방으로 꾸몄다. 일층에는 젊은 주인이 살고 이층의 한 개뿐인 다락방은 강이 보이는 창문이 있어 지내기에 좋았다. 그 방에서 열심히 읽는 책 중에서 영미시선집이 원서로 되어 있어, 특히 간단명료한 '에밀리 디킨슨'의 시를 번역하며 읽을 때 너무나 기뻤다. 지금도 나는 그 여류시인의 시를 좋아한다. 방은 한 사람 쓰기에 알맞았고, 나는 작은 상을 놓고 시를 썼다. 어느 날 내가 시골 부모님 집에 가서 한동안 머물다 온다고 말하니, 수제자로 오랫동안 키운 석아가 빈 방에서 공부하고 싶으니 좀 빌려달라고 부탁을 해왔다. 그러나 나는 한마디로 거절했다. 그 일은 나중에 후회했다.

'석아가 얼마나 조용한 공부방에서 공부를 하고 싶었을까? 아끼는 수제자에게 방을 빌려주는 것이 무어 그리 어려웠나. 후회하지 않은 인생을 살아야 하는데……'

우리나라에서 여성이 결혼을 하면, 따로 자기만의 공부방을 얻기가 힘든다. 대부분의 여성이 주방의 식탁이나 마루의 상에서 책을 읽거나 글을 쓴다고 하니, 매우 안타까운 일이다.

공부방을 가지자! 남녀노소 할 것 없이 자기 세계를 가꿀 수 있는 방이 주어진다면, 세계적으로 재능이 뛰어난 우리 민족이 얼마나 더 보람차고 값진 삶을 살아, 조국을 높고 넓게 빛낼 것인가! 내 나이 이슥하여 숙고해본다. 계사년의 유난히 무덥던 여름날들이 가고, 처서를 며칠 앞둔 날에, 책상에 앉아 이 글을 마친다.

거지 '아만'

이경숙
■ 소설가, 의류직물학과 72 ■

벌컥 가게 문 열리는 소리에 나는 얼른 보던 드라마를 멈추고 일어섰다.

"이즈 에브리씽 오케이?" 이 쇼핑몰의 씨큐리티 가드라고 자처하는 백인 거지 할아버지가 고개를 디밀고 외쳐대고 있었다. 손님이 없는 틈을 타 잠시 누리는 휴식 시간을 침범당하니 짜증이 났다. 비쩍 마른 몸에 이가 거의 없어 말도 명확하게 하지 못 하면서 무슨 경호를 한다고 수시로 저렇게 사람을 놀라게 하는지 화가 치밀지 않을 수 없었다. 말로는 자기가 밤에 이 지역을 계속 걸어 다니기 때문에 우리 가게가 안전하다는 것인데 어떤 때는 얼굴에 멍이 잔뜩 든 채 절뚝거리며 나타나기도 한다. 불량배를 혼내주다 당했다고 하지만 홈리스들끼리 투닥거리다 얻어맞은 것임에 틀림없다. 불쌍하다며 몇 년 전부터 남편이 돈을 주기 시작하자 더 자주 드나드는 통에 내가 죽을 지경이다. 나를 엄마라고 부르는 건 더 질색이다.

"하이 맘, 대디는 어디 있어?"

고개를 빼고 남편을 찾다 안 보이면 나에게 그렇게 묻는 것이다. 내가 왜 네 엄마냐, 그렇게 부르지 말라고 해도 소용이 없다.

남편이 정기적으로 돈을 주는 거지는 그 외에도 서너 명이 더 있다. 한 흑인 노인은 가게 안으로 들어오지 않고 문지기처럼 가게 바깥을 왔다갔다 걸어 다닌다. 남편이 자기를 보고 나와서 돈을 주기 바라는 것이다. 남편은 주로 가게 뒤쪽에 있는 컴퓨터 앞에 앉아 있기 때문에 못 보는 경우가 많아 가끔 내가 알려 주어야 한다. 모른 척 하려도 비가 오는 날이나 기온이 영하로 내려가는 추운 날에도 시계추처럼 천천히 왔다 갔다 하는 모습이 딱해서 그럴 수가 없다. 이 할아버지는 남편을 미스터 김이라 부른다.

또 한 거지는 사십 세쯤 된 흑인 남자다. 아이큐가 두 자리 수밖에 안 될 것 같은 이 남자는 남편을 친구처럼 생각하는 것 같다. 오늘은 너에게 줄 돈이 없으니 금요일에 오라고 하면 '오케이, 오케이' 하면서 고개를 열심히 끄덕이지만 나갈 생각을 안 하고 여전히 옆에 서 있는 것이다. 마치 서로 말은 주고받지 않아도 마음이 통하는 오래된 친구 사이인 것처럼. 고약한 냄새를 풀풀 풍기면서 하염없이 서 있으니 짜증이 나는 사람은 나다. 견디다 못해 나가라고 하면 다음날 또 나타난다. 금요일에 오라고 했는데 왜 왔느냐 물으면 '오케이, 오케이' 하고는 다음 날 또 온다. 금요일이 언제인지 모르는 것임에 틀림없다. 술이 잔뜩 취해서 나타날 때도 많다. 도저히 견딜 수가 없어 앞으로는 절대로 가게 안으로 들어오지 말라고 엄명을 내렸다. 네가 가게 밖에 서 있으면 내가 알려줄 테니 기다리라고 몇 번씩이나 말을 했건만 강아지처럼 눈치를 살살 보며 여전히 들락거린다. 백인 할아버지처럼 수시로 문을 벌컥 열고 소리를 지르지 않으니 그나마 다행이라고 해야 하나.

유난히 무덥던 8월의 어느 날, 평소에 무섭게 굴던 내가 남편 대신 돈을 줬더니 그는 '해피 뉴 이어'라고 외치며 감격해했다. 아이큐가 낮은 게 아니라 정신이 이상한 건지도 모르겠다.

그런가 하면 정말 신사 같은 거지를 나는 알고 있다. 이란 사람인 그의 이름은 '아만'인데 집이 없어 근 십 년째 우리 교회에 살고 있다. 한때 주립대학에서 수학을 강의했다는 그가 어쩌다 홈리스가 됐는지는 아무도 모른다. 몇 년 전, 내가 처음 교회에 간 날이었다. 예배 후, 점심을 먹기 위해 친교실로 내려가자 양복을 말끔하게 차려 입고 깃털 꽂은 중절모를 쓴 중동 남자가 온화한 웃음을 띤 채 반갑게 손을 내밀며 인사를 건넸다. 나는 그가 교회에서 중요한 직책을 맡고 있는 사람인 줄 알았다. 교회 지하실 구석진 방에서 사는 홈리스인 줄은 상상도 못 했다. 나는 아만이 양복 이외의 옷을 입고 있는 모습을 본 적이 없다. 차림이 후줄근하냐 하면 절대 아니다. 양복 색깔에 맞춰 속에 받쳐 입는 셔츠와 넥타이만 봐도 보통 멋쟁이가 아니다. 가끔 차를 타고 가다 유유히 걷고 있는 아만을 보기도 하는데 아무리 더운 여름에도 변함없이 양복 차림이다.

한번은 금요일 저녁에 교회에서 특별 모임이 있었다. 교인들은 집에서 음식을 한 가지씩 준비해 와 집회 전에 친교실에서 저녁식사를 같이 했다. 식사가 거의 끝나갈 무렵 아만이 나타났다. 마침 커피를 따르기 위해 앞쪽으로 가 있던 나에게 다가온 아만은 엄격한 표정으로 어찌 된 일이냐고 따지듯 물었다. 마치 집주인인 자기가 모르는 일이 벌어지고 있는 상황을 질책하듯 왜 아무도 자기에게 말 안했느냐고 묻는데 어이가 없어 말이 안 나올 지경이었다.

아만이 교회에 해를 끼치는 행동을 하지는 않지만 여러 가지로 신경이 쓰이는 건 사실이어서 그동안 여러 번 나가 달라고 했다. 출입문의 열쇠도 바꿔봤지만 소용이 없었다. 어디로 어떻게 들어오는지 소리 없이 나타나 발소리도 안 내고 걸어 다닌다. 할 수 없이 내보내는 것을 포기 하고 대신 쓰레기를 치운다거나 마당을 정리하는 정도의 간단한 일을 시키고 용돈을 조금씩 주기로 결정했다. 이제는 고용주와 고용인의 관계가 되었다는 생각에서인지 그 후로 아만은 예배시간에도 점심시간에도 안 나타난다. 더 좋은 음식을 제공하는 곳을 찾아낸 것인지도 모르겠다.

서너 달 전이던가, 교회에 볼 일이 있어 오후에 잠깐 들렀을 때 허둥지둥 걸어오는 아만을 보았다. 급히 걸어 온 그는 주차장에 줄을 매고 걸어놓았던 빨래를 걷기 시작했다. 흰 속옷 몇 장과 알록달록한 팬티들이었다. 갑작스레 비가 내리기 시작했던 것이다.

아만을 다시 본 것은 어제 오후였다. 선들 바람이 부는 가을날이라 그의 갈색 양복은 더 보기 좋았다. 중절모에 꽂힌 깃털도 산뜻 했고 빨간색 실크 수건은 상의 주머니 위에서 수탉의 볏처럼 빛났다.

감탄스러운 건 세월이 지나도 아만의 외모가 전혀 나빠지지 않는다는 점이다. 홈리스들은 누구나 점점 외모가 망가지기 마련이다. 옷이 후줄근해지고 냄새가 나는 건 물론, 광대뼈가 들어나고 눈에 띄게 치아가 나빠진다. 희망을 잃은 사람들에게 전형적으로 나타나는 현상으로 종국에는 걸음걸이마저 불안정해지는 게 정석인데 아만은 마치 정원을 거니는 성주처럼 온화한 미소를 띤 채 유유히 걷고 있었다. 그렇게 오랜 세월 동안 절망에 빠지지 않고 꿋꿋이 버티는 아만에게 한 수 배워야 하는 건 아닌지 모르겠다.

그래도 살맛 나는 세상

이정자
▮시조시인, 기독교학과 66▮

돈, 돈, 돈, 돈이면 안 되는 것이 없는 세상일까? 아니다. 아니다. 아니다. 돈보다 귀한 것이 양심이다. 양심을 잃으면 명예도 돈의 가치도 추락한다. 아무리 호의호식을 해도 보이지 않는 그의 양심은 보이지 않는 무수한 양심에 의해 서서히 침식당한다.

권력형 비리가 끊임없이 일어나고 쇠고랑을 차도, 정권이 바뀔 때마다 이어진다. 몇 년 전의 얘기다. YS의 아들인 김현철이 감옥에 갔다. 그런데 그것을 뻔히 보고도 그 뒤를 이은 DJ 아들들이 그것도 2명이나 줄줄이 감옥에 갔다. 내 머리로서는 도저히 이해가 안 갔다. 어찌 그럴까? 이 사실을 학생들에게 물어본 적이 있다. 그때 한 학생이 분명하게 답을 했다. '받은 돈을 완전히 회수해야 되는데 그렇지 않기 때문이다. 돈을 회수하지 않고 몇 년 감옥에 살다가 특별사면이라며 풀어주기 때문'이라고 했다. 그 말을 듣고 보니 맞는 말이었다. '나는 그것을 왜 미처 생각지 못하고 이해가 안 간다' 라고만 했을까. 그러고 보니 사기범도 돈은 안 갚고 몇 년 감옥에 갔다 오면 형사상 법적인 면죄는 되는 것으로 보였다. 그러니 사기범도 활개를 친다.

문제는 우리의 법집행의 잣대이다. 위 학생 말처럼 돈을 부정으로 취했으면 100% 다 반납하게 해야 한다. 그러면 끊임없는 정치권 비리는 없을 것이다. 싱가포르의 법이 엄하다는 것은 모두 잘 알 것이다.

요즘은 전두환 법이 화제이다. 그 법은 그에게만 적용될 것이 아니라 기업인 다른 정치인들에게도 적용되어야 한다. '법은 만인에게 공평하다' 했으니 공평해야 한다. 그래야만 그 효력이 지속적으로 나타날 것이고 이 사회가 맑아질 것이다.

연속극에서 표절시비가 나왔다. 유명작가의 작품 한두 장면이 문제되었다. '표절이다' '아니다' 의 시비 끝에 법정까지 가서 마무리 된 것으로 안다. 시청자의 눈에는 별로 표절같이 안 보이고 일상 속에서 있을 수 있는 장면인 것 같은데 원고인 작가 본인의 눈에는 자기 작품의 표절이었다. 결국 표절로 인정되어 피고는 본의 아니게 곤욕도 좀 치른 것으로 안다. 이렇게 작가의 창작품에 대한 표절은 법정에서도 정확하게 엄한 잣대로 다스린다.

심심찮게 논문표절 문제는 이어진다. 국회 인사청문회 때면 단골메뉴로 등장한다. 그래서 그로 인해 낙마하는 경우가 꽤 있다. 살아 있는 양심의 일말이라고 생각한다.

이뿐이랴, 국내 대학에서 학위를 취득 못하는 사람들을 상대로 외국 대학의 이름을 빌리거나 조인을 해서 보다 쉽게 학위를 취득하는 경우도 있고, 현지 대학에서 개설한 어학연수 몇 개월하고 청강 몇 강의 듣고 돌아와서는 버젓이 그 대학 정규과정을 이수한 양 '……수학' 하고라고 이력서에 명시하는 경우도 있다. 하기야 어학이든 뭐든 배운 것은 배운 것이니 '수학(受學)'이든 '수학(修學)'이든 틀린 말은 아니다.

　'풍문에 들었다' '소문이 있더라' '어떻게 된 거니?' '사실이야?' 그렇게 한두 입을 건너가다가 '그래 인터넷에 떴어' 라고 나오면 막장이다. 숨기고자 하는 일일수록 인터넷은 신문보다 빠르고 위력이 있고 지속적으로 옮겨지기 때문이다.

　어쩌다가 실수한 것도 받아들여지지 않는 냉철한 인심인가 하면 엄연한 실수도 묵인해 주는 넉넉한 인심도 있으니 세상은 그래서 살맛이 나고, 웃음으로 한바탕 넘길 수 있다. 웃을 수 있는 세상, 넉넉한 인심이 있는 세상, 아름다운 마음들이 함께하는 세상…… 그 가운데 모르는 것도 함께 존재하니 역시 세상은 재미있는 세상이고, 살맛 나는 세상이다.

그날의 사인

최석희
▌수필가, 영어교육과 68 ▌

인터넷 검색을 하던 중, 2012년 문화체육관광부가 선정한 우수문학도서 목록에 K교수의 저서 『혼신의 글쓰기 혼신의 읽기』가 있었다. "어~! 교수님이 또 책을 내셨네⋯⋯." 그 순간 반갑고 놀라웠다. 앉은 자리에서 이 책을 인터넷으로 주문했다. 그 이유는 내게 문학에 눈 뜨게 해주신 은사이시고, 책 제목도 마음에 들었기 때문이다.

다독(多讀)과 다작(多作)의 대명사인 교수님은 순수 저작물만 150여 권을 냈다. 어느 시기에 공부에 미칠 수는 있지만, 평생 공부에 미치는 사람은 드물다. 교수님이 자랑스럽다. 아무 말 없이 큰 경의를 보낸다.

내가 교수님을 처음 만난 것은 고1 때(1961), 교수님께 국어를 배웠다. 난 국어시간이 그냥 좋았다. 그분의 가르침이 머리에 또박또박 저장되었다. 성적표를 받아볼 때마다 국어 점수가 제일 높았다. 국어시간이 기다려졌다. 숙제로 내준 작문을 쓰느라 쓰고, 지우고, 다시 쓰다보면 새벽이 오곤 했다. 아마도 이것이 내 글쓰기의 출발점이 아닐까 싶다.

3년 후 대학 1학년 때(1964), 인천에서 신촌까지 기차통학을 했다. 우연히 교수님과 같은 자리에 앉았다. 인사를 꾸벅 하며 아무 말 없이 창밖을 내다보았다. 가을걷이가 끝난 들판에 해거름녘 하늘은 그대로 한 편의 풍경이 있는 시였다. 교수님이 먼저 말씀하셨다. 고1 때, 작문 시간에 제출한 최 양의 「첼로의 강물」은 아주 좋은 글이었다고 칭찬해 주셨다. 제목까지 기억하시다니 고맙고 가슴 설레었다. 교수님이 내게 처음이자 마지막으로 해 주신 칭찬이었다. 특별활동 시간, 음악반에서 드보르작의 「첼로 협주곡 b단조 작품번호 104번」을 처음 감상했다. 애절하면서도 강렬한 선율과 활기차고 다양한 리듬으로, 보헤미안의 감성과 정서는 내게 또 다른 세계가 있음을 알게 했다. 그때 첼로가 가을에 가장 어울리는 악기라고 생각했다. 중후하고 부드러우면서도 쓸쓸한 음색은 선친에 대한 그리움과 중첩되어 내 마음에 스며들기 시작했다. 그리운 사람들의 연민이 서려 있기에 나는 이 곡을 좋아한다는 내용이었다.

12년 후(1976), S대학에서 영어교사 연수가 끝나던 날, 교수님 연구실을 찾아갔다. 12년 만에 다시 만나게 되니 가슴이 뛰었다. 약간 떨리기도 했지만 용기를 냈다. "글을 쓰고 싶은데 무엇을 어떻게 할지……." 머뭇거리며 말을 제대로 못했다. 내가 소심하고 겁이 많은 것 같다. 교수님은 말씀이 별로 없고 미소로 답하시며 다음과 같은 숙제를 내주셨다. 『말테의 수기』를 백 번 쓰라고 하셨다. 깨알 모양의 글자로 311쪽의 빛바랜 두꺼운 책이다. "별난 숙제네. 백 번 쓰기?" 쓸 수 있을 것 같아 대학 노트에 석 장을 쓰던 중 멈췄다. 엄마로서, 교사로서 바쁘고 피곤한 일상이었다. 더욱 막내가 세 살이라 학교 갈 때마다 엄마를 붙잡고 우는 통에 내게 무엇이 우선인지 고민을 할 때였다. 쓰기는 힘들고 대신 틈틈이 시간을 내어 그 책을 세 번 정독했다.

『말테의 수기』는 매우 섬세하고도 우울한 사색으로 가득 차 있다. 인간의 깊은 내부적 부담을 안고 쓰여진 소설이자 그에 대한 경고이다. 다른 사람이 슬픔, 절망, 고독의 구원자가 되어 주리라는 부질없는 생각은 하지 말라는 것이다. 혼자 알아서 대처하고 그러다가 기왕이면 고독에 잠기라는 것이다. 그러다 보면 우리는 큰분의 바로 등 위에 와 있는 것이다. 릴케가 우리에게 은근히 조언하고 있다. 교수님은 '백 번 쓰기' 숙제를 통해 내게 글쓰기 훈련을 시도한 것은 아닐까.

며칠 전 신문에서, 2012년 9월 14일(금) 17시 30분, 황순원문학관 강당에서 제1회 소나기문학상시상식이 있다. K교수 문학평론가, 서울대 명예교수의 저서 『신 앞에서의 곡예: 황순원 소설의 창작방법론』이 '황순원문학연구상' 수상자로 선정되었다는 내용의 기사를 보았다. 그때 번개처럼 하나의 생각이 떠올랐다. 그날 아침 36년의 틈을 두고 양평군 황순원문학촌 소나기 마을에 갔다. 마음 설레고 긴장한 탓인지 시상식 시간보다 2시간 먼저 도착했다. 오히려 잘됐다 싶어 주위를 여유 있게 돌아보았다. 소나기 마을은 양평에서는 가장 경치가 빼어난 곳에 위치하고 있다. 푸른 잔디가 드넓게 깔려 있고 인공 소나기가 간헐적으로 쏟아졌다. '소나기' 속의 소년과 소녀가 비를 피하기 위하여 볏단 속으로 뛰어들어가는 모습이 떠오르기도 했다. 문학관에 들어서자 '작가의 만남' 방에는 책장 하나, 벽에 걸린 옷 몇 벌, 앉은뱅이 책상, 그림 한 점이 조촐하게 걸려 있었다. 이 방에서 주옥 같은 작품들이 쏟아져 나왔던 것이다. 황순원의 면목을 자세히 볼 수 있었다. 제일 인상 깊은 곳은 옛날 초등학교 교실을 그대로 재현시켜 놓은 책상과 걸상들이 나란히 있는 '남폿불 영상실'이었다. 소설 속에서 소녀가 전학 와서 처음 인사하던 장면, 또 매일 결석하는 소녀를 애타게 기다리는 소년의 마음 등이 겹쳐서 추억 속으로 빠져드는 느낌이었다. 캄캄한 영상실에서 관

객은 나 혼자였다. 작은 책상 앞에 앉아 「소나기」를 새로이 각색한 「그날」이라는 애니메이션을 감상했다. 그리고 소녀가 들꽃을 꺾어 이름을 물어보던 마타리꽃, 송아지 들판에 서 있는 눈이 맑은 두 마리 소의 모형, 학의 숲, 고향의 숲, 해와 달의 숲, 수숫단 오솔길, 들꽃마을 등을 하나하나 머릿속에 담아 두었다.

'남폿불 영상실'을 나와 시간을 보니 아직도 한 시간 정도 남았다. 감기 때문인지 한기와 피곤을 느꼈다. 안내원에게 나의 컨디션을 말했더니 2층 촌장실로 안내했다. 방문록에 내 이름을 적고 그 옆에 작은 글씨로 교수님 제자, 수필가라고 쓴 순간 나는 곧 후회했다. 내 이름만 남기고 모두 지워 버리고 싶었지만 내 뒤에 여러 사람이 기다리고 있어 지우지는 못했다. '교수님의 제자'라는 말이 교수님께 누를 끼칠까 부끄러웠다. 혹시 나중에 교수님께서 내 글을 읽으신다면 무슨 표정, 무슨 말씀을 하실까. 소설가 안영 촌장님께서 나의 얼굴이 너무 창백해 보인다며 따끈한 차 한 잔을 주시고 햇볕 있는 자리에서 좀 쉬라고 하셨다. 오래전부터 알고 지낸 정 많은 선배님 같았다. 따끈한 차를 마시니 속이 풀리고 안정을 찾았다. 시상식이 가까워지자 로비에는 많은 사람들이 교수님을 기다리고 있었다. 나는 점점 초조했다. 만나면 처음에 무슨 말을 해야 할까, 날 알아나 보실까.

드디어 교수님이 촌장실로 들어오셨다. 문광부 공보실 취재팀이 분주하게 플래시를 터트렸다. 학계, 문화예술계, 출판계 등 여러 분야의 많은 내빈들이 오셨다. 나는 교수님의 위상이 이렇게 높은 줄 몰랐다. 모두 일어나 인사를 드리고 악수를 하느라 바쁘셨다. 그때 촌장님이 저만치 떨어져 있는 나를 교수님 앞으로 안내하시며 일찍 와서 오랫동안 기다렸다고 말씀해 주셨다. 소심하고 겁이 많은 나는 머뭇거리다 『혼신의 글쓰기, 혼신의 읽기』 책을 내밀며 "교수님, 최석희입니다. 36년

만에 다시 뵙습니다. 이 책에 사인해 주세요."라고 아주 작은 목소리로 말했다. 글과 달리 과묵한 교수님은 미소로 답하시며 책 첫 장에 '최석희 女史 人不知而不慍정진'이라는 사인을 해주셨다. '인부지이불온'이란 「논어」 학이(學而)편에 나오는 말로 '사람들이 나를 알아주지 않더라도 화내지 않는다.'라는 뜻이다. 그 바쁜 틈을 내어 내게 애정 어린 사인을 해주신 교수님 앞에 깊이 감사드린다. 곧 이어 문학관 강당에서 시상식이 시작되었다. 몸 상태가 안좋아 나는 도저히 시상식에 참석할 수 없었다. 소나기 마을에서 교수님과 기념사진 한 장 찍었으면 좋았을 텐데……

　사제지간으로 만난 51년 동안의 기억과 흔적이 어제 일처럼 생생하다. 특히 숙제로 내주신 『말테의 수기』백 번 써보기는 아직도 미완성이지만, 그 대신 세 번을 정독했다. 평소 가까이 하지 않았던 내용이라 다소 난해했지만 고통, 불안, 고독이 자기완성의 기틀임을 알게 했다. 책을 읽은 후 사람, 풍경, 물건 등 바깥 세계를 보는 것 보다, 이제 전혀 다른 내면의 대상을 새로운 눈으로 바라보게 되었다. 이런 모든 인연들이 내 글쓰기의 밑거름이 되었다.

　'최석희 女史 人不知而不慍정진'이란 그날의 사인은 평생 나의 잠언으로 각인될 것이다. 몸 상태가 좋지 않아 교수님께 인사말도 못하고, 급히 문학관을 나온 것이 못내 아쉬웠다. 별 말씀 없이 큰 깨우침을 주신 교수님처럼 사람들이 나를 알아주지 않더라도 화내지 않고 꾸준히 정진하기를 다짐하면서 그리운 마음 지그시 눌러 본다. 그동안 교수님 앞에 좀 더 가까이 다가서지 못했던 나는 바보처럼 살아왔다. 황순원의 「밤늦어」가 어렴풋이 떠올랐다.

　　밤늦어 플랫폼에 내 긴

그림자를 끌고 섰을 때
가을걷이 끝낸 들판을
내 해거름녘에 거닐 때
그러나 나 홀로 내버려두지 않고
항상 곁에 지키고 있는 이가 있다
눈에 보이지 않고
손에 잡히지 않지만
그이가 누구라는 걸 나는 안다

먹을 수 있는 보석

허숭실
■ 수필가, 불문학과 64 ■

선생님 오시기를 기다리던 홍매가 꽃망울을 터뜨렸습니다.

재개발로 응암동 집이 헐리게 되었을 때 '물질 고아원'도 해체된다며 마지막으로 초대해 주셨지요. 나영균 선생님 내외분과 김승숙, 윤정옥 선생님을 모시고 응암동 집에 갔던 날이었습니다. 선생님이 구미구미 모아놓은 폐품들로 만든 창작품들이 정원에도 집안에도 발 디딜 틈 없이 가득했습니다. 그날 정원에서 홍매를 보고 반색하자 손수 파주겠다며 삽을 흙 속으로 힘껏 내려찍던 선생님의 모습이 선합니다. 한 그루를 힘겹게 떠내고 또 한 포기를 파내려고 하자, 옆에서 지켜보던 명환 씨가 한마디 했지요. "노인네 힘드신데, 한 그루만 주세요." 그렇게 받아다 심은 홍매가 이듬해 봄에 붉게 피어 뜰안을 환하게 밝혀 주었습니다. 암향을 맡으며 그 황홀함을 함께 느끼고 싶어 올 봄엔 명환 씨와 선생님을 꼭 모셔다 보여 드리겠다고 약속을 드렸잖아요. 그런데 선생님은 『바스락 바스락 작업을 한다』는 시집을 보내 주시고는 훌쩍 떠나셨습니다.

노마(老馬)

노마 한 마리가 달리고 있다.

허덕이며 허덕이며 달리고 있다.

흘러간 세월의 무거운 짐이 노마의 등을 짓누르고 있다.

노마는 이 짐과 친해진지 오래다.

달리는 일에 열중하는 것만이 구원이다.

일심으로 달리는 순간만은 마(魔)가 알찐거리지 못한다.

노마가 깨달은 것은 이것 하나뿐이다.

신기하다 노마가 달려가는 방향이 서가 아니라 동이다.

지는 해를 박차며 뜨는 해를 응시하며 달리고 있다.

달리고 또 달리면 평생 쌓인 빚을 더러 갚을 것인가

갚다 남은 나머지는 하늘에 맡길 일이다.

끝까지 달리면 노마는 천마(天馬)가 된다.

말굽소리도 없이 노마 한 마리가

땅인지 하늘인지를 꿈 흐르듯 달리고 있다. (2002. 3. 성찬경)

선생님은 떠나시는 모습을 그리도 일찍 그려놓으셨군요. 끝없는 호기심과 지칠 줄 모르는 도전으로 밀핵시, 일자시(一字詩) 등 새로운 시의 세계를 펼치셨습니다. 가려움증도, 고통도, 눈물도 먹을 수 있는 보석으로 빚어내시는 시인이셨습니다. 예수님이 최고의 시인이라며 그분을 닮고 싶어 하셨지요. 저도 선생님처럼 지는 해를 박차며 뜨는 해를 응시하며, 은빛 머리칼을 휘날리면서 달리고 싶습니다. 그러노라면 감히 선생님을, 예수님을 터럭 한 가닥이라도 닮아갈 수 있을까요?

아드님 바오로 신부가 곁을 지키는 영정사진 속 선생님은 큰 눈을 순하게 뜨고 결연함도 적막함도 다 내려놓고 편안한 얼굴로 문상객들을 맞으셨습니다. 명환 씨에게서 선생님의 마지막 가시던 이야기를 들었습니다. 일중 김충현 선생님의 회고전 축사를 하시고 점심을 대접받고 일중 선생님의 유품을 감상하려고 3층까지 걸어 올라가셔서는 그만 소파에 털썩 주저앉으셨다지요.

이승과 저승의 넓고 깊은 강을 고통도 없이 한 걸음에 건너가셨습니다. 우주 교향곡에 취해 두 팔을 휘저으며 선생님의 별 '포폴로 포'로 날아가셨습니까? 선생님은 꿈꾸듯 달리고 달리다가 천마가 되셨습니다. 예술작품은 그 사람이 숨을 거두는 그 순간 완성된다고 말씀하시더니, 선생님은 떠나시는 길을 마지막 예술작품으로 마무리 지으셨습니다.

그러나 가족과 친지들은 갑자기 닥친 이별을 받아들일 수 없어 혹시라도 하느님의 부르심이 착오가 아닌가 하며 깊은 슬픔에 잠겼습니다. 너무 일찍 우리의 곁을 떠나신 것은 안타깝고 아쉽고 애통하기 그지없지만 떠나시는 모습은 정말 멋지십니다.

문상객들에게 대접하는 밥상을 받고 저는 언감생심 "저에게도 선생님처럼 세상을 떠날 수 있는 복을 주십시오."라고 기도했습니다. 그보다 깔끔하고 아름다운 여운을 남기는 마무리가 또 있을까요?

선생님을 잃은 가슴에 커다란 구멍이 뚫려 시린 바람이 휭 몰려듭니다. 그래도 지금 저희 집 동인재 뜰엔 선생님이 모종해 주신 홍매가 금빛 햇살을 받아 꽃눈을 열고 있습니다. "육체의 소멸은 허망하지만 질료면(質料面)에서 볼 때 연속성이 있으리라 여겨진다."고 하신 말씀을 실감하는 순간입니다. 신기하게도 애기 젖꼭지 같은 꽃눈이 다닥다닥 맺힌 홍매 곁에 가느다란 홍매 싹이 한 뼘이나 솟아올랐습니다. 지난해 떨어진 매실 한 알이 낙엽을 덮고 깊은 잠에 들었다가 봄바람에 놀라 싹을 틔웠나 봅니다. 흙은 그렇게 죽음을 받아들이고 새 생명을 키워내 우리에게 돌려주는군요. 선생님의 일자시(一字詩) '흙'을 눈으로 보고 손으로 만지며 가슴으로 느끼는 현장입니다. 모든 생명은 흙에서 태어나 다시 흙으로 돌아간다는 자연의 이법을 다시금 깨닫습니다.

선생님의 새로운 서재, '포폴로 포'에서 쓰시는 시들을 내려주시렵니까? 별이 깜박일 때마다 시가 떨어져 내릴 것 같습니다. '포폴로 포'에서 어린왕자로 다시 태어나신 선생님을 찾아 깜깜한 밤이면 뜰로 나서겠습니다.

"우리가 살고 있는 시간의 장소를 먼 데서 바라보면 영겁 위에 반짝 피었다 사라지는 섬광과 같은 것"이라 하셨지요. 선생님은 그 섬광과 같은 순간에 먹을 수 있는 보석을 열두 광주리나 남겨 주셨습니다. 그 보석을 한 알씩 맛보며 은빛 평화를 누리겠습니다.

송운(松韻) 성찬경 선생님, 무한 좋고 좋은 영원의 동산에서 아이같이 마음껏 뛰노십시오.

들리는 것 들리지 않는 것

김국자
■ 수필가, 가정학과 66 ■

소리는 공기의 떨림이다. 그런데 소리에 따라서 자연적 현상을 넘어 어떤 의미로 우리에게 다가온다. 보는 것보다 듣는 것이, 듣는 것보다는 만지는 것이 더 감상적이라고 하지만, 그리움은 아무래도 소리에서 더 느껴지는 것 같다. 눈은 새것을 찾지만 귀는 옛 것을 찾는다는 말이 있다.

그리운 소리가 있다. 새벽을 가르는 두부 장수 종소리, 어머니의 도마 소리, 굴뚝 청소하라는 징소리, 가을밤에 들리던 다듬이 소리 등등…….

듣기 좋은 소리도 있다. 산과(山果) 떨어지는 소리, 보길도 예송리 바닷가에서 듣던 몽돌 구르는 소리, 보리밭 종달새 소리, 외갓집 외양간에서 나던 소 울음소리 등, 하지만 우리가 쉽게 들을 수 있는 듣기 좋은 소리는 음악 소리이다. 세상에 음악이 없다면 얼마나 삭막할까 생각해 본다.

우연히 월정사를 들른 적이 있었다. 저녁 여섯 시가 되니 젊은 스님들이 모여 번갈아 가며 북을 치기 시작했다. 한 스님이 북을 치고 물러서면 옆에 대기하고 있던 스님이 이어서 북을 쳤다. 그 모습이 조용하고 절도가 있었다. 북 치는 스님마다 그 모습이 사뭇 달랐다. 보슬비 오듯 아주 조용한 몸짓으로 북을 어루만지는가 하면 소낙비 쏟아 내듯 정열적인 몸짓으로 치는 스님, 리드미컬하게 경쾌한 몸짓으로 치는 스님, 그 뒷모습이 아름다웠다.

스님들이 북을 치는 것은 중생을 구제하는 데 있다고 한다. '법고'는 땅 위의 모든 중생들을 소리로 깨우쳐서 제도하기 위한 것이고 '운판'은 날짐승과 허공을 헤매며 떠도는 영혼을 제도하기 위한 구름의 울림소리, '목어'는 물고기처럼 항상 눈을 뜨고 깨어 있으라는 뜻으로 물속에 사는 중생을 구제도하기 위해서 친다고 한다. 나무로 긴 물고기 모양을 만들고 배 부분의 안쪽을 파낸 다음 그 안쪽의 양 벽을 두 개의 나무 막대기로 두드려 소리를 냈다. 목어의 모양을 줄여 만든 것이 목탁이라고 한다. 범종을 치는 것은 지옥의 중생들이 고통에서 벗어나 불법의 진리를 깨우치기 위함이라고 한다.

그 깊은 뜻을 생각하며 북소리를 들으니 또 다른 감명이 왔다. 북소리를 듣고 발길을 돌려 나오는데 절을 수리하는 인부의 망치 소리가 들렸다. 그런데 그 소리가 예사롭게 들리지 않았다.

"한 번의 망치 소리가 수백 년의 시간을 허공에 고정시키는 작업임을 목수는 알고 치는 것인지?"

세상에는 이렇게 들리는 소리가 있는가 하면 실제로는 들리지 않지만 우리에게 들리는 소리 이상으로 감명을 주는 소리가 있다. 바로 문장 속에서 들리는 소리이다.

"是日也防聲大哭(시일야방성대곡)", 이날에 목 놓아 통곡하노라.

1905년 11월 17일 을사조약이 체결됐을 때, 황성신문에 20일자에 장지연(張志淵)이 일제의 국권 침탈 음모에 분노하여 대성통곡한 논설 제목이다. 그 통곡의 소리가 오랜 시간이 흘렀는데도 들리는 것 같고 가슴에 찡한 울림이 왔다.

'階前梧葉已秋聲(계전오엽이추성)', 계단 앞 오동나무 잎에서 이미 가을 소리를 들었다고 주자(朱子)는 권학문에서 말했다.

대문장가 한유(韓愈)는 그의 저서에서 '大凡 物不得基平鳴'(대범물득기평명), 물은 평정을 얻지 못하면 소리를 낸다. 봄은 새로써, 여름은 우레로, 가을은 벌레로, 겨울은 바람을 빌려 운다. 그리고 사람은 문사(文辭)의 말로 울었다. 주(周)나라가 망하니 공자(孔子)의 무리가 울었고, 초(楚)나라가 망하니 굴원(屈原)이 울었다. 맹자는 성선설(性善說)로 순자(荀子)는 성악설(性惡說)로, 한나라의 사마천(司馬遷)은 사기(史記)로, 당나라는 이백(李白)과 두보(杜甫)의 시(詩)로 울었다고 했다.

세상을 살다 보면 듣기 좋은 소리만 듣고 살 수는 없다. 온갖 도시 생활에서 내는 자동차 클랙슨 소리, 공사판에서 내는 잡음 소리, 싸움 소리, 도를 넘는 충고나 잔소리를 듣고 산다. 같은 소리라도 듣는 순간의 심정에 따라서 다르게 들린다. 까치 소리도 어느 때는 반갑게 들리지만 어느 때는 시끄럽게 들릴 때도 있다. 보기 싫은 사람은 목소리조차 듣기 싫은 법이다. 하지만 싫든 좋든 우리는 세상의 소리를 들으며 살고 있다.

나는 가끔 새들이 지저귀는 소리를 알아들을 수 있다면 얼마나 좋을까 생각해 본다. 옆집 감나무 위에 앉아 지저귀는 새의 소리를 듣고 나도 알 수 없는 소리로 응답해 본다. 그러면 새도 내 소리를 들었는지 조잘대며 응답하는 것 같다.

이렇듯 세상의 모든 생물들은 소리를 내며 살고 있다. 우리가 그 소리의 뜻을 알아듣지 못할 뿐이다. 반면에 문장가들의 소리는 실제로는

들리지 않지만 시간과 공간을 초월하여 우리에게 감명을 주고 있기에
나는 책장을 들추며 그 문사들의 소리에 귀를 기울이고 있는 것이다.

역사에 눈을 감는 자, 미래를 볼 수 없다

김선주
▌소설가, 불문학과 65▌

초등학교 시절부터 나는 역사 시간을 제일 좋아했다.

나무는 물론 작디작은 풀 한 포기에도 뿌리가 있고, 사람에게도 부모와 조상이 있듯이 모든 생물체에는 반드시 근본이 있어야 존재할 수 있지 않은가? 또한 나무에는 나이테가 있고 인간에게는 연륜이 쌓여서 당연히 흔적으로 남게 마련이고, 그것이 시간이 지나가면 바로 역사가 되는 것이 아니겠는가.

어려서부터 책을 무척 좋아했던 나는 여중시절부터 매일매일 배달되는 신문에서 반드시 읽는 곳이 두 군데가 있었다.

하나는 명사들이 쓰는 '나의 이력서'이었고, 또 하나는 소설가들이 연재하는 소설이었다. '나의 이력서'를 읽고 나면 한 사람의 일생을 한눈에 모두 살펴볼 수 있어서 좋았다. 교훈적인 것으로 가득 찬 위인전과는 또 다른 매력이 있었다. 그곳에는 한 사람이 어떤 환경에서 어떻게 자라고, 공부하고, 사회에 진출했으며, 또 온갖 역경을 이겨내고 행동으로 실천하면서 자신의 삶을 어떻게 줄기차게 이끌어나갔으며, 마침내 늙어서 어떤 종착역에 이르렀나가 비교적 솔직하게 기록되어 있었다. 물론 자신의 이야기를 미화시켜 쓴 점도 있겠지만, 큰 흐름은 소설처럼 멋대로 꾸밀 수 없다는 것을 헤아리면서 읽었다. 나는 그들의 이력서를 읽으면서 때로는 감탄하고 때로는 공감하며 삶의 지혜를 배울 수 있었다. 수없이 많은 개인의 역사를 보면서 인간이 터득해야 할 가치관과 꿈의 실체를 보는 것 같았다.

나이를 먹을수록 다양한 삶에 대한 호기심과 함께 인간들이 모여서 이룩한 국가들의 역사에 대해서 나는 더욱 강한 흥미를 가지게 되었다. 그래서 국사와 세계사에 심취하게 되면서 학교 수업 중에 그 시간을 제일 재미있어 했고 성적도 좋았다.

한 국가가 어떻게 생겨났으며, 어떤 지도자와 추종자들이 있으며, 어떻게 융성했으며, 경쟁자들과 어떤 전쟁을 하고 종말을 맞이하게 되었는지를 살펴보는 것은 정말로 흥미진진한 일이었다.

수천 년 전부터 현대에 이르기까지 시대의 흐름 전체를 실에 꿰인 듯 일목요연하게 바라볼 수 있는 재미에 푹 빠져서 나는 시간 가는 줄도 모르고 국사 및 세계사를 다룬 역사 소설에 몰두하기도 했다.

그리고 세상만사에 으뜸이 되는 근본은 바로 인간 됨됨이라는 것을 더욱 확실하게 깨달을 수 있었다.

그래서 조선시대에 선비들이 심혈을 기울여 한 공부는 무엇보다도 먼저 철학을 배워서 인간과 삼라만상의 도리를 깨우치고 실천하는 것이었구나 하는 것을 공감하게 되었다.

지난날, 한때는 그런 조상들의 태도가 구태의연하고 고리타분한 탁상공론에 그쳐서 이 나라가 요 모양 요 꼴이 되었구나 하고 원망을 할 때도 있었다. 좀 더 새로운 과학 기술과 상업적인 경영에 힘써서 시대를 앞서 가지 않은 것에 대한 불만이 대단했었다.

그런데 이제 우리는 무섭게 노력하여 지긋지긋하던 가난을 탈피하고 경제대국의 대열에 입문한 국가가 되었다. 그것은 대단한 발전이며 자랑이라는 것을 믿어 의심치 않는다. 하지만 지금 우리는 배고파서 허리띠를 졸라매던 때보다 과연 삶이 더 행복해졌는가?

대한민국은 언제부터인가 생각지도 못했던 현상이 도처에 일어나서 그만 우리들의 삶을 불행 속으로 몰아넣고 있다. 마치 지옥 불에 휩싸여 허우적거리는 수인들처럼 처절한 싸움으로 서로를 물고 뜯느라고 세월을 낭비하고 있다. 오로지 개인과 집단 이기심에 빠져서 수단과 방법을 가리지 않고 반드시 경쟁에 이겨야만 한다는 강박관념에 사로잡혀 인간다운 도리와 인성은 저 멀리 사라지고 말았다.

지금은 아무도 거론하고 있지 않지만, 우리나라에는 오래전부터 기본적 윤리강령으로 삼강오륜 (三綱五倫)이라는 가르침이 내려오고 있었다.

삼강은 군위신강(君爲臣綱), 부위자강(父爲子綱), 부위부강(夫爲婦綱), 즉 임금과 신하, 어버이와 자식, 남편과 아내 사이에 마땅히 지켜야 할 도리를 말한다.

오륜은 부자유친(父子有), 군신유의(君臣有義), 부부유별(夫婦有別), 장유유서(長幼有序), 붕우유신(朋友有信)을 말한다. 그 뜻은 아버지와 자식의 도리는 서로 친함에 있고, 임금과 신하의 도리는 의리에 있고, 부부 사이에는 서로 침범하지 못할 인륜의 구별이 있고, 어른과 어린이 사이에는 차례와 질서가 있어야 하고, 벗의 도리는 믿음이 있어야 한다는 뜻이다.

어제가 옛날이 되는 급변하는 현대 사회에 살고 있는 우리가 아득한 옛날 중국의 공맹(孔孟) 교리에 입각한 삼강오륜을 말한다는 것은 자칫 고리타분한 이야기라고 비웃음을 살지도 모른다. 또 임금과 신하가 없고 만인이 평등한 인권 만능의 세상에 무슨 엉뚱한 말이냐고 항의하는 사람이 있을지도 모른다. 하지만 우리는 그 윤리강령을 오늘날의 사고방식에 맞추어 재정립할 필요가 있다고 생각한다면 너무 낡은 사고방식일까?

삼강오륜의 뜻을 깊이 헤아려보면 그곳에는 인간애(人間愛)에 입각한 철학적인 사고와 깊이 있는 연구 끝에 가장 기본적이고 도덕적인 관계가 설정되어 있음을 알 수 있다.

삼강오륜의 기본 강령은 각자 처한 위치에서 신의와 예의와 엄격한 질서를 지키며 살아가자는 것이지 결코 차별대우나 굴욕적인 희생이나 자유의 핍박을 강요한 것이 아니라고 생각한다.

지금 우리는 급격한 경제 발전과 수단 방법을 가리지 않는 승부욕과 이기심으로 극심하게 피폐해진 인간관계를 이 시대에 맞는 새로운 지침서를 만들어서 실천할 필요가 있다.

그리고나서 서로를 존중하고 사랑하며 단결하여 선배들의 노련한 지혜와 무섭게 발전하는 과학문명과 숨 막히게 돌아가는 글로벌 시대에 뒤떨어지지 않게 적응하면서 더욱 발전하여 안락하고 평화로운 세상을 향해 나가야 한다. 그것이 바로 새로운 역사를 만들어가야 하는 우리들의 의무와 존재 가치가 아니겠는가.

우리나라는 물론 다른 나라의 역사를 들여다보면 하나의 공통점이 있다.

한때 세계를 제패하고 하늘을 찌를 듯이 위세가 당당했던 국가라 하더라도 백성과 지도가가 합심하지 않았다거나 오만하거나 사치하고 부패하거나 인륜을 저버리고 타락하면 반드시 멸망했다는 것을 알 수 있다. 아무리 부국강병하다 하더라도 정신적인 지주가 튼튼하지 않으면 내부에서부터 무너지고 만다는 것이다.

그것은 한 사람의 개인사나 국가의 역사나 모두 신기하게도 같은 논리가 적용되는 것을 보며 놀랄 때가 너무나 많다.

어제의 일은 모두 역사가 되어버린다.

이제 우리는 지난 세월들을 돌아보며 반성하고 앞날을 보다 건전하고 원대하게 설계를 할 때, 이기심과 욕심으로 가득 찬 난세를 극복하고 평화로운 행복시대를 열어갈 수 있다고 생각한다.

삶의 경력이 쌓여서 지도층이 된 사람들은 과거의 문제점을 고쳐나가면서 보다 발전된 개인, 사회, 국가를 위해서 후손들에게 밝은 미래를 열어주어야 할 의무와 책임감으로 충만했으면 좋겠다.

역사를 자기 욕심대로 왜곡하거나 외면하는 사람은 역사 앞에서 크나큰 죄인이 되는 길을 가는 것이라고 생각한다.

역사 앞에서 우리는 옷깃을 여미고 겸손하고 경건한 마음으로 냉철하게 판단하면서 바람직한 일은 받아들이고 잘못된 것은 개선하는 혜안과 결단이 필요하지 않을까?

세상에서 일어나는 모든 일들은 비록 형태는 달라도 본질은 끝없이 되풀이 되고 있으니까.

'역사에 눈을 감는 자, 미래를 볼 수 없다' 라는 말은 어떤 경우에도 움직일 수 없는 진리임에 틀림이 없다.

사랑을 줍는 집게

김영교
▮ 시인, 영문학과 63 ▮

엊그제까지만 해도 군데군데 남았던 무더기로 쌓인 뒤뜰 이파리들, 간밤에 내린 비에 모두 떨어져 더욱 수북하게 쌓였다. 햇살이 밝게 드는 남향이지만 다른 나무는 모두 겨울잠에 잠긴 채 그냥 있는데 유난히 이 푸로마니아 꽃나무만은 예민하게 뒤척인다. 자기에게 말 걸기를 좋아하던 엘(Albert)이 죽은 걸 아는 걸까?

작년 가을 옆집 엘이 피부암이 뇌로 전이되어 사망했다. 고개 숙였다 하늘 한번 쳐다 보았는데 글쎄 해가 바뀌었다. 반가운 생명의 봄이 아무리 여러 번 우리곁에 와도 엘은 돌아오지 않을 것이다. 담 너머 들려오던 그의 피아노 소리가 그리워진다. 그래, 사람은 다시 잎 돋는 나무가 아니지…….

추운 작년 겨울 난방 이유로 이 단지 집들은 문을 닫아걸고 웅크리는 마음들이었다. 지난 주말부터 날씨가 화창해지니깐 마음 따라 저절로 밝아진 발걸음으로 걸어나오고 가볍게 어깨를 편 모습을 만난다. 우리 집 뒤뜰도, 나 자신도, 저 사람들도, 날씨에 민감한가 보다. 좋은 일이 생길 것 같은 부푼 마음은 흰 구름 한 조각 품고 싶어 파아란 하늘이 된다.

한 블럭 반 끝에 윌슨 공원이 있다. 걷기를 즐기는 사람들이 마음에 들어 하는 곳이다. 둘러쳐진 길 네 번 반이면 1마일이고 그 정도의 걷기는 처음 시작한 사람에게도 적당한 하루치 운동양이다. 오늘 새벽 성전 뜰을 걸어 나오니 날씨는 아직 쌀쌀 맞은데 사람들은 어느새 가볍고 여린 색깔의 옷차림이었다. 유심히 보니 발걸음도 한결 가볍고 희망차 보인다. 겨울을 견딘 공원나무들, 가지 끝 이파리에 하늘이 내려와 입 맞추고 있다.

저 만치 앞서 걸어가는 사람이 몸을 굽혔다 폈다하며 뭔가 줍고 있는 모습이 내 눈에 잡혔다. 휴지 나부랭이를 집어올리고 있었다. 노란 조끼를 입었기에 처음에는 공원직원인가 했다. 왜 공원 청소 직원이 있는데도 이른 봄날 쌀쌀한 시간에 그렇게 쓰레기를 자신이 직접 치우고 있는 걸까. 마치 자기 집 뒷마당이기나 한 듯 열심히 그 일을 하고 있었다.

오래전이었다. 이곳에 부임한 남편의 외교관 친구는 늘 땅이나 바닥에 떨어진 휴지나 쓰레기를 손수 주워버리는 좋은 습관을 갖고 있어 주위 젊은이들의 귀감이 된 적이 있었다. 그분의 모습을 떠올리며 가까이서 가서 본 집게의 주인공은 다름 아닌 K여사였다.

쓰레기 줍기 달인이 되다시피 어김없이 헌납하는 K여사의 고급 인력 뒤에는 깨끗해진 초록의 넓은 공원이 뒤따랐다. 보기에도 싱그러웠다. 타민족 이웃에게도 돋보이는 부지런한 우리 한국인의 자원봉사 솔선의 모습이었다. 위상을 높이는데 '강남스타일의 싸이' 다음으로 쓰레기 줍는 K여사도 한몫하고 있었다.

눈여겨 본 것은 걷기와 동시에 허리 굽힘의 반복동작이었다. 쓰레기 줍느라 땅 한 번 보고, 허리 펴 하늘 한 번 쳐다보는 사람병아리, 이보다 더 좋은 웰빙운동이 또 어디 있으랴! 그리고 쓰레기 줍는 긴 집게의 리듬이었다. 벌렸다 오무렸다 집어올렸다 반복되는 기막힌 리듬감이었다. 나를 감동시킨 것은 한두 번에 그친 일시적이 아니고 지속적인 봉사라는 점이었다. 스치고 지나가던 산책군(群)도 다 한마디씩 칭찬했다. 칭찬하는 사람도 기분좋고 듣는 쪽도 기분좋고 공원은 기분좋은 기류가 충천, 웰빙 미소 꽃피는 봄공원이 되어갔다.

공원은 참으로 깨끗해졌고 집게 마음을 만나고 나서 나는 이웃 사랑을 자원하고 싶었다. 대개 주말 다음날이 더 어지럽고 지저분한 쓰레기로 질펀한 날이다. 그런 날을 골라 그녀를 따라 견습기에 들어갔다. 이것이 내가 운동삼아 이웃 공원 청소 자원봉사에 참여하게 된 경위였다. 이른 아침 K여사 뒤를 따르며 쓰레기를 주우며 잡념으로 헝클어진 상념들을 줍고 주웠다. 나는 가슴 깊이 신선한 아침 공기를 들이마시고, 상쾌한 아침 산책은 건강을 주워 내 혈관 속으로 집어넣어주었다.

한동안 출타했다 돌아온 나는 봄이 도착한 아침 공원에서 K여사를 만났다. 언제나 미소로 만나고 영어로 '굿 모닝'을 나눈다. 그녀는 허리 유연한 레이디골퍼다. 퍼팅이나 스윙연습에 시간 할애할 위치에 있는 그녀 손에는 오늘도 쇠붙이 집게, 다른 한 손에는 비닐백이 들려있다. 쓰레기 찾아 구석구석, 공원 주변을 맴돌며 열심히 주위 담고 또 주워 담고, 혹시 걸려 넘어질 법한 나뭇가지 막대기까지 치우고 있었다.

K여사 같은 자원봉사자가 지역사회에 많이 나왔으면 좋겠다. 때론 누군가 고의적이 아니라도 오물(개똥)을 흘려 놓은 공공 환경을 치우는 이런 이타의 마음은 보노라면 이웃 사랑. 자연사랑이 느껴진다. 이 아침도 주변과 자신의 시간과 건강을 관리하고 있는, 사랑을 줍는 사람집게 K여사에게 박수를 보낸다.

아름다운 봄은 누군가 추운 겨울을 걸어간 다음에 오고 있었다.

우리 시대의 신문

김용희
▌소설가, 국문학과 71▐

136년의 역사를 가진 『워싱턴포스트』지가 인터넷기업 아마존에 매각되었다. 일반 기업합병 과정에서 거래되는 어마어마한 숫자에 비해 제프 베조스라는 아마존닷컴 주인이 『워싱턴포스트』에 지불한 2억5천만불이라는 액수는 우리에게도 대단히 많아 보이지는 않는다. 우리가 신문을 대하며 살아왔던 지난 반세기 동안 『워싱턴포스트』가 해냈던 역할을 아는 사람들이 갖는 허무감은 어쩔 수 없다. 세계적인 정론지로서 『워싱턴포스트』가 가졌던 대단한 위상만이 아니라 사회 전반에서 그 신문의 파워는 절대적이었다. 워터게이트사건을 언론사주의 결정으로 당당하게 보도하여 대통령을 하야시킨 사건은, 그 이후 수많은 언론사에 높은 도덕성을 가늠하는 잣대로 사용되었다. 『워싱턴포스트』가 워터게이트사건의 보도로 국익과 국민이 알 권리를 지켜내기 위해 절대 권력에 도전할 수 있는 힘을 보여준 사건은 세계의 모든 나라에 언론과 지도자가 어떻게 해야 하는가를 보여준 귀한 사례이다. 두려움 속에서도 워터게이트에 대한 기사를 싣도록 허락한 사주 그레이험 여사의 용기있는 태도는 같은 여성으로서도 두고두고 본받을 만하다. 전통 있는 세계적 신문이 인터넷 서적상에게 팔렸다는 것은 아이러니컬하다. 이번 사건으로 이제 과거의 삶의 양식은 완전히 종식되었음을 선언하는 것으로도 보인다.

우리는 철저하게 활자문화 세대이다. 어린시절엔 대문 앞에 떨어진 신문을 아버지에게 가져다 드리는 것으로 하루 일과가 시작되었고, 어른들은 다 본 신문을 곱게 펴서 천장에 닿을 정도로 쌓아두셨다. 신문사 조판공들이 작은 활자를 하나하나 핀셋으로 뽑아내어 조판하는 과정은 지난했지만 숭고해 보이기까지 했다. 개화기에 신문이 우리 사회에 특별히 문학에 끼친 영향은 얼마나 지대했나? 선각자들은 민중을 계몽하는 방편으로 잘 알려진 구비문학, 위인전 등을 우리 말로 옮겨 신문, 잡지 등에 실어 민중들이 읽도록 했다. 그 내용은 큰 변화 없이 몇십 년이 흘러 우리 세대에까지 조금씩 윤색되어 읽혀졌다. 선각자들이 계몽의 수단으로 사용하였던 이야기들은 대중들이 습득하기 어려웠던 한문에 비해 쉽게 읽을 수 있었던 한글을 보급시키고, 한국문학을 빠른 속도로 발전시키는 데 한몫을 했다. 민중의 의식을 각성시키는 목적으로 사용되었던 글들은 한국문학의 발전이라는 부차적인 소득으로 나타났다. 신문과 문학이 서로 상부상조하며 인기있는 연재 소설이 신문 발행 부수를 올리고 이름이 알려진 작가들이 신문에 쓴 연재 소설들이 역사 소설을 포함한 한국 장편소설의 역사에 기여했음은 분명하다. 신문 연재 소설들이 지면의 특성상 통속적이라는 비난을 면치 못하는 점이 있겠지만 많은 독자들을 문학의 장으로 끌어들인 공로는 무엇보다 우선한다.

어느 나라든지 근대화되는 과정에서 언론, 특별히 신문의 역할은 지대했다. 언론의 목표가 계몽일 수만은 없으며, 그 추구하는 바가 시대마다 조금씩 다르겠지만 저널리즘의 변하지 않는 가치는 이 사회를 정의롭고 올바른 방향으로 이끌고 가는 것이다. 신문의 신속한 뉴스 전달은 텔레비전이 보급되면서 일찍 포기해버렸지만 인터넷의 확산으로 신문 구독률은 이전에 비해 현저히 떨어졌다. 10년 전쯤 만해도 신문을 안 읽는 학생들에 대해 한심하다는 생각을 했지만 요즘은 대학생들이 신문을 안 읽는 것을 당연하게 받아들인다. 전체 가구에서 10% 정도가 신문을 읽는 상황에서 대학생이 신문을 안 읽는 것은 당연한지 모르겠다. 그뿐인가? 대학의 학과 이름에서도 신문이라는 단어는 슬그머니 빠지고 언론·홍보·영상 등의 그럴싸하고 현란한 이름으로 바뀌었다.

신문을 포함한 종이를 통한 활자매체의 시대가 끝나고 모니터를 통해서 지식과 정보를 습득하는 디지털세대의 공부 방식은 획일화되었다는 것이 특징이다. 넘쳐나는 정보를 대강 스캐닝해서 입력한 학생들의 사고는 천편일률적이다. 대부분의 학생들이 모니터를 통해 빠른 시간에 취사선택해서 습득한 정보가 유사하기 때문으로 보인다. 다양한 시각과 개성에 의해 엄격하게 선택된 도서의 활자를 통한 지식이 아니라서일까? 텔레비전 화면에 등장하는 유사한 인물들의 모습처럼 학생 개개인의 변별력을 발견하기는 쉽지 않다. 외모도 사고도 유사한 인물들이 넘쳐나는 사회에서 자신이 누구인가를 정확하게 표출하기는 어렵다. 문학 분야에서도 특별하게 대단한 작가가 자주 등장하지는 않지만 대부분의 사람들이 어느 정도의 글은 쓰는 것으로 보인다. 모든 분야에서 능력의 표현이 균질화되었다고 할까? 라디오나, 인터넷 까페 등에 올라오는 글들을 보면 대부분 글쓰기에 어느 정도는 재간이 있는 것으로 보인다. 그래서 학생들도 문학작품을 읽는 일에 등한한가?

신문을 비롯한 활자매체가 예전만큼 영향력이 없어져서 사람들의 성향이 달라졌다고 단언할 수는 없지만 이 시대를 살아가는 대중은 활자 매체가 처음 나올 때보다 더 커다란 변화를 겪고 있다. 인터넷 매체의 발전과 변화는 지금도 지속되지만 그 세계가 가져온 인간 대 인간의 개별적인 소통을 거부하는 비인간적인 측면에 대한 저항은 일찍감치 시작되었다. 획일화된 아파트에서 사는 것을 당연시하던 사람들은 도시를 떠나 전원에서 살고 싶어 한다. 그렇게 빠른 시간에 전국민의 50% 이상이 아파트를 비롯한 공동주택에서 사는 것을 당연한 것으로 받아들였으나 이제는 변화가 나타나기 시작한다. 전국토가 층수를 높이며 아파트를 끝없이 지어댈 것 같더니 이제는 주춤하는 분위기이다. 그 대신 새마을운동을 하며 초가지붕 대신 슬레이트를 얹었던 낡은 집에서 다 쓰러져가는 기둥과 서까래를 조심스럽게 살리고 보강하여 새로운 전원주택으로 꾸미는 사람들이 있다. 힘들겠지만 소중한 작업임에 분명하고, 그런 일을 젊은이들이 하고 있는 것에 더 대견하게 생각된다. 철거하고 새로 짓는 공사에 지친 사람들에게 그런 행위들은 신선하게 느껴진다. 일사불란하게 그만그만한 외형들 속에서 형성된 특징 없는 사고의 균일화는 결코 민주화와는 거리가 먼 것이다. 독특한 자기 세계를 형성하는 것이 이 시대 젊은이들에게 주어진 또 다른 과제일 수 있다.

문화 예술의 흐름을 비롯하여 대부분의 사회현상이 정점에 도달하면 변화를 시도하는 것은 당연하다. 현재는 또 다른 변화가 요구되는 시기이다. 무엇보다 내적인 성찰이 요구되는 시기인 것은 말할 것도 없다.

건망증

나영균
▌번역가, 영문학과 49 ▌

　'요새 우린 놔둔 물건을 찾느라 시간을 다 보내.' Y선생의 말에 우리는 와 하고 웃었다. 시계를 어디다 두었는지, 지갑을 꺼냈다 잠깐 어디다 놓았는지, 읽던 책이 어디 갔는지 안경이 어디 있는지, 온통 내외분이 찾다보면 하루가 간다는 것이다.

　그땐 남의 일로 여기고 웃던 일이 요샌 나의 코앞에 닥쳤다. 벌써 몇 년 전의 일이 되었지만 중요한 열쇠를 잃어버린 일이 있다. 은행에서 빌려주는 금고의 열쇠이다. 남편과 나는 며칠을 두고 사무실과 집을 샅샅이 뒤졌으나 열쇠는 끝내 나타나지 않았다. 중요한 것이라고 너무 잘 둔 것이다. 결국 우리는 그 금고를 포기하고 다른 금고를 사용하지 않을 수 없었다. 혼이 난 바람에 중요한 물건은 반드시 일정한 장소에 넣어두기로 했다.

　언제부터인가 이야기를 하다 보면 사람의 이름이 생각이 나지 않는다. 지금까지 머릿속에 분명히 있었던 이름이 말하려는 순간 사라져버리는 것이 안타깝다. 그 사람의 얼굴은 분명히 눈앞에 떠오르고 있는데 말이다. 조금 있다 생각날 때도 있고 며칠이 지나도 생각나지 않을 때도 있다. 프로이드는 인물이나 사물의 중요성이 망각의 도를 조종한다고 했으나 꼭 그런 것만은 아닌 것 같다.

한번은 남편하고 이야기하다가 K씨의 이름을 잊어버렸다. K씨는 나의 생활권 속에 깊숙이 들어와 있는 몇 안 되는 친구의 한 사람이다. 서강대학 영문과 교수이고 대학원 이래 오늘에 이르기까지 꾸준히 사귀어온 사람이며 한 달에 두어 번은 꼭 만나 우리 내외와 점심을 같이 하는 그런 사이이다. 영문학회 40주년 기념행사를 했을 때는 당시 회장이던 나를 도와 함께 모금하러 다녀준 고마운 사람이기도 하다. 그런 K씨의 이름이 갑자기 머리에서 사라진 것이다.

그 이야기를 했더니 남편도 K씨도 이구동성으로 나를 나무랐다. '너무했다.' 나 자신도 어이가 없고 미안했지만 머리에서 사라진 것을 어쩌란 말인가.

이런 일이 있을 때마다 일찌감치 교직에서 물러난 것이 다행스럽기만 하다. 문학 강의는 작가의 이름 작품의 이름을 빼고는 성립이 안 되는 것인데 이름이 무시로 머리에서 사라진다면 어떻게 한단 말인가. 그럴 때마다 교직을 물러난 것이 정말 다행이라는 생각이 든다. 강의를 하다 작가의 이름이 사라지고 작품명이 떠오르지 않는다면 그런 낭패가 어디 있는가.

남편은 나보다 7살 위로 올해로 91세이다. 그도 요새 기억력이 많이 나빠졌다. 조금 아까 한 일을 기억 못하고 금세 했던 말을 몇 번이고 되풀이하고 물은 일을 또 물어본다.

'오늘이 며칠이지?'

'8월 30일이에요.'

이런 말이 열 번쯤 되풀이 된 다음 내가 말한다.

'아까 말했지 않아요? 생각해보세요. 오늘이 며칠인지.'

'8월 30일이야?'

'알면서 왜 물어요?'

'확인하느라고.'

옛날엔 기억력이 좋기로 이름난 사람이었다. 암산을 놀랍게 빠르게 하고 수첩 없이도 친구, 친척, 지인, 회사 직원의 전화번호를 다 알고 약속 날짜도 틀림없이 기억하는 사람이었다. 울산에 석유공장을 짓느라 밤낮을 안 가리고 일하고 오대양육대륙(五大洋六大陸)을 좁다하고 다니던 그 사람이었는데……. 넋두리가 절로 나오려고 한다.

남편은 알츠하이머 초기 증세의 진행을 막기 위해 약을 복용한다. 고칠 수는 없고 다만 진행을 더디게 할 수는 있다는 것인데 그 효과가 어느 정도인지 확인할 길은 없다. 약을 쓰기 시작한 지 2년이지만 급격히 악화되지 않는 것을 보면 조금은 효험을 보고 있는지도 모르겠다. 바라고 또 바라건대 제발 이대로만 있어주었으면 하는 심정이다.

나의 건망증도 마침내는 저렇게 되어가리라, 어떻게 미연에 방지할 수는 없을까, 예방으로 세계의 강 이름, 산 이름, 도시 이름을 외우는 사람도 있다지만 그렇게까지는 하지 못하고 겨우 책이나 읽는 것으로 대신하고 있다. 조금이라도 효험이 있기를 바라면서.

모든 것은 하늘의 뜻이지만 제발 끝까지 정신만은 맑게 유지하게 해주시옵소서.

나를 행복하게 하는 것들

박명희
▮ 소설가, 국문학과 71 ▮

폭염이 세상을 도가니처럼 끓게 하던 날, 동해 바다에 갔었다. 휴가철이 되면 숙제처럼 하던 여행을 올 여름에는 집에서. 쉬고자 했다. 기껏 피서지라고 찾아가보았자 오히려 더웠던 기억 때문이었다.

그래도 그냥 보내기 뭣해서 여행 이름이나 지어보자고, 훌쩍 기차를 타고 간 곳이 동해안이었다. 오랜만에 보는 탁 트인 바다는 여전히 광막하고 유장했다. 살이 데일 것 같이 햇살은 내리쪼이는데 바다는 온갖 시름을 그 안에 다 품어줄 것처럼 넉넉하고 푸르고, 그리고 고요해서 아름다웠다. 멀리 보이는 한두 척의 배들이 구원의 깃발처럼 손짓했다.

땡볕을 형벌처럼 견디며 추암 해변의 촛대바위를 돌아 나오는 데 문득 바다를 훑고 온 바람이 머리칼을 헤집고 달려들었다. 맨살을 애무하는 바람에 몸을 맡기며 문득 '행복'하다는 느낌이 깨달음처럼 왔다. 더위라는 시련이 없었다면 바람이 이렇게 고마울까?

동네 놀이터만한 해수욕장에서 연신 밀려오는 파도를 뛰어넘는 아이들의 꺄르르, 웃음소리가 터졌다. 낭랑하고 천진한 그 웃음에 전염이 되어 나도 같이 웃고 있었다. 바다를 배경으로 서 있는 연인들의 부탁으로 잡은 카메라 렌즈 너머로 보이는 젊음은 눈부셨다.

그러나 행복의 느낌은 짧다. 그러나 그 찰나(刹那)의 행복의 기억이 요즘 나를 버티게 하는 힘이다. 나는 자칫 스치고 지나쳐 버리는 행복의 순간들을 눈을 크게 뜨고 찾아서 붙든다. 겸허한 마음으로, 조금은 욕심도 품어보며 젊은 시절 나름 열심히 살아왔으니 이젠 그 삶 속에 하릴없이 때처럼 끼어있는 이런저런 시름 묻어 다독이고, 또 내려놓으며 행복한 순간들을 가져보자고 작정하고 산다. 그래서 '행복'이라는 단어를 주문처럼 외운다. 그리고 부지런히 행복을 확인한다. 눈을 돌려 그쪽으로 마음을 열어 세상을 보니 나를 행복하게 하는 순간들이 도처에 있었다.

아침이면 창문을 넘어 와 주는 햇살도 기분 좋고, 가슴에 흘러들어오는 바다의 물결 소리도 벅차다. 거친 추위를 물리치고 기특하게 피어나오는 꽃들은 환희다. 겨울 동안 끈질기게 생명을 붙들고 키워온 망울을 툭툭 터트리고 세상에 얼굴 내미는 꽃들은 제 몸은 물론 인간까지 아름답게 한다. 그 꽃들이 지고 잎이 나오고 열매를 맺는 모습들도 생을 충일하게 한다.

머리끝으로 밀고 들어와 심장을 파고드는 멘델스존의 바이올린 선율도 감미롭고 시아준수의 열정적인 라이브 공연도 찾아다닌다. 젊은 아이들을 따라 쑥스러운 대로 서툴게 연기하는 것처럼 환성을 지르고나면 내 몸이 기억하는 젊음의 열정이 다시 살아난다.

시인의 낮고 온유한 속삭임은 혼탁한 영혼을 헹궈주는 맑은 물소리다. 그것은 긴 빨랫줄에 펄럭이던 순백의 무명 홑청처럼 마음을 깨끗하게 비워준다.

지고한 종교의 가르침에 순응하는 이들의 영혼도 평온하다. 마더 테레사의 주름진 얼굴도 성스럽고 죄송하지만 귀엽기도 하다. 신의 가르침을 기꺼이 실현하던 이태석 신부님의 봉사하는 모습 또한 인간으로 태어난 것을 행복하게 했다.

지하철 계단을 바쁘게 올라가는 무수한 건각들도 보기 좋다. 그들은 내게 삶의 활기를 전한다. 그 재미로 요즘 나는 승용차 대신 지하철을 자주 이용한다. 되도록 에스컬레이터를 타지 않고 계단을 오른다. 젊은 이들의 싱싱한 다리의 에너지가 느껴지기 때문이다.

숨차게 올라가는 남산 중턱에서 숨을 돌리고 있을 때 설핏 불어오는 바람도 향긋하다. 공룡같이 부피만 큰 서울 한복판에 남산이 있다는 것은 구원이다. 늘 거기 있어도 그저 지나치기만 했던 남산의 아름다움을 새삼스럽게 발견한 것도 행운이었다. 남산에는 철을 바꿔 온갖 꽃이 피어났다. 올 여름 끝자락에서 만나는 옥잠화꽃. 옥잠화(玉簪花)도 이름 그대로 선녀의 옥비녀같이 청아해 보여 잔잔한 기쁨을 주었다. 그곳에 같이 가는 친구들과 도란도란 대화도 즐겁다. 모나지도 않고 잘나지도 않은 편한 동무가 있어 서로 돈독하고 건강까지 챙기니 어찌 기쁘지 아니한가.

외롭다고 느끼는 밤, 바삐 일하다가 짬 내어 목소리 들려주는 아들의 목소리도 나를 행복하게 한다. 손녀와 함께 시이소를 타고 거침없이 웃어대며 올려다보던 푸른 하늘의 추억도 있다. 비록 멀리 떨어져있지만 그 아이의 볼 우물진 뺨이 늘 나를 간지럽힌다.

오래전에 가신 아버지의 기억도 나를 행복하게 한다. 몸이 약해 늘 병원 신세를 지던 어린시절 나를 내려다보던 당신의 눈빛, 중학교 땐가 귀갓길에서 우연히 마주쳤을 때 환하게 웃으시던 당신의 얼굴, 방학에 고향 집에 내려가면 가슴 안에 불이 켜진 듯 밝은 얼굴로 무언가에 신이 나신 분 같았는데 나는 그땐 당신의 마음을 몰랐다. 결혼해서 마냥 신랑 뒤만 쫓는 나를 많이 섭섭해 하셨다는 말을 후에야 들었다. ……이 모든 추억을 따뜻하게 싸안고 있는 나는 부자이다.

'행복'은 그 말을 입에 닿는 순간 손에 닿으면 녹아버리거나 물처럼 손가락 사이로 빠져버릴 것 같은 금기가 있었다. 그래서인지 돌아보면 나는 늘 닥치지도 않은 미래에 대한 걱정을 앞세우고 살아왔다. '불행을 겁낼 때 이미 불행하다'는 소크라테스 말대로 라면 나는 그리 행복하게 살지 못한 것인가. 내 안팎에 널려있는 행복을 보지 못하고 이 세상 어딘가에 따로 있을 것 같은 행복을 갈구만 하고 살아왔다. '손 안 든 파랑새'를 보지 못하고 찾기만 한 것이다.

살다보면 조금은 지혜가 느는 것인지, 아니면 살기 위한 방편으로 편하게 포기한 것인지, 요즘 들어 행복에 대해 조금씩 눈을 뜨기 시작했다. 행복을 실체를 찾을 수는 없지만 돌아보면 행복은 도처에 널려있었다.

영국 속담에 '행복은 스스로 행복하다고 느끼는 자만이 행복하다(He is happy that things himself)'고 한다.

나이 들어 자신이 점점 작아지고 오그라드는 것 같은 공포감을 이렇게 작은 행복을 발견해가는 마음으로 바꾸고 나니 편하게 포기되고 매사에 긍정적이 된다.

물론 회의가 들 때도 있다. 나는 왜 날마다 행복을 확인할까. 혹시 나는 닥치지도 않은 불행이 두려워 행복을 과장하는 것은 아닐까. 그래도 상관없다.

하긴 아무리 벗어나려 해도 나를 옭아매는 덫이 하나 있다. 언제부터인가 소설이 써지지 않는다. 녀석은 유령처럼 내 안에 들어와 혼은 나가버리고 꼬리만 남아 할랑이며 나를 괴롭힌다. 어디서 녀석을 다시 붙들어 와야 할지 막막하다. 하얗게 비어버린 컴퓨터 화면을 응시하고 있으면 상상력은 망상이 되어버리고, 글이 몇 자 써지는가 싶어 자판을 두드리고 나면, 결국 나는 못난 나 자신의 얼굴을 실감하고 거침없이 지워버린다. 끝내 채우지 못하고 화면을 닫아버리는 불면의 밤들이 정녕 불우하다.

아, 여기에도 반전은 있다. 내 나이에 비록 짝사랑일망정 아직 미련 두고 좇아갈 소설이 있다는 사실만으로도 차라리 행복한 일이 아닌가?

나의 초상
— 나의 가엾은 왼쪽 귀

송숙영
▮ 소설가, 법학과 53(입) ▮

반 고흐의 자화상을 보면 오른쪽 귀에 붕대를 감고 있다.

노년의 화가인 나도 띠단(대상포진)이라는 몹쓸 병으로 왼쪽 귀가 성치 않아 자주 거즈를 대고 고통을 이겨내고 있다. 귀가 안 들리는 게 아니라 미치게 가렵다.

나는 지금 조용히 늙어 가는 보통여자다.

한때는 40살까지만 멋있게 살고 그만 살 수 있다고 생각을 했던 적이 있다. 그것은 인간 운명의 한계를 모르는 철없는 생각이었다.

사실 40살이 되었을 때는 어땠는가? 방송국 기자로 박봉인 젊은 남편을 도와 열심히 재테크를 해서 노후에 잘 살자고 열심히 일을 했다. 인기 소설도 쓰며, 라디오 드라마도 쓰고…….

글쓰는 재주밖에 없었던 나는 그 당시 유행했던 방송 드라마에도 신춘문예로 데뷔(「몸부림치는 도시」로 KBS) 방송 공모전의 많은 고료를 차곡

차곡 저축해 2차, 3차 투자를 해 개성 여자의 매서운 기세로 앞만 보고 뛰었다.

그러나 나의 현재는 어떤가? 진정 어떤 꼴인가? 다 늙은 화가인 나는 행복한가? 진정 행복한가? 행복은 또 무엇인가?

나의 운명적인 세 딸 영희, 윤경, 보경은 잘 살고 있는가? 그들도 이미 40을 넘나드는 중년의 숙녀들이다.

나의 어릴 적 기억은 공부하기가 너무나 고통스러운, 전교 수석으로 찍혀 있는 학생이었다. 어린시절의 기억이 싫어서 나의 아이들에게 모두 공부를 열심히 못 하게 한 이상한 엄마였다. 이제 와서 얘기지만 딸들은 왜 엄마가 공부를 하지 말라고 했는가 큰 의문이었다고 한다.

내 자신이 너무 학교 공부에 미쳐서 위장병에 걸리는 공부벌레였기 때문이었을까? 그 고통스러운 경험, 수석을 빼앗기지 않으려는 억척은 비로소 소녀기에 6·25전쟁이 터졌을 때 속이 후련하게 끝났다. 학교에 안 가도 되고 마음껏 뛰어 놀며 그림 그리기만 해도 되는 자유를 누가 주었는가? 그 전쟁은 나의 아이러니였다.

어린 소녀를 전쟁에 끌어다가 총대를 메울 사람도 없을 것이고 포소리만 나면 김치광으로 들어가서 숨을 죽이고 있으면 되는 것이니까 나는 그런 자유해방의 날을 선사해준 전쟁이 사실 무엇인지도 모르고 고맙기만 했다. 그러다 어린 특대생 소녀는 개성이라는 비운의 도시에서 남으로 피난을 나왔고 부모를 잃고 슬프고 배고픈 생활을 하면서도 그 험한 비극의 실체를 모르고 지나갔다. 잠시 해방감도 끝으로 전쟁의 포화 속에 피난을 다니며 공부를 계속해 나갔다.

미국 선교사 미세스 하워드의 마음에 들어 그녀의 도움과 격려로 이화대학 법과에 입학할 수 있었다. 이화대학 기숙사는 진선미관으로 되어 있었는데 진관 학생 송숙영은 늘 밤늦게까지 식당에서 공부하는 것으로 소문이 나서 이영섭 학과장님은 나를 기특하게 봐서 고시공부를 하라고 응원해 주셨다. 기숙사와 강의실을 오가는 나의 모습을 보고 네가 성공해야 할 길 또 나갈 길은 여자 판사가 되는 것이라고 믿으셨던 것 같다.

1950년 한국의 여판사 일호는 윤태영 판사님 한 분밖에 없었다. 전후라 사회가 뒤죽박죽이고 민주주의는 서투른 것이 대한민국 현실이었다.

아무튼 서대문에서 동대문까지 차비가 없어서(전차, 버스) 걸어서 다녀도 끄떡없었던 나의 건강한 다리는 지금 아주 병약하고 관절 수술까지 받는 악순환을 겪은 노인이 되었지만 말이다. 내 인생에서 내가 월간 주간 잡지기자 생활을 거치면서 연애한 남자는 17세부터 친구로 사귀던 날씬하고 얌전한 조광현 총각이었고 그와 3월 1일 결혼식을 올린 것이다. 법을 전공했지만 나의 꿈속엔 언제나 그림에 대한 열망이 있었다. 아이 셋을 낳고 그 애들이 2세, 3세, 큰딸이 대여섯 살 때 나는 다시 이신자라는 이화 후배 미대생에게 개인교수를 받는 미술학도가 됐다. 어려서의 감각으로 더듬거리던 나의 서투른 붓질은 그러나 오래 가지 못하고 힘 없이 꺾이고 말았다.

게다가 아기들이 물감을 엎어버리고 얼굴에 바르고 난장질을 하는 통에 나의 화가 수업은 불행하게도 한 달 만에 접기로 했고 그때 내가 33세였던 것 같다. 위대한 화가가 되겠다는 나의 꿈은 나이 50이 넘어서야 다시 화가의 길로 첫걸음을 딛게 되었지만 딸아이 셋이 학교를 마치는 동안 꼬박 20년이 걸렸고 더구나 큰딸 영희는 패션의 도시 밀라노의 마랑고니로, 두 딸은 모두 미국에서 유학하게 한 억척스런 엄마였으니 그 고생은 이루 말할 수 없을 것이다. 옛 선배님 말씀이 그른 데 없다고 고개를 숙이게 된 나이인 지금 나는 무엇이라 나의 철없던 청춘을 펼쳐놓고 고백하겠는가?

나는 가끔 신문사 있을 때 자주 뵙던 여중 때 미술 선생님을 떠올린다. 우경희 선생님은 나의 소질을 일찍 발견하시고 탁월한 색채감각과 데생 실력을 극찬해 주셨던 분이셨고 화가가 되기를 바라셨던 스승인데 우문현답의 스물서너 살 때의 방자한 기억을 잊을 길이 없다. 그때 정말 철없이 이대 뺏지를 달고 까불고 다니던 나는 어느 날 우연히 만난 선생님에게 기고만장해서 까불었다.

"선생님 저는 얼마나 더 화가 수업을 하면 진짜 화가가 될 수 있을까요?"
"10년만 고생하면 화가 대열에 낄 수 있을 것이다."

"그럼 그만두겠어요. 문학으로 문단에 데뷔하려는 중이니까 선생님의 제자 중에 저는 없는 것으로 하세요. 저는 내년이면 현대문학에 소설로 데뷔해요."

10년의 세월을 붓질을 하여야 비로소 화가가 된다는 말씀을 재능과 감각만 믿던 이 교만한 미술가 지망생은 선생님께도 실망을 드리는 크나큰 과오를 저지르고 말았다. 그리하여 화가 수업이 늦어진 것이다. 실히 깨달았다.

2004년 신 미술대전 첫 번 응모에 대회장상을 받게 되었으니 진정 어처구니없는 자화상이 아닐 수 없다. 더구나 그 상장을 수여하여 주신 분은 화가면서 시인이시고 성신여자대학교 교수셨던 장윤우 화백이었다. 장 화백은 나의 큰딸을 고교 1년간 가르치셨던 교수님이셨고 장 화백에게 나의 큰딸 영희를 부탁드렸던 미술 강사님이 장 화백이었으니 수상식장에서 상을 주던 장 화백의 놀람은 그(이카루스의 비상) 그림의 장본인이 조영희가 아니고 그 어머니였기에 깜짝 놀라셨다고 한다. 아무튼 그렇게 해서 나는 한국화단에 입적했고 늙은 화가로 자서전을 계속하고 있다.

열심히 열심히 살았다는 것 외에는 자랑할 게 없는 나는 요즘도 어린 소녀처럼 기뻐하던 그날을 잊을 수가 없다.

요사이 나는 몹시 아픈 곳이 많고 스트레스가 많은 환자다. 스트레스가 원인이 되어 생긴다는 대상포진까지 걸려서 지난 5월 5일부터 8월 말이 되는 지금까지 병상을 박차고 일어나지 못하고 있다.

더구나(속칭) 띠단이라는 이 병은 상체로 나타날수록 가장 나쁜 케이스의 대상포진이 발병한다는데 나는 왼쪽 귀와 목과 어깨, 머릿속 왼쪽까지 수두가 나는 케이스를 앓게 된 것이다. 최악의 케이스가 얼굴 위쪽으로 가는 띠단이다.

나의 작고 귀여운 왼쪽 귀는 너무 가렵고 바늘로 찌르듯 아파서 긁고 뜯어 성할 날이 없는 석달을 보내고 있다. 약도 없다는 이 병은 과연 언제나 나을까?

현대의학으로도 완전히 낫는 처방이 없는 이 띠단은 정말 내가 너무 스트레스 속에 과로하며 살아온 결과는 아닐는지?

자그마한 온천호텔을 소유하면서 우리 가족들은 행복하게 지낼 수 있는데 나는 왜 또 새 건물(세잔느)을 리모델링하면서 고생을 하고 있는 건지? 누구를 위한 바보짓일까?

평소에 너무 우울하여 보는 이까지 괴로웠던 천재화가 '세잔느'의 예술성을 오마쥬한 '세잔느' 온천텔을 짓는다는 결정을 내리는데 3년이라는 세월이 걸렸고 자가온천공을 가지고 있는 오백 평 대지를 놓고 근 5년간 고민에 고민을 했다. 짓는가 마는가를 놓고 그 스트레스가 원인이 되어 나의 어여쁜 귀는 그만 가엾게도 병에 걸리고 말았다.

나는 그만큼 내 삶에 열정적이다. 50이 넘어서 화가 수업을 다시 시작한 집념만 봐도 나의 예술가적 외고집은 질기고도 질기다. 15회가 넘는 국내 미술대전 공모전을 통해 입선하는 미술학도가 되고 나서도 뜨거운 여름에 열 점의 작품을 보내고 아세아대상 미술전에 응모한 것만 봐도 나의 열망과 의지는 끝을 보고 마는 성격인 듯! 기어이 2010년 여름 「오늘은 휴일(休日)」이라는 구상 아크릴화로 아세아대상을 타고 말았으니, 그러한 내가 이제는 두렵게도 느껴진다.

이제 그만! 이라는 나의 다짐은 이제 대상포진에 왼쪽 귀가 아프고 나서야 지독하게 큰 깨달음을 얻었다. 나의 미련함에 대한 후회다.

나는 이제 좀 푹 쉬어야 한다. 자가온천공을 갖고 있는 수질 좋은 온천 '세잔느' 호텔을 완공 후 여유 있게 그림을 그리면서 쉬엄쉬엄 놀며 웃으며 살아야겠다.

가엾은 나의 왼쪽 귀에다 따뜻한 찜질을 하며 어루만진다. 이것으로서 나의 고달프고 스트레스 투성이인 일상에서 탈피하겠노라고. 그리고 또 새로운 마음으로 신께 약속한다. 다시는 예술이든 삶이든 힘든 게임, 고통스런 일을 하지 않는 지혜의 여신이 되겠노라고……

세상에서 가장 하기 힘든 말

안혜초
∥ 시인, 영문학과 64 ∥

초등학교 저학년 담임 선생님이 사회생활 과목을 가르치다가 학생들에게 묻는다.

"이 세상에서 가장 하기 힘든 말은 무엇일까요?"

학생들이 대답을 못하고 눈치만 보고 있었다.

"좋아요 내일까지 숙제로 하죠."

선생님은 아이들에게 생각할 시간을 주었다.

그 다음날 선생님은 같은 질문을 하였다. 학생 한 명이 손을 번쩍 들고 일어나서 호기롭게 대답을 하였다.

"뜰에 깐(깔아 놓은) 콩 깍지는 깐 콩깍지인가 안 깐 콩깍지인가."

선생님은 빙그레 웃으시며 칭찬에 박수까지 쳐주셨다.

"아유, 참 잘 외웠네요. 헷갈리기 아주 쉬운 말들인데, 아주 잘 했어요."

"그런데 여러분, 이 세상에서 진짜 가장 힘든 말은요, 단 한마디, '그렇다' 또는 '아니다' 랍니다. '예' 또는 '아니오'라고도 할 수 있고요. 여러분들은 아직 어려서 지금 내가 하는 이 말의 뜻을 제대로 이해하기가 어려울지 모르지만요, 차츰차츰 이 세상을 살아가면서 '아, 정말 그렇구나.' 하고 고개를 끄덕이는 순간들이 많아질 거예요."

60여 년 전 까마득한 그 옛날, 초등학교 2학년 시절의 기억이어서 사소한 부분까지는 확실치 않더라도 오랜 세월을 두고 내 뇌리 속에 깊이 박혀 반짝이고 있는 보석 같은 한마디이다.

정말 그렇지 아니한가.

산다는 것은 선택의 연속이다. 매일매일 살아가면서 우리는 '예스' 또는 '노'의 그 한마디를 결정하기 위하여 얼마나 많은 생각과 고민을 하는가.

나 자신의 문제뿐만이 아니라 가족과 친지 내가 속해있는 유관단체 및 공동체의 크고 작은 문제들로 해서, 중책을 맡고 있으면 그만큼 더 책임감은 무거워져서, 어떤 일에 선택의 결정을 내리려면, 친구며 스승 선후배들과 열심히 상의한다. 그래도 감당하기가 너무 힘들면, 사랑과 공의, 지혜와 용기를 위해 저마다 하나님 천주님 부처님께 매달려 간절히 기도하다가, 급기야는 쪽집게처럼 잘 맞춘다는 역술가를 수소문해서 남몰래 찾아가기도 한다.

단숨에 결정을 지어야 할 경우, 어린시절의 나는 '손가락 점치기'나 '동전 점치기'를 즐기기도 하였다.

'가는 게 좋으냐, 가지 않는 게 좋으냐, 가는 게 좋으면 가운데 손가락에 딱딱 붙어라.'

'하는 게 좋으냐, 하지 않는 게 좋으냐, 하는 게 좋으면 동전 앞면이 발딱 보여라.'

이런 점치기를 모르는 분들에게는 우스개 같지만, 실은 아주 진지하게 가슴을 조이면서, 혼자 혹은 또래들끼리 점괘놀이에 열중하고는 했다.

　여기서 더욱 우스개 같은 것은, 어린시절에만 그친 것이 아니라 대학생이 되고 어머니가 되고 할머니 소리를 듣게 된 지금에 이르러서도 시간에 쫓기며 아주 다급한 순간에는 나도 모르는 결에, 언뜻 기도하듯 어린시절 그 치기만만한 사행 심리의 유혹을 받기도 한다는 사실이다. 그야말로 아주아주 드물기는 하지만.

시간 앞에서

뗑뗑뗑 마감의 종소리는
어김없이 다시 또
울려오고

그랬으면 정말 좋겠지요

흐르는 강물을
둑을 쌓아
언제까지이고
막아둘 수 있듯이

흐르는 시간을
잠시라도 그렇게
돌담으로 흙담으로
막아둘 수 있다면

나뭇가지 쑤욱 쑥
불거져 나오듯이
우리들 몸에서도

투욱 툭
그렇게 팔과 다리가
하나씩 둘씩 더
불거져 나올 수 있다면

모리와 함께 한 수요일

우애령

| 소설가, 독어독문학과 68 |

'모리'는 큼지막한 체구에 장난기 있는 푸른 눈빛이 인상적인 사람이었다. 그는 첫눈에도 정답고 친근한 느낌을 주었다. 로고테라피의 창시자인 빅터 프랭클과 11년간 동고동락하며 지냈다는 그가 재미있는 에피소드를 들려주었다.

지금 자기 나이가 50인데 24살 때 처음 그를 대면해서 만나게 되었다는 것이다. 학문에 열중하는 사람들의 첫 만남의 장소는 교실이거나 숲속이거나 산책로여야 어울릴 것 같은데 두 사람이 처음 만난 곳은 사우나에서였다고 했다. 첫 만남의 장소치고는 어떤 의미로 적절한 곳일지도 몰랐다. 사우나야말로 우리가 정말 서로를 적나라하게 보고 보여주는 장소가 아닌가.

모리의 스승이며 정신과 의사였던 빅터 프랭클은 2차 대전 당시 오스트리아에서 살고 있었지만 유태인이라는 이유만으로 체포되어 아우슈비츠를 포함한 세 군데 수용소를 전전하다가 전쟁이 끝나면서 구출

되었다.

　그는 부모도 형제도 아내도 수용소에서 잃었다. 모든 인간적인 가치관이 말살되고 사소한 소유물 하나까지 다 빼앗긴 채 굶주림과 추위에 시달리며 처형의 공포에 떨었던 그가 전쟁이 끝나고 세상으로 돌아왔을 때 그에게 남겨진 것은 무엇이었을까. 마음이 다 황폐화해서 걷잡을 수 없게 되었으리라고 우리는 쉽게 추측해 볼 수 있을 것이다.

　그러나 그는 자신이 겪은 극한의 고통을 딛고 일어서서 삶의 의미를 깨달을 수 있는 의미치료를 함께 나눔으로써 많은 사람들에게 삶의 빛을 찾아주었다. 그의 삶 자체가 아무리 어려운 상황 속에서도 의미를 찾아낼 수 있는 인간의 존귀함에 대한 살아 있는 증언이 되었다.

　살아가면서 누구나 어려움을 겪을 수 있지만 그 상황 때문에 누구나 인간의 기본적인 마음가짐을 다 내다 버리는 것은 아니라고 그는 사람들에게 설파하고 스스로 실천했던 것이다. 모리처럼 그를 직접 만나보고 배우지 못했던 우리에게도 그는 의미의 의지를 가르쳐준 인생의 스승이 되었다. 그는 그의 저서『삶의 의미를 찾아서』에서 이렇게 말한다.

　"집단 수용소에서 살았던 우리는 다른 사람을 위로하거나 마지막 빵 한 조각을 남에게 주었던 사람을 기억한다. 사람에게서 모든 것을 빼앗아가더라도 한 가지는 빼앗을 수 없다. 주어진 상황에 관계없이 자신의 태도를 선택할 수 있는 인간으로서의 마지막 자유가 그것이다."

　그가 세상을 떠난 후 수제자 중 한 사람이었던 모리는 의미치료를 전하기 위해 세계각지를 여행하면서 강연과 워크샵을 진행하고 있다. 서울에서 월요일부터 금요일까지 하루도 쉬지 않고 진행된 워크샵에서 그는 시종일관 충실하게 강의를 하고, 사례를 예로 들고, 실제적인 상담 장면을 참석자들과 함께 실연해 보여주면서 깊은 감명을 주었다.

　병들어 죽어가며 세상과 화해하지 못하고 분노와 절망에 잠겨있던 내담자와 이야기를 나누며 그가 보여주었던 따뜻한 모습은 마침내 그 내담자에게서 이제는 세상과 화해하고 떠날 수 있게 되었다는 눈물어린 감사의 마음을 끌어내었다.

워크숍에 참석해서 우연히 앞자리에 앉게 되었던 나는 화요일 아침에 그에게 『모리와 함께 한 화요일』이라는 책을 읽었느냐고 묻자 그렇다고 참 좋은 책이라고 응답했다. 오늘이 바로 '모리와 함께 한 화요일'이 되었다고 하자 그는 파안대소했다.

쉬는 시간에 가끔씩 이야기를 나누면서 개인적인 친분이 생긴 내게 그는 한국에 있는 동안 관광지가 아닌 시골에 꼭 한번 가보고 싶다고 이야기를 했다. 마침 남편이 가끔 내려가서 집필도 하고 쉬기도 하는 당진이라는 곳이 있다고 하니까 그는 반색을 하면서 워크숍이 끝나면 다음 주 수요일에 함께 시골에 갈 수 있느냐고 물었다. 그날만 자기가 서울을 떠나기 전에 혼자 쉴 수 있는 날이라고 했다.

화요일에 시골에 갈 수 있으면 『모리와 함께 한 화요일』이라는 책 제목의 주인공처럼 되었을 텐데 그만 수요일인 게 유감이라고 했더니 자기도 그렇다고 하면서 그는 어린 아이처럼 큰 소리로 웃었다. 함께 차를 타고 시골로 가는 길에서 우리는 여러 가지 이야기를 나누었다. 곁에서 함께 지냈던 빅터 프랭클이 어떻게 그 혹독한 슬픔과 비탄과 시련을 다 이겨낼 수 있었을지 실질적인 답을 얻었느냐는 질문에 그는 대답했다.

"선생님은 그 모든 기억을 다 함께 간직하고도 인간에 대한 신뢰를 잃지 않으셨습니다. 놀라운 분이셨지요."

그러면서 그는 이즈음에 긍정이라는 이름과 낙관주의라는 이름으로 모든 것을 아름답고 좋게만 보려는 경향에 대해서도 일침을 가했다. 아름다운 것만 바라보려고 애쓸 것이 아니라 현실의 어두움을 직면하고 바라볼 용기와 힘도 있어야 극복할 힘도 생기고 보석처럼 귀한 인생의 어떤 부분도 찾아낼 수 있다고 그는 이야기했다.

뜨거운 여름 햇볕을 피해 그늘 진 시골집 툇마루에 앉아 함께 점심을 나누는 동안 그는 내내 유쾌하고 즐거웠다. 불고기를 상추에 싸서 먹기도 하고 호박전도, 고사리, 도라지나물도 맛있게 들었다.

그건 매워서 정말 안 된다고 만류하는 데도 풋고추를 고추장에 찍어 먹고 눈물이 글썽거리며 쩔쩔매던 그의 푸근한 모습은 그 마을에 사는 농부들의 모습과 전혀 다르지 않았다. 그는 농부들과도 서툰 한국말로 정답게 인사를 나누었고 원두막에 올라가 혼자 누워서 짧은 낮잠을 자기도 했다.

서울로 돌아와 숙소 앞에 내려주는 내게 악수를 청하면서 그는 오늘 처음으로 한국이라는 나라를 있는 그대로 만난 것 같다고 정말 감사하다고 말했다.

'모리와 함께 한 수요일'은 국적이나 언어나 이론을 뛰어넘는 한 사람의 친화력과 따뜻함이 진솔하게 그대로 전달되는 만남에 관해 다시 한 번 깊이 생각해 볼 기회를 내게 나누어 주었다.

편견과 오만은 가라, 따스한 시니어로

육영애
▮ 수필가, 초등교육학과 69 ▮

띠링 하는 카톡 오는 소리에 눈이 핸드폰으로 갔다. 무심히 찾아서 읽으면서 이게 무슨 소리지? 하며 다시 읽어봤다. '아무것도 아닌 거 갖고 왜들 난리예요? 뭔 생일을 해 먹겠다고! 주인공을 빼놓고 주위에서 왜들 그러는지 속상해요' 라고 쓰여 있었다. 집히는 바도 없는 생뚱맞은 소리에 '엥? 무슨 소리지?' 라고 답을 보냈다. '괜찮을 때 전화 주세요' 라는 답이 왔다. 나는 얼른 번호를 돌렸다.

수화기 저쪽 올케 목소리는 저음에 떨리기까지 하고 있었다. 말인즉 올케 생일이 월요일(7월 8일)이라서 가족이 오붓하게, 직장 다니고 있는 딸 편하라고, 두 내외가 서울에서 만나 점심식사를 하기로 오래전에 약속이 되어 있었단다. 그런데 어제 어머니(내 어머니이고, 올케에게는 시어머니)가 손녀딸에게 전화로 무슨 얘길 했는지 모르지만 갑자기 딸이 일요일에 엄마 아버지랑 할머니도 같이 식사를 하기로 했다며 자기가 집에 내려갈 거라는 전화가 왔더라나? 그 얘길 하자 남편이 별안간 화가 나서 예약까지 다 해 놓은 일을 망가뜨리며 그러느냐며 화를 내더라나? 그러더니 어머니랑 남편이 전화로 서로 좋지 않은 말을 주고받으면서 난리가 났다는 사연이었다. 그게 어제 내가 집에 없던 하루에 일어난 별일도 아닌 창피스러운 댁내 사건이었다.

난, 내 남동생이 자기 딸이지만, 어머니에게는 손녀딸이니 오래 못 만나서 나만큼 보고 싶은 거로구나 이해를 하면 편했을 것이고, 어머니는 화만 버럭버럭 낼 것이 아니라 꿍쳐놓은 생각 버리고 솔직하게 속내를 털어 놓았으면 될 일이었다. 올케는 두 사람 성격 다 아는 처지니 현명하게 판단해서 둘의 의중을 자세히 들어 본 뒤에 좋은 방법을 택하는 여유가 있었더라면 좋았을 일을 온통 세 사람이 각각 자기만 생각한 나머지 어른들로 인해 징징 울어버린 손녀딸이 되어버린 일이었다. 세상에 아무도 이해가 안 되었다. 좋게 받아들이면 아무 일도 아닌 것을 이렇게…… 포르르 급한 성격을 그대로 닮은 아들과 어머니의 전화로 보나마나 오해가 커져 일어난 일 같았다.

오랜만에 서울에 딸을 보러가려고 벼르던 일이 뒤집어진 거 하나로 쌀딱거린 것이고, 어머니는 직장 다녀가며 대학원 공부까지 해내는 손녀딸이 방학을 했다니 대견하고 기뻐 직접 용돈도 좀 두둑하게 주고 싶었고 겸사겸사 얼굴도 좀 보려 한 것이 화근이 된 일이었다. 게다가 항상 조용하고 늘 침착했던 올케는 생일 당사자도 가만히 있는데 왜들 귀찮게들 난리냐는 식이었다. 그만큼 모두가 자기를 사랑하고 있다는 증거일 수도 있는데 하는 생각도 들었다. 항상 복스럽고 환하게 웃는 얼굴이 복숭아꽃 같은 올케라 다 좋아하고 있다. 며칠 전에 남동생이 운동 갔다가 오면서 들려 갱년기 증상이 심하게 와 있으니 말조심하며 지낸다는 얘길 귀뜸해 줬던 게 불현듯 스쳤다. 다들 더위 속에 이상해진 것만 같았다.

저럴 애가 아닌데 저렇게 서운해 하며 손위 시누이한테 하소연을 하다니……. 그 애들이 결혼 40년이 가까워 오는 중 처음 맞닥뜨려 겪은 일이다. 잘 알았다며 계획했던 대로 잘 보내라고 했더니 이제 식사고 뭐고 다 없던 일로 결론을 지었다나? 까칠한 목소리였다. 어머니 전화 한 통화로 가족이 단란하게 식사를 하려던 계획이 수포로 돌아갔고 분란만 일으켰다는 생각이 들면서 가슴이 시려졌다. '그럼 할머니 보러 갈게'란 한마디에 가슴 벅찬 감동으로 행복했을 어제의 어머니가 등 뒤에서 흐느끼고 있다. 친정어머니였더라면?

시어머니의 생각이 아무리 좋은 일로 출발된 거라 할지라도 알 수 없는 가족 간의 일들이 있는 것이니 아무 때나 끼어들면 안 된다는 것을 명심할 일이다. 으스대며 나의 이 멋진 플랜을 짠하고 보여주고 싶다는 생각이 머릴 흔들어댈 때는 조심할지어다. 나의 의도일 뿐이지 절대로 그것이 상대방에게는 최고로 받아들이려는 마음의 준비란 없다는 것을 항상 기억해 둘 일이다. 이것이 나만의 일이 아니란 걸 알겠다. 이런 일들이 우리 시니어들의 마음속에 허무함을 심어주는 요인으로 발전하는 것이라고 믿어진다. 시어머니의 일이 아닌 시니어로서 행복하고 즐겁게 계획한 일일지라고 해도 때로는 자식들 간의 불화의 불씨가 된다는 것을 염두에 둘 일이다. 내 가족이란 생각에 젖어 있는 건 맞지만, 약간은 다른 의미로! 자식이 따로 엮어가는 독립적인 가족이란 것을 언제나 잊지 말고 상기해 헷갈리지 말지어다. 의식을 나보다는 조금이라도 젊은 애들에게 맞춰갈 줄 아는 편견도 아니고 오만도 아닌 따스함으로 무조건 받아들여야 할 거 같다. 서러워 말자…….

축제가 된 장례

이명환

■ 수필가, 영문학과 64 ■

응달에 눈이 그대로 남아 있는 충남 아산군 도고면의 선산(先山)주변 겨울 풍경이 흐린 날씨로 해서 더욱 쓸쓸하다. 잠깐이지만 하관(下官)예 배 도중에 두꺼운 구름을 비집고 따스한 햇살이 비쳐 망자의 마지막 길 을 밝혀주는 듯 상제들의 슬픔에 작은 위로가 되었다.

그동안 우리집과 작은댁의 초상은 천주교전례와 종래의 유교식을 합 친 상례(喪禮)였으나, 영락교회를 다니시는 숙모님의 뜻을 따라 넷째 숙 부님의 장례는 개신교식으로 드리기로 했다.

　'괴로운 인생길 가는 몸이 평안히 쉬일 곳 아주 없네
　　걱정과 고생이 어디는 없으리 돌아갈 내 고향 하늘나라'

교회의 목사님과 성가대원들이 부르는 찬송가로 하관예배는 시작되 었고, 흰 국화 한 송이와 흙 한 삽씩을 관 위에 뿌리면서 흐느끼는 유족들의 눈물로 막이 내렸다.

어제 병원 영안실에서 거행된 입관예배 때에는 주무시듯 누워계신 망자께 목사님이 먼저 "천국에서 만납시다" 하면서 하얀 두건이 씌워진 머리를 양손으로 감싸고 인사를 드리고는 숙모님부터 차례로 따라하도록 지시했다. 우리 천국에서 만나요. 천국에서 뵙겠습니다. 아버지, 천국에서 꼭 뵐게요. …… 나는 왠지 천국 소리가 안 나와서 '넷째 아버님, 언젠가 뵈올 날이 있겠지요' 마치 주무시고 계신 듯한 어른께 이렇게 입속으로 중얼거렸다.

영혼이 떠난 창백한 얼굴은 위엄이 있으면서도 아주 편안해보였다. 불가에 안시(顔施)라는 보시(布施)가 있다는데 정말 그분의 얼굴은 천국을 가까이 느끼게 해주셨다. 그것은 이미 잡다한 고통에 시달리는 지상의 나그네가 아닌 차원 높은 천상 나그네의 엄위(嚴威)하신 모습이다. 이때 나는 육신을 떠나간 그분의 영혼이 머무는 곳이 어디인지 알 것 같은 묘한 느낌이 들었다. 하늘나라에 대한 관심은 많으나 너무 난해하고 조심스러워 접근할 엄두도 못 내던 문제가 그냥 스르르 풀리는 듯한 특이한 일이었다.

임종하시기 전 날 중환자실에서 마지막 뵈올 때, "아버지 큰댁 언니 왔어요" 막내 따님이 귀에 대고 속삭이는 말에 눈도 뜨지 못한 채 무어라 입술만 달싹이시는데, "기도 부탁하신대요" 기력이 쇠하신 아버지의 말씀을 내게 전달하면서 따님은 눈물을 닦았었다.

장조카인 나의 남편보다 네 살 위이신 막내 숙부 넷째 아버님은 인자한 성품을 지닌 분이셨다. 캐나다로 이민 떠난 장녀의 늦은 귀환 때문에 부득이 5일장을 치르는 동안 숙부님의 평범한 삶이 주위의 많은 사람들에게 좋은 기억으로 남아있음을 알게 되었다.

특히 이제 미망인이 된 막내 숙모님이 내게 하신 말씀,

"잠이 안 와 뒤척이면서 넷째 아버지와 50여 년 사는 동안 섭섭했던 일을 아무리 기억해내려 해도 한 가지도 떠오르는 게 없네. 정을 떼려고 트집을 잡아보려 해도 영 없구먼."

이쯤 되면 숙부님의 일생은 착한 삶의 전범(典範)이랄 수 있지 않을까.

딸만 4형제를 두셨는데 넓은 빈소에서의 5일장 내내 머리 허연 조카들과 4촌, 6촌, 8촌의 종손자들이 모여 담소하고 애도하며 밤을 지새는 정경이 보기 좋다. 이것은 요즘 세태에 아주 드문 일로 모두 다 돌아가신 분의 음덕일 터이니, 이 또한 후손들이 망자로부터 건네받는 슬픔 속의 기쁨이 아니겠는가.

도착하자마자 서둘러 입관식을 마치고 슬픔에 몸을 못 가누던 큰 따님이 나의 남편에게 달려와 흐느끼며 말하기를,

"오래전에 큰어머니(나의 시어머니) 문병 간 날 오빠가 어머니 시중드시는 모습이 병실 문틈으로 보였는데 너무나 정성스럽고 슬퍼 보여 곧바로 들어서지를 못하고 바라보며, 나도 후에 오빠처럼 저렇게 간절한 마음으로 부모님 간병을 하리라 결심했었는데 이렇게 늦었어요."

말을 겨우 마치고 통곡을 하는 사촌 시뉘를 위로하다가 주위에 있던 사람들도 함께 울었다.

사실 우리 남편이 시어머니를 보살핀 얘기는 대소가에 화제다. 어머님은 8년 이상 누워계셨고 그중 5년은 대소변을 못 가리셨지만 긴 병에 효자 없다는 통념을 깨기라도 하듯 그는 늘 한결같았다. 칠순 지난 따님이 와서 더러 목욕시켜 드리고 새 옷으로 갈아입히고 나면, 갓 칠순의 아들은 담뱃불을 붙여 두어 모금 빨다 (자기는 끊었지만, 어머님은 계속 담배를 태우셨다) 구십이 훨씬 넘으신 어머니의 입에 물려드리곤 했는데, 몇 모금 빨으실 때의 어머니 표정이 너무나 행복해 보이신다고 따님은 늘 말했다.

"우리 어머니는 참말로 기가막힌 아들을 두셨어."

시뉘는 너무 오랫동안 고생하시는 어머님이 안쓰러워 수심이 가득하시다가도 이 말만은 만면에 미소를 띠고 하셨다.

오늘의 장례는 일체의 유교식 제사 없이 고별예배로 모든 절차가 끝났다.

땅거미 질 무렵 장지에서 돌아온 버스가 평촌에 있는 넷째 댁 아파트 단지에 들어서자 일행은 함께 내려, 반혼제(返魂祭)는 없지만, 숙부님이 거처하시던 방을 둘러보며 이런저런 회고담을 나누다가 일어서려는데 숙모님이 우리를 잡는다. 돌아가신 분께서는 조카들이 더 놀다 가기를 바라실 거라면서.

"집에서 대접 못하고 식당으로 가는 것이 인사는 아니지만 준비가 없으니 오늘은 양해해줘요."

간절한 초대의 말씀에 심신이 헛헛한 우리는 모두 근처에 있는 식당으로 따라나선다.

대형 샤브샤브 집 초입에 좌정한 사위들과 머리 허연 남자 조카들, 숙모님을 중심으로 한 여성들과 아이들 합쳐 상복 차림의 30여 명 일행이 해물버섯야채 샤브샤브집 한 코너를 점령하고 앉아 때 아닌 잔치가 벌어진다.

새벽부터 고별예배 운구 장례행렬 하관(下官) 곡(哭) 눈물 음복(飮福), 오래전에 선산에 묻히신 각자의 부모님들 조상님들에게 절하고 묵념하면서 보낸 오늘 하루가 무대에 올려진 연극처럼 주욱 내 뇌리를 지나간다. 백 년 이백 년 전의 망부석 상석 비석들을 비롯하여 근자에 새로 세워진 석물(石物)들과 장차 우리들이 누울 자리까지 마련돼 있는 선산, 잎을 떨구고 서 있는 겨울나무의 앙상한 가지 끝에 앉아 있던 작은 새와 간간이 들리던 새소리. 더러더러 잔설이 남아 있는 고요한 갈색의 시골 산천. 가고 올 때 계속해서 은은히 울리던 영락교회 버스의 찬송가 소리…….

가장 연장자인 나의 남편이 술병을 들고 여기저기 식탁을 돌아다니며 술잔을 채우다가 숙모님의 옆자리에 주저앉자, 술이 거나한 이 댁 사위 한 사람이 자기들 곁을 떠나 여자들 좌석에 앉았대서 남편더러 배신자라 한다.

"인생은 나그네길이요 모두가 방랑자 아닌가." 하는 남편 말에, "허면 배신자가 아니라 방랑시인 성 삿갓이구먼요." 남편이 성(成)씨 성을 가진 시인이라서 빗대어 하는 소리다.

"병(술병)권을 쥔 성 삿갓이 한 말씀 드리겠습니다. 이 자리를 주관하는 이는 우리가 아니고 넷째 아버지이십니다. 눈에 보이지 않는다 하여 안 계신 것이 아니며 이 자리가 축제가 될 수 있도록 이끄시는 분이 그분임을 알아야 합니다. 눈물 속에 웃음, 웃음 속에 눈물, 이것이 우리 삶의 본모습이 아니겠습니까."

혀 꼬부라진 소리로 약간 울먹이면서 하는 말에 웃는 이도 있고 우는 이도 있다. 지칠 대로 지친 상제들 사위들 숙모님 할 것 없이 모두 가신 분의 훈기로 맘껏 먹고 마시며 취하여 서로서로 격려한다.

시간이 흐를수록 모임의 분위기는 무르익고 소주 몇 잔에 몽롱해진 나는 말없이 앉아 '내 마지막 날도 이렇게 슬프면서도 화기애애 하려나' 하는 생각을 해본다. 이것은 아무나 누릴 수 있는 복은 아니지. 평소의 내 삶이 표 안 나게 충실해야, 하느님 보시기에 좋아야 차례 오는 '축제가 되는 장례'겠지. 예전에 이대 김활란 총장님은 당신 임종 후에 슬픈 노래 부르지 말고 기쁜 찬송가를 부르라셨다지 아마.

허나 우리는 숙명처럼 슬픔을 더 많이 지니고 있는 지상의 나그네들인지라 헤어질 때는 다시 서로를 얼싸안고 흐느꼈다.

먼 기억 한 토막

이민수
▮ 소설가, 기악과 64 ▮

아스팔트 킨트. (아스팔트만 보고 자란 도회의 고향 없는 아이들)

전혜린의 수필을 읽으면서 나는 전혜린보다 더 철저한 아스팔트 킨트라 생각했다. 전혜린은 비록 아버지의 부임지에서였지만 2년 동안이나 하굣길에 갈대밭 무성한 강가에서 공상에 젖기도 했고 아버지를 따라 가본 부둣가에서 먼 데에 대한 그리움도 키워갔다. 나는 그런 기간도 없음은 물론 복숭아꽃 살구꽃 아기 진달래의 소박한 추억도 없고 그리운 옛 동산도 없다.

나이 들수록 성장기를 시골이나 산골에서 보내보지 못한 것이 커다란 아쉬움이 되었다. 그래서일까? 딱 두 번 나물 캐러 갔던 일이 60년도 더 지난 지금까지 오롯이 기억되며 그때의 일들이 아직도 마음속에서 이런저런 생각을 하게 한다.

박혜숙. 그녀는 6.25 전쟁이 한창이던 그해 가을 우리 반으로 전학 왔다. 우리들은 아주 낡은 목조 건물 이층에서 공부했는데 오르내릴 때마다 삐거덕거리는 소리가 났다. 운동장도 없었지만 방과 후엔 하루종일 햇볕이 잘 들지 않는 공터에서 신나게 고무줄놀이를 했다. 혜숙이는 고무줄놀이에 끼어들지 못하면서도 곧바로 집으로 가지 않고 혼자 우두커니 서서 우리들이 노는 것을 바라보고 있었다. 그러다가 어떻게 해서 그렇게 되었는지는 잘 모르겠는데 어느 사이 우리들은 고무줄놀이보다 혜숙이를 중심으로 모여 앉아 혜숙이의 이야기를 즐겨 들었다. 그 이야기는 늘 슬펐고 어린 우리들을 감동시켰던 것 같다.

그러던 어느 추운 겨울날 혜숙이가 양말도 안 신고 장갑도 없이 학교에 왔다. 평소 혜숙이는 단정하고 깨끗한 차림으로 다녔으므로 형편이 어려운 아이로 보이지 않았기 때문에 우리는 너무 놀랐다. 그날 우리는 혜숙이가 전쟁 중에 엄마 아버지를 한꺼번에 잃어버리고 작은아버지 댁에 얹혀산다는 것을 알았다. 우리는 단번에 작은아버지 식구를 팥쥐로, 혜숙이를 불쌍한 콩쥐로 단정했다. 우리들은 분개하면서 돈을 모아 양말과 장갑을 사 주었다. 그러다가 겨울 방학이 되었고 새 학년으로 바뀌기까지 특별하게 기억되는 것은 없다.

우리들은 5학년이 되었고 낡은 목조 건물에서 전매청 창고로 교실을 옮겼다. 혜숙이는 다시 같은 반이 되었고 그쯤에서 혜숙이는 우리들 대장처럼 되어 있었다. 지금 생각해 보면 혜숙이는 우리들보다 한두 살 위였지 않았나 싶다. 우리들보다 키도 한 뼘이나 더 컸고 성숙했고 모르는 것이 없어 보였고 이야기도 잘했다. 노래도 잘했는데 우리들이 처음 들어보는 이상한 노래를 부르면서 가르쳐주기도 했다. 그러던 중 하루는 나물 캐러 가자고 했다. 한 번도 나물 캐러 가본 적도 없고 나물과 풀을 구별도 못하지만 아주 재미있을 것 같았다.

어느 일요일. 우리들은 작은 소쿠리 하나와 칼을 가지고 나물 캐러 나섰다. 어디를 얼마만큼 걸었는지 모르겠다. 넓은 들판이 있었고 논두렁인지 밭두렁인지 모르지만 그곳에 앉아 혜숙이의 설명을 들으면서 나물을 캐기 시작했다. 나물 한 개를 캐고선 저만치 있는 혜숙에게 쪼르르 달려가 이게 나물인지 풀인지 물어가면서. 날씨는 아주 좋았던 것 같다. 혜숙이가 하늘을 보고 누우면 우리도 그 옆에 나란히 누워 하늘을 바라보았고 노래를 부르면 따라 불렀다. 해질녘이 되어서야 돌아오면서 혜숙이 집 앞에서 우리 소쿠리 나물을 모두 혜숙이에게 주었다. 작은어머니가 나물을 많이 캐어 가면 좋아한다고 해서. 우리는 기분이 뿌듯했다. 뭔가 좋은 일을 한 것 같았다. 그 모두가 처음 있는 일이었고 신기한 경험이었다. 기분으로도 실질적으로도.

그런 일이 있은 후 얼마 지나지 않아 혜숙이가 학교에 나오지 않았다. 하루 이틀 사흘 나흘. 우리들은 혜숙이 집으로 찾아갔다. 우리들은 넓고 깨끗한 다다미방으로 안내되었다. 작은아버지가 병환 중인 듯 누워 계시다가 힘들게 일어나 앉았다. 작은아버지가 어린 우리를 상대로 혜숙이 이야기를 하셨다. 혜숙이가 엄마 찾아 간다며 집을 나간 후 소식이 없다고 했다. 진심으로 한 식구처럼 지내기 원했지만 늘 외톨이로 돌며 어긋나기만 해서 여간 어렵지 않았다고 했다. 나중에 형님 만나면 무슨 면목으로 보느냐는 소리도 한 것 같다. 우리는 너무 놀라 할 말을 잃었다. 그래도 더듬거리며 혜숙이에게 들은 말들을 옮겼더니 그 모두가 혜숙이의 거짓말임이 드러났다. 양말과 장갑은 돌절구 속에 넣어두고 학교에 갔으며 우리가 같이 모아 준 나물은 변소에 넣어버렸다고 했다. 그리고 작은아버지는 우리에게 간곡히 부탁했다. 언제 어디서든지 혜숙이를 만나면 연락해 줄 것과 작은아버지의 진심을 전해달라고. 작은아버지께 괜히 우리가 죄송했다. 우리에게 혜숙이는 더 이상 불쌍한 아이가 아니라 나쁜 아이가 되어 있었다. 돌아오면서 우리들은 혜숙이를 거짓말쟁이라 몰아붙이며 작은아버지에 대한 분개를 혜숙이에게로 돌렸다. 그러나 혜숙이는 다시는 우리 앞에 나타나지 않았다. 그리고 잊혀졌다.

　그 후 얼마의 세월이 흘렀을까? 시장에서 봄나물을 사는데 거짓말처럼 어린시절 나물 캐러 간 일이 떠올랐다. 그리고 혜숙이와 있었던 일들이 줄줄이 생각났다. 한 번 되살아난 기억은 다시 사라지지 않았다. 봄이 오면 문득문득 그때 일이 생각났고 혜숙이는 지금 어디서 어떻게 살고 있을까?

　작은아버지와는 언제 어떻게 다시 만났을까? 작은아버지 말은 모두 진실이었을까? 혜숙이의 가출엔 그만한 이유가 있었던 것은 아닐까? 등등 궁금해졌다. 사람에겐 하느님에도 들키고 싶지 않는 자기만의 미묘한 진실이 있다는 말도 떠올리며 혜숙이의 입장에서 또 작은아버지의 입장에서 이것저것 미루어 짐작해 보기도 했다. 지금 시각으로는 거짓말쟁이도 팥쥐도 없다. 다만 부모를 한꺼번에 잃어버려 그 무엇으로도 채워지지 않는 춥고 허기지고 외로운 어린 가슴과 한식구로 동화시켜야 하는 식구 아닌 식구를 거느려야 하는 작은아버지의 고충이 보일 뿐이다. 그리고 6·25라는 크나큰 민족의 상처가 보인다. 그때 그 시절 그런 아픔의 사연이 없는 가정이 몇이나 될까? 아직도 그 아픔은 계속되고 있다. 이산가족 상봉은 보는 이의 눈시울을 적시고 있다.

　흔히들 진실은 드러나기 마련이고 진심은 언젠가는 통한다고 한다. 혜숙이가 생각날 때마다 나는 빈다. 진실이 어떤 것이었든 작은아버지는 진심이었고 그 진심이 꽁꽁 얼어붙고 꽉 닫혀 있는 혜숙이의 가슴을 뚫고 진심이 통하는 통로를 만들었기를. 또 혜숙이도 닫힌 가슴을 열고 작은아버지의 진심을 받아들일 통로를 열었기를. 그래서 그 이후 혜숙이의 삶이 덜 외롭고 평탄했기를.

연어

임인진
▮ 동화작가, 국문학과 58 ▮

높새바람 불어
개천가 하얀 풀꽃 춤추는
남대천 여울목에
꼬리지느러미 팔딱이며
연어들 솟구쳐 오른다.

귀소(歸巢)의 염원
얼마나 사무쳤으면
모천(母川)의 냄새 얼마나 그리웠으면

머나먼 북태평양, 오호츠크 바다,
베링 해협, 캄차카 반도 서안까지
수천만 리 먼 길 돌고 돌아

배냇짓하던 요람(搖籃) 되돌아왔을까

산 그림자 곱게 드리운
후미진 물가 차돌모래 위에
만삭(滿朔)의 지친 몸 뉘이고

뼛속 마디마다
녹아내리는 산고(産苦)
이 악물고 몸 풀어

생명의 꽃 붉게 피우고
구멍 숭숭 뚫린 만신창이(滿身瘡痍)로
숨 거두는 연어여!
— 졸시 「연어」

　태백의 영봉마다 곱게 물들었던 단풍이 어두운 빛으로 사그라질 무렵이면 양양 남대천 언덕에는 무서리가 뽀얗게 내린다.
　무슨 연유로 어디서부터 어떻게 되어 뒤처졌는지, 뒤늦게 꼴찌로 돌아오는 연어가 있다. 남대천 아랫녘 여울목에서 몇 번이고 뛰어오르려고 퍼드덕거리며 애쓰다가 끝내 지쳐서 자갈돌 깔린 물가로 밀려나 배를 깔고 드러눕는다.
　마라톤 전 코스를 죽을힘을 다하여 완주하고도 마지막 결승점을 바로 눈앞에 두고 쓰러진 마지막 주자(走者)처럼 말이다.
　어느 때, 어느 곳에서 누구를 어떻게 만나리라는 아무런 기약도, 망설임도, 두려움도 없이 무턱대고 떠난 길이 아니던가.

머나먼 북태평양, 오호츠크 바다, 베링 해협을 거쳐 캄차카 반도 서쪽 해안까지 수천만 리 바닷길을 천신만고(千辛萬苦)로 휘돌아온다든가, 갈기갈기 찢기고 짓이겨진 지느러미와 꼬리 팔딱이며 만삭의 부푼 몸을 이끌고, 지상명령 같은 모천회귀(母川回歸)의 염원을 안고서, 기어이 그 자리로 되돌아와야만 직성이 풀리는가?

융통성 없는 외곬으로 고지식한 연어여!

검푸른 잔등의 자랑스러운 표지(標識)가 붉은 노을빛에 물들고, 높새바람 한 줄기 휘몰아쳐 언덕 위의 마른 풀꽃들을 가지런히 모로 눕힐 때면 고달픈 연어는 살포시 눈을 들어 짙푸른 하늘을 바라보겠지.

펄펄 끓어오르는 신열로 뼛속 마디마디 저리다 못해 녹아내리는 아픔을 참으며, 구멍 숭숭 뚫린 만신창이로 드러눕는 연어는 빨간 생명의 씨앗 한 움큼을 후미진 곳에 살짝 쏟아놓고 마지막 숨을 거두겠지.

만추의 하늘은 거울처럼 차갑고 싸늘하다. 이맘때면 김장을 서둘러 크고 작은 독마다 갖가지 김치를 가득 채워놓고 알배기 명태로 한 솥 가득 무국을 끓이던 고향 생각이 간절하다. 오순도순 저녁 밥상에 둘러앉으면 소박한 일상의 지혜를 몇 번이고 타이르시던 어머니의 가르침이 새삼스레 생각난다.

눈감으면 언제나 떠오르는 곳, 찬바람 휑하니 불어올 때마다 시리도록 차가워진 두 손을 꼭 잡아 녹여주시던 따뜻한 손길, 해를 넘길수록 꿈속에서 무지개 쫓다가 잠깬 아이처럼 아쉬움과 함께 진한 회심(悔心)에 사로잡힌다. 떠난 곳을 못 잊어 되돌아오는 연어처럼 귀소성(歸巢性) 본능이 다시금 발동하는 것일까.

치어 때에 떠난 곳을 못 잊어 성어가 되어 다시 돌아와 알을 낳아놓고 아낌없이 모든 것을 다 주고 떠나는 연어를 떠올리다보니, 사람은 어쩌면 연어만도 못한 것 같다는 생각이 든다.

사람들은 연어가 되돌아오는 것을 의례히 당연한 일로 받아들인다. 예민한 후각자극으로 인한 유전적 본능에 따른 것이라고 쉽게 생각한다.

하지만, 단순한 모천회기의 유전적 종족번식의 본능만이 아닌, 아낌없이 모든 것을 다 주고도 한 가닥 미련없이 떠나는 연어의 삶이 숭고하도록 아름다워 크나큰 감동을 가슴에 안겨준다.

인간의 삶, 그 오욕(汚辱)과 질곡(桎梏)속에서 거친 물살 소용돌이로 어지럽게 떠밀려가며 끝자락이 어디인지 그 향방(向方)조차도 알 수 없다. 어느 쯤에 어디에서 어떻게 마무리를 해야 할 것인지를 곰곰이 생각해봐도 그 끝 닿는 데를 가늠할 수조차 없기에 더더욱 안타깝다.

돋보기안경 너머

정숙향
■ 동화작가, 사회학과 86 ■

글자들이 꼬물꼬물해 보이더니 마침내 흐릿해졌다.

돋보기를 써야 되는 현실을 받아들이고 싶지 않아서 미루고 미루어 오던 터였다. 근데 단지 돋보기를 쓰는 것만으로 해결되는 일이 아니라 눈의 피로감 때문에 글자를 오래 볼 수 없다는 게 또 다른 문제였다. 한 시간만 읽고는 눈을 비비든지, 먼 산을 바라보든지…….

눈으로 시작된 우울함은 이번엔 몸으로 왔다. 어깨가 쑤시든지, 다리가 휘청거리든지, 열이 올랐다 내리든지 뭐든 제 마음대로다. 거울을 보니 피부는 처지고, 눈꼬리는 내려앉고, 윤기라고는 찾아볼 수 없는, 마치 낯선 사람을 대하고 있는 것만 같았다.

순간 겁이 덜컥 났다. 작년, 이웃에 사는 한 지인이 이 갱년기라는 괴물 때문에 3개월이나 친정 가서 잠수한 일이 떠올랐기 때문이다. 그러고 보니 내게도 사람 기피증이 생긴 것 같았다. 달라진 외모 때문에 꼭 가야 될 자리가 아니면 슬며시 사양하고픈 마음이 간절해지는 것이다.

어떤 날은 파마를 해보고, 또 다른 날은 머리를 짧게 잘라보고, 염색까지 해보지만 한번 드리워진 그늘은 쉽게 걷힐 것 같지 않았다.

게다가 얼마 전엔 우리집 컴퓨터에 치명적인 바이러스가 침입해서 그동안의 나의 업적(?)을 송두리째 삼켜버리는 사건마저 일어났다. 그래도 인터넷 메일 '보낸편지함'에서 수년 내에 발표한 원고들이나 투고 원고들은 어느 정도 건졌지만, 오랜 시일이 지난 것들은 모두 증발해 버렸기에 엎친 데 덮친 격으로 상실감은 배가 되었다.

마침 집 주변에 산도 있고 강도 있어서, 혼자 산책하며 애써 뒤집어진 마음을 달래보려 하였다. 하지만 하루는 맑음, 하루는 바람 불다 흐림, 그날의 건강상태에 따라 마음까지 널뛰기를 하다 어느 날은 절벽으로 곤두박질치곤 했다. 어쩌다가 TV 홈쇼핑에 갱년기 관련 식품 프로가 나올 때면 이심전심인 양 은근슬쩍 TV 모니터 앞으로 당겨 앉기도 했다.

그러던 어느 날, 동네 작은 도서관에서 봉사할 때였다. 그날은 비가 많이 와서 주민들이 도통 책을 빌리러 오지 않았다. 그래서 꼼짝 않고 세 시간 동안 책을 읽었는데, 끝날 즈음엔 돋보기 안의 눈이 빠져버릴 것처럼 피곤이 몰려왔다. 나도 모르게 탄식처럼, "눈 때문에 괴로워!"라고 했더니, 옆에서 듣고 있던 분이, "그것조차도 못 보는 분이 많잖아요?" 한다. 시각장애인을 염두에 두고 한 말이었다. 근데 불현듯 정신이 번쩍 드는 것이다.

노안은 우리 몸에서 지극히 정상적이고 자연스러운 단계인데 나의 이기적인 생각으로 그만 불평 섞인 말을 내뱉고 만 것이다. "아, 그러네요" 하며 겸연쩍게 웃었지만, 속으론 도로 주워 담고 싶을 만큼 못내 부끄러웠다. 난 오십 년 동안 어떤 분이 한 번도 보지 못한 푸른 나무며 예쁜 꽃들, 어디 그 뿐이랴, 보고 싶은 사람의 얼굴들을 원없이 보며 살지 않았던가. 내 눈을 위한 돋보기 안에 갇혀서 다른 것에 대한 배려는 안중에도 없었던 것이었다. 감사를 잃으면 불평이 그 자리를 비집고 들어온다더니…….

도서관 건물의 1층으로 내려오니, 게시판에 붙은 한 광고가 발걸음을 멈춰 세웠다. ─ '방학 중 결식아동 도시락 배달 봉사자 모집' 마냥 즐거워해야 할 방학을 밥걱정으로 시름해야 되는 아이들을 생각하니 마음 한 구석이 편치 않았다. 이름과 연락처를 기록하도록 만든 신청자 명단에는 어느새 발 빠른, 아니 마음이 빠른 사람들의 이름이 도열하고 있었다. 나도 좀 전의 부끄러운 마음을 보상받기라도 하듯 내 이름자도 그 아래에다 줄을 세웠다. 일주일에 단 하루만이라도 내 몸에서 수시로 불끈대는 정체 모를 열기로 여름 한낮의 맹렬한 햇볕과 한번 부딪쳐 싸워 볼 작정이다.

문을 밀치고 나오니, 여전히 굵은 빗줄기가 내리고 있었다. 땅바닥에 닿아 마치 음표처럼 튕기며 스러지는 빗방울은 지면에 온통 동그란 무늬들을 그려놓았다. 어쩌면 '세상의 눈들'에게 보내주는 선물일지도 모른다.

행운을 쌓는 한 방법

조서연

■ 수필가, 국문학과 84 ■

'만약 중상을 당했을 때 화를 내고 자신을 변호하려고 든다면, 봄날 누에가 고치 속에서 빙빙 돌며 스스로 질식하는 것과 같을 것이다. 화를 내는 것은 이로운 것이 아니라 해로운 것이다.'

내가 좋아하는 책『운명을 바꾸는 법』에서 500년 전 명나라 사람 원요범이 한 말이다.

자신이 하지 않은 일을 했다고 중상을 당하는 것만큼 억울한 일이 있을까. 나는 1997년부터 17년 동안이나 그런 사람들을 겪어 왔다. 인간관계가 가장 어렵다고 말들을 하지만 이러저러한 이유로 그런 사람들은 한 명, 두 명 자꾸 늘어가기만 했다. 처음에는 잠을 잘 수가 없었다. 어떻게 하면 그들이 거짓말을 한다는 것을 가슴 시원하게 밝힐 수 있을까. 오직 그 생각뿐이었다. 그래서 사람들 앞에서도 질문을 하고, 일대일로도 질문을 하고 오직 나의 결백을 밝힐 생각에만 골몰했다. 그들은 내 앞에서는 아무런 말도 하지 않았다고 부인을 했다. 그렇지만 그렇게 밝히면 밝힐수록 내 뒤에서는 점점 더 심한 거짓말을 한다는 것을 알게 되었다. 원요범이 한 말대로 나의 그런 노력들은 스스로를 질식시키는 행위였다는 것을 나는 그때는 왜 깨닫지 못했을까.

원요범은 이런 말도 했다.

'중상에도 아랑곳하지 않고 마음의 평정을 유지해야 한다. 비록 중상하는 소문들이 거대한 횃불의 불길처럼 퍼져나가도 그것들은 결국 타서 없어질 것이다.'

이것은 다른 사람들이 자신을 모욕하고 중상할 때 어떻게 처신해야 하는가를 말해주는 글이다. 만약 조용하게 그리고 태연하게 머문다면 모든 것은 스스로 지나가게 된다는 것이다. 이것이 이러한 종류의 상황에 대처할 때 가장 효과적인 방법이라는 것이다. 그러니까 나는 같이 반응할 필요가 없었던 것이다. 실제로 시간이 흐르니까 내 주위 사람들은 저절로 진실을 알게 되었다는 것을 깨달았다.

「금강경」에는 '모든 것이 인욕으로 얻어진다(一切法得成於忍)'는 말이 있다. 나 자신을 모욕하고 중상하는 그러한 사람들이 없었다면 인욕을 수행할 기회를 갖지 못했을 것이다. 결국 그들은 나의 수행을 도우러 온 사람들인 것이다. 나는 왜 그들의 도움을 거절하려고 했을까? 원요범의 글을 풀이한 정공 법사는 만약 모욕이나 중상을 당했다면 그 사람이 은인으로서 자신에게 선물을 주기 위하여 왔음을 기억해야 한다고 분명히 말했다. 첫째, 그들은 나의 수행 수준을 시험하기 위하여 왔고 둘째로 덕분에 나는 행운을 쌓을 것이므로 이 은인들을 비난하지 말아야 한다고 했다.

원요범도 그런 말을 했다.

'아무런 나쁜 일도 하지 않고 잘못되어 비난받는 사람들은 종종 갑자기 번영하고 성공하는 자손들을 갖게 될 것이다.'

나쁜 일을 하지 않았는데 다른 사람들에게 비난받거나 욕을 먹으면 그것은 실제로 행운을 쌓는 일이라고 한다. 그래서 질투하는 사람들이 더 많이 중상할수록 더욱 좋다는 것이다. 왜냐하면 그러한 중상과 장애는 자신의 죄업을 줄이게 될 것이기 때문이라고 한다. 나는 이 말에서 얼마나 큰 위안과 힘을 얻었는지 모른다. 불교신자들은 '업장 소멸' 즉 죄업을 줄이는 것을 가장 큰 목적으로 삼고 기도를 하고 수행 생활을 한다. 마음으로, 말로, 행동으로 알게 모르게 자꾸만 쌓고 있는 나쁜 업장을 소멸하기 위해 염불도 하고, 독경도 하고, 3000배도 한다. 행동으로 하는 죄보다 말로 하는 죄가 많고, 말보다 생각으로 하는 죄는 또 얼마나 많은가? 우리 인간들은 어쩔 수 없이 그렇게 선업보다 악업을 많이 쌓으면서 살아가고 있는 존재들인 것이다. 그런 죄업들이 억울한 중상을 당하면서 줄어들거나 소멸된다는 말은 가장 매력적인 위로의 말임에 틀림없다. 죄업이 소멸되면 모든 기도가 성취된다고 하지 않는가.

나는 불교신자로서 나 자신을 수행하기 위해 매일 기도하면서 노력하고 있다. 수행 과정에서는 세간이든 출세간이든 사람들은 질투와 중상을 당하게 되어 있다고 한다. 좋은 일은 쉽게 오지 않는다고도 한다. 덕을 쌓고자 하는 사람에게는 많은 장애가 있다는 것이다.

모과도 상강(霜降)이 지나야 향이 난다고 했다. 하물며 모과도 서리를 맞아야 향을 내는데 사람도 된서리를 맞아야 인간의 품격이 나온다는 말도 진리일 것이다.

사실 그렇게 오랫동안 마음고생을 했지만 생각해보면 실제로 나빠진 것은 아무것도 없다. 내 주변에는 좋은 사람들이 예전보다 훨씬 많고 내가 마음속으로 원하는 대로 모든 일이 전개되었다. 터무니없는 일로 마음고생을 했던 것만큼 많은 행운이 쌓였나보다. 나의 앞날은 더욱 밝으리라.

　나는 이제는 그런 사람들을 위해 기도할 수 있는 마음의 여유까지 가지게 되었다. 더 이상 그런 사람들을 원망하지도 않는다. 내가 겪었던 그런 모든 사건들에 대해, 그 사람들에 대해 감사한다.

편견으로부터의 자유

주연아

┃ 수필가, 신문방송학과 76 ┃

이 세상은 온통 편견으로 가득 차 있다고 해도 과언이 아니다. 사물이나 사람에 대해서는 물론 심지어는 신에 대해서도 편견이 존재한다. 그 많은 대상들 가운데서도 사람에 대한 편견은 단연코 압권이라 할 수 있겠다.

특히 여성에 대한 편견은 그 역사와 전통을 자랑하는데, 문제는 나역시 같은 여성이면서도 그에 대한 편견이 아주 심하다는데 있다. 나는 고정 관념의 틀을 편협하게 설정해 놓고 그 범주에 속하지 않은 여성들을 낯설게 바라본다. 예컨대 담배를 피는 여대생이나 전위적인 옷차림을 한 여성, 또는 혼자서 영화나 연극을 보러 다니는 여성, 그리고 원하는 곳이면 어디든지 혼자의 여행을 서슴없이 행하는 여성 등등이 그것에 해당된다고 할 수 있겠다.

그중에서도 특히 혼자서 영화관에 가는 여자를 색안경을 끼고 보았다. 같이 다닐 친구가 없는 이상 성격의 소유자나 불량주부, 혹은 가정

불화가 있는 아주머니는 아닌지? 혼자서 영화를 보러 간다? 사실인즉 나도 간편하게 영화를 볼 수가 있다는 의미에서 충동을 느낀 적은 있으나 충동과 실행은 엄연히 별개의 것, 나는 그럴 용기가 없었다.

허나 보고 싶은 영화는 좀 많은가. 비디오로는 영화의 참맛이 충분히 느껴지지 않고 그 많은 영화를 다 같이 보러 다닐, 그렇게까지 영화를 사랑하는 친구도 흔치는 않거니와 같이 행동하는 것도 번거로웠다. 여성이 나이가 든다는 것은 타인의 시선으로부터도 자유로워지게 된다는 것, 그렇다면 나도 어디 한번 엄두를 내어보리라.

디데이는 다가오고 맨 처음 찜한 영화는 조금 격조 있는 예술 영화인 '샤인'. 필요한 준비물은 눌러쓸 캡모자, 연예인이 아니니 선글라스는 필요 없다. 이럴 때 투명 옷이 있다면 얼마나 좋을까. 왜 과학자들은 여태껏 투명 옷을 발명하지 못했단 말인가. 복제양 돌리도 좋고 복제 호랑이도 좋지만 투명 옷이야말로 정말 요긴한 물건이 아닌가 말이다.

자꾸만 목이 움츠려 들고 쑥스러워지려는 나에게 끊임없는 최면을 건다.

'당당하게 어깨를 펴! 나는 내일까지 감상문을 써야 하는 영화평론가야. 남들도 그렇게 봐 줄 거야.'

나는 그날 어두운 공간 속에서 홀로 앉아 화면 속의 또 다른 세상에 철저히 지배당하는 기쁨을 완벽하게 누렸다.

중년의 여성은 왜 매력을 상실하기 쉬운가. 그것은 마땅히 지녀야 할 호기심이나 설레임을 자발적으로 아궁이 속으로 던져 버리기 때문이다. 나는 이미 던져 버렸던 그것들을 주워서 다시 핸드백 속으로 살그머니 집어넣었다. 다시는 포기하지 않으리라. 내가 원할 땐 그것이 방종한 자유가 아니라면 언제든 실행에 옮기리라. 영화면 어떻고 여행이면 어떠리.

영화가 끝난 후 그래도 소심한 성격인지라 아는 사람이라도 만날까 두려워, 불이 켜지기 직전에 모자를 눌러 쓰고 재빨리 뛰어 나오니 바깥세상은 샤인, 그야말로 오, 샤이니 데이였다.

나는 해 보았다. 엄두도 내지 못했던 엄청나게 용기가 필요한 일을. 늦게 배운 도둑질에 날 새는 줄 모른다더니, 물론 이것은 도둑질이 아니라 엄연한 문화 활동이지만서도 말이다. 그날 이후로 나는 날개를 달고 무수한 영화를 혼자 보러 다녔다. 인생은 아름다워, 타이타닉, 쉬리, 내친김에 한 걸음 더 발전하여 연극에까지 진출하였다. 위기의 여자, 고도를 기다리며, 신의 아그네스, 이세트라 이세트라.

혼자서 영화를 보러 가는 일은 축제를 기획하는 것과 같다. 오늘도 나는 홀로 축제를 준비한다. 축제엔 기필코 설레임이 함께 하는 법, 보고 싶은 영화를 선택하는 순간 내 마음속 골목길에 늘어선 가스등엔 하나씩 둘씩 불이 켜지고 설레임은 고개를 쳐든다.

영화가 시작되는 순간 내 의식은 쩽하니 맑아오며 축제는 막이 오른다. 축제엔 원래 수천 개의 촛불과 신나는 음악과 춤, 그리고 맛있는 음식과 생맥주가 뒤따라야 하는 법, 나는 팝콘과 콜라를 마시며 경이로운 세계에 몰입한다. 영화는 끝나고 한바탕 나의 축제도 끝이 나고 그 여운은 적어도 일주일은 가리라. 그날, 일상으로 가득했던 세상의 문은 닫히고 비일상으로 채워진 또 하나의 문은 그렇게 열렸다.

주제와 줄거리만을 의식하는 영화 보기를 하던 나는 이제 영상 언어를 읽어내고 그 안에서 수많은 삶과 죽음을 만난다. 그리고 잘 살아감의 의미와 잘 죽어감의 의미도 아울러 배운다. 영화도 또 하나의 세상, 그곳에도 온갖 편견과 고정 관념이 존재하며 우리는 작가와 감독의 시선으로 그 결말을 압축해서 본다. 결국 우리는 그 속에서 이해와 용서와 사랑을 배우고 그것은 곧 신의 뜻을 지상에 실천한다는 의미가 되는 것이다.

경직된 사고의 껍질을 깨면 이토록 신비하고 무한한 또 하나의 우주가 펼쳐져 있는 것을. 나는 왜 그렇게 우물 안 개구리의 생활을 긍지마저 가지며 살아왔을까. 이 인간의 얘기로 가득한 세상에, 인간만큼 다양한 변주를 허락하는 주제가 또 어디 있겠는가. 내가 색안경을 끼고 보았던 그들이 오히려 성숙한 인생의 선배였던 것을.

편견은 하나의 오만이다. 나만이 옳고 너는 틀렸다는 생각이 그 기본 틀이 아닌가. 왜 우리는 혼자 영화관을 가거나 여행을 가는 여성을 낯설게 보는가. 왜 정숙한 여성은 술을 마셔서는 안 되는가. 왜 자신의 잘못과는 아무 상관없이 남편을 잃은 여성이, 고개를 숙이고 부끄러운 죄인의 심정으로 살아야만 하는가. 왜 아직도 귀머거리 3년, 벙어리 3년, 장님 3년이란 속담은 사멸되지 않는가. 20세기의 여성들이 당연하게 수용했던 이 속박들, 사회적 통념이란 이름으로 지워진 이 엄청난 구속들도 결국은 편견에 지나지 않는다.

나는 이제 이 고정 관념의 벽을 과감히 깨고 스스로 칭칭 감은 족쇄의 사슬을 하나씩 풀어 감으로써 나의 정체성을 찾으련다. 그렇게 하는 것이 바로 '나'라는 인간에 대한 예의가 되겠으므로.

좋기도 좋을시고

홍경자
▌시인, 약학과 64 ▌

어느 날 문득 칠순을 앞두고 있다는 생각에 마음이 복잡하여졌다. 우선은 맞이하고 싶지 않았다. 나와는 상관이 없는 것이었다. 동창들이 다 맞이하였고, 그들을 진심으로 축하해 주었고 축하여행도 주선하였지만 '나에겐 아직은 아니다'라고 생각되었다. 시간이 멈추었으면 좋겠다는 바보 같은 생각마저도 들었다. 뉴스 화면에서 자주 보고 듣듯이 "고령의 나이", "노인", "어르신"이라고 호칭되기도 싫었다. 지하철을 거저 타고, 각종 전시회에 가서는 '경로우대' 할인을 꼬박꼬박 챙기면서 왜 그럴까. 내가 나를 이해할 수가 없어 답답하였다. 남편은 그리도 좋아하며 맞이하지 않았던가.

대학 동창 모임에서 한 친구가 우리는 백(百)세를 준비하여야 한다고 하였다. 자기가 팔십 세를 준비하여야 한다고 했을 때 사람들이 웃었지만 이제는 백 세라고 한다고 하였다. 하느님이 언제 부르실지 모르지만 백 세를 준비하였다가 팔십이나 구십에 부르시면 다행이지만 팔십을 준비하였는데 구십에 부르시면 난감하다는 것이었다. 건강하게 긍정적으로 여유롭게 사는 그 친구의 모습에서 '아, 바로 그거야, 내가 거부하는 것은 나이를 먹는 것이 아니라 "늙은이"가 아닌 "낡은이"가 되면 어쩌나 하는 두려움이 무의식 속에 자리하고 있기 때문일 것이야' 라는 생각이 들었다. 흐르는 세월 누가 막을 수 있는가. 부정하지도, 무시하지도 두려워하지도 말고 당당하게 맞이하자. 허리가 굽어지고 행동이 굼떠져도 마음은 곧게 재빠르게 움직일 수 있으며, 칠십 년 쌓아온 지혜로 더욱 폭넓고 부드럽게 삶을 살아갈 수 있을 터이니 두 팔 벌려 맞이하자. 남들이 다 맞이한다는 칠순이지만 나에게는 단 한번의 '인생칠십고희래(人生 十古希來)'가 아닌가. 감사하고 또 감사드리자. 내일 걱정 내일하고, 오늘에 감사하여 즐겁게 웃으며 활기차게 살아가자고 자신을 타이르게 되었다. 지극히 상식적인 일이지만 '결론 아닌 결론'에 도달하며 마음의 평정을 되찾게 되었다.

생일이 가까워지며 잔칫상을 차려줄 아이들이 없다는 것이 조금은 허전하였다. 하지만 잔치 대신 여행을 가는 사람들도 많지 않은가. 그런데 우리는 우리의 별장이라 이름 붙여놓고 매년 생일 때에 찾아가는 설악산 켄싱턴 호텔의 809호와 강릉의 친구 분들이 연중행사로 우리를 기다리고 있고, 또 5월에는 KAL마일리지를 이용하여 유럽으로 배낭여행을 가기로 남편 동창 내외분과 약속이 된 터이니 얼마나 감사드릴 일인가.

이즈음 내 입에서는 이상하게 시도 때도 가리지 않고 가톨릭 성가 416번 "좋기도 좋을시고 아기자기 한지고 형제들이 오순도순 함께 모여 사는 것……"이 흘러나왔다. 한밤중 화장실에 가려고 일어났을 때도 마음속으로 불러졌다. 며칠을 반복하여 노래를 부르게 되자 자연스럽게 형제들을 위해 기도하게 되었다. 편안한 마음으로 "좋기도 좋을시고……"

를 흥얼거리며 지난 세월을 돌아보다가 선배님이 이메일로 보내준 '여행하는 기차'의 사진을 보고 이에 비유하여 시를 쓰곤 「칙칙폭폭」이란 제목을 붙였다.

생일날, 남편이 서울에 있는 나의 형제들을, 손자손녀들까지 모두 스무 명을 초대하여 잔칫상을 차려주었다. 이 자리에서 나는 "좋기도 좋을시고 ……"를 노래하고, 「칙칙폭폭」을 낭송하였다. 끝머리에 후렴처럼 넣은 '칙칙폭폭'은 내용에 따라 경쾌하게, 절박하게, 평안하게, 환호하듯 억양에 적당히 변화를 주었더니 말도 제대로 못하는 28개월짜리 손녀가 "칙포~"로 마무리지어 모두의 폭소를 자아내었다. 한 연이 끝날 때마다 반복되는 변형된 소리가 엄마와 기차놀이하던 '칙칙폭폭'임을 알아챈 것 같았다.

아이들은 쑥쑥 자란다. 몸이 커가듯 마음과 생각도 커간다. 자라는 아이들을 지켜보노라면 인간의 삶이 신비스럽다고 느끼지 않을 수 없다. 태어나면서부터 젖을 찾아 얼굴이 빨개지도록 온 힘을 다하여 빨고, 기저귀가 젖으면 갈아달라고 한다. 누가 일러주지 않아도 자기를 사랑하는 이를 식별하여 함박웃음을 웃어준다. 가르치지 않아도 가족들의 관계를 파악하여 자신에게 중요한 순서대로 예쁜 짓을 해 보인다. 맛을 알아가면서 싫어하는 것이 밥에 섞여 있으면 귀신같이 혀로 골라내어 뱉어낼 줄도, 마음에 드는 옷과 신발을 고를 줄도 알게 되어 엄마가 애를 태우게 되기도 한다. 말귀를 알아듣고 자신만의 언어로 자신을 표현하기 시작하게 되면 "고맙습니다, 해야지." 하면 고개를 까딱하며 엄마 말을 흉내 내고, 누가 지어낸 말과 행동인지는 모르지만 "배꼽인사." 하면 두 손 모아 배꼽 위에 얹으며 허리를 굽힌다. 이렇게 아이들은 스스로 깨우치고 흉내를 내면서 가족들과 더불어 영글어간다.

「칙칙폭폭」을 마무리 지은 손녀가 할머니 테이블에 있던 꽃바구니의 분홍색 장미를 하나 갖고 싶어 손을 내밀었는데 엄마가 안 된다는 눈짓을 하자 시무룩해졌다. 그래서 얼른 제일 크고 예쁜 것을 두 송이 빼어주었더니 입을 함박만큼 벌리며 엄마가 시키지도 않았는데 코가 땅에 닿도록 절을 한다. 그것도 두 번씩이나……. 아이들은 고마움이 마음에 가득하면 코가 땅에 닿도록 절을 한다. 아주 자연스럽게……. 나도 어렸을 적엔 그리하였을 것이나 언제부터인가 몸이 굳어버린 것 같다. 그 예쁜 모습을 보며 나도 그렇게 어린시절로 돌아가 절하며 살아가리라 마음을 다잡았다. 내 존재의 원천이시며 당신의 딸로 삼아주신 하느님께는 물론이요, 부모님과 남편과 형제들과 아이들, 학창시절의 선생님들과 친구들, 사회생활을 하면서 지금의 내가 있도록 도와주며 함께 해준 모든 분들께 감사하는 마음을 고이고이 간직하고 절을 하며 살아가리라. 이 세상에 태어나며 받은 '나의 그릇'을 감사하는 마음으로 아주 멋지고 아름답게 마무리하는 즐거움을 누리리라, 부르시는 그날까지.

며칠 후, 즐겁고 맛있는 식사 후에 찍은 단체사진을 가족 단위로 나누어 편지 봉투에 담으며 한 사람 한 사람에게 고맙다고, 사랑한다고 고개 숙여 인사하였다. 그리곤 다시 나도 모르게 흥얼거렸다.

"좋기도 좋을시고……."

4부

서러움도 아름다운
깊은 밤

히치콕의 영화 현기증(Vertigo)

고윤화

▐ 외화번역작가, 영문학과 69 ▐

쌩 떽쥐뻬리가 『어린 왕자』에서, "사막이 아름다운 건 어딘가에 샘을 감추고 있기 때문"이라고 했듯이, 나는 "삶이 아름다운 건 사랑이 있기 때문"이라고 말하고 싶다.

그러나 현실에서의 사랑은 완벽하지도 영원하지도 않고 너무 힘이 든다. 완벽하고 영원한 사랑은 영화에만 있는 것 같다. 그래서 알프렛 히치콕(Alfred Hitchcock)도 그런 말을 했나보다. "현실은 시시하고, 특별한 일은 영화에서나 일어난다.(……everyday life was banal, and the extraordinary was in films.)"고. 그래서 나는 영화를 사랑한다. 삶이 공허하고 허무할 때 내가 도피할 수 있는 나의 이상향, 그곳에선 사랑도 청춘도 영원하다. 눈을 뜬 채 난 꿈을 꾸며, 설렘도 카타르시스도 그곳에선 가능하다. 그러다보니 영화를 보는 것이 내 직업이 되었다.

2003년 난 UCLA에서 공부할 기회가 있었다. 인상에 남는 강의가 많았지만 특히 영화학과(Department of Film/Television/Digital Media) 죠나단 쿤쯔(Jonathan Kuntz) 교수의 '미국 영화사 History of the American Motion Picture'와 스티브 맴버(Steve Mamber) 교수의 '영화감독 연구 Film Authors : 알프렛 히치콕' 수강은 잊지 못할 감동으로 남았다. 온 여름을 토요일도 없이 하루종일 교내 브릿지스 극장에서 교수의 강의를 들으며, 미국 영화사상 기념비적인 영화들을 훑어보고, 히치콕 감독의 영화들을 연구 분석하면서 보냈다. 그해 여름은 나 같은 영화광에겐 하루하루가 황홀한 축제였다. 때때로 난 영화 속으로 영원히 잠적해버리고 싶다는 생각도 했다. 일주일이 멀다하고 돌아오는 시험과 논문 숙제, 그 때문에 잠을 못 자도 그런 건 문제가 아니었다.

무엇보다도 서스펜스의 거장, 히치콕 감독에 대해 자세히 알게 된 것은 큰 행운이었다. 그가 떠나간 지 33년이 지난 오늘날에도 지금 세계 어디선가는 히치콕이 연구되고 있다는 전설적인 천재 영화감독. 그의 작품 「싸이코」는 미국 비평가협회가 뽑은 스릴러 100선 중 1위로 선정된 스릴러의 고전으로, 후에 브라이언 드 팔마, 로만 폴란스키 등 많은 감독들이 그 연출기법을 모방했다. 또한 세계 영화 베스트 10에 꼽혀온 걸작 「현기증(Vertigo)」(1958년 제작)은 드디어, 영국의 권위 있는 영화전문지에 의해 그동안 줄곧 챔피언 자리를 지켜온 오손 웰스의 「시민 케인(Citizen Kane)」을 제치고, 사상 최고의 영화로 선정됐다. 평론가 로빈 우드는 영화 역사상 가장 아름다운 영화 너댓 편 중 하나라고 극찬했고, 도널드 스파토는 이 영화를 무려 스물여섯 번이나 봤다고 했다. 「현기증」은 프랑스의 작가 삐에르 부왈로와 또마 나르스작이 쓴 소설 『D'Entre Les Morts(죽은 이들로부터)』를 각색한 것으로, 연출가로서의 히치콕의 창의력과 기법이 절정에 달했을 때 만든 작품이다. 히치콕의 딴 영화들과는 달리 템포가 느리고 관조적이다. 흔치 않은 주제에 풍부한 영화적 은유와 아름다운 영상미를 갖추었으며, 잘 다듬어진 대사와 화면 구성은 완벽에 가깝다. 줄거리를 요약하면 다음과 같다.

변호사 출신인 샌프란시스코 시경 형사, 스카티(제임스 스튜어트)는 고소 공포증 때문에 형사직을 사퇴한다. 그때 개빈 엘스터라는 동창이 나타나, 자기 아내 매들린(킴 노박)의 신변 보호를 위해 미행해달라고 간청한다. 마지못해 그 일을 떠맡게 된 스카티는 그녀의 신비로운 아름다움에 매혹되어, 홀린 듯 뒤를 쫓는다. 그는 금문교 옆에서 바다로 투신한 그녀를 구해준 뒤, 자살한 그녀의 증조모 카를로타의 영혼이 그녀에게 씌어 자살충동을 일으킨다는 걸 알게 되며, 점점 더 그녀를 깊이 사랑하게 된다. 그러나 또다시 그녀가 종탑 꼭대기로 달려가 투신할 땐, 현기증 때문에 막지 못한다. 그녀의 죽음에 대한 죄책감과 극심한 우울증으로 실어증까지 걸린 그는 한동안 입원치료를 받고서야 정상으로 돌아오지만, 계속 그녀의 흔적을 찾아 헤맨다. 어느 날 그는 우연히 길에서 매들린을 꼭 닮은 쥬디(킴 노박)라는 여잘 발견하고, 그녀를 사귀게 된다. 그녀를 매들린처럼 만들기 위해 그는 매들린과 똑같은 옷을 입히고, 머리 색깔, 헤어스타일까지도 바꾸게 한다. 드디어 그녀가 매들린이 되어 나타난 순간, 그의 눈엔 감격의 눈물이 어린다. 그러나 잠시 후 그녀가 걸친 목걸이가 카를로타 초상화에 있던 것임을 기억해낸 그는 그녀가 매들린의 죽음과 관련이 있음을 눈치 채고, 그녀를 종탑으로 끌고 올라가, 엘스터가 꾸민 범행사실을 실토하게 만든다. 엘스터가 아내를 살해한 뒤 자살로 위장시키기 위해, 스카티가 알리바이를 제공하게끔, 쥬디를 시켜 매들린 역을 연기하게 한 것이다. 쥬디는 스카티에게, 그를 다시 만났을 때 도망칠 수도 있었지만, 그를 사랑하기 때문에 떠날 수가 없었다며, 이렇게 서로 사랑하면 되지 않느냐고 애원한다. 하지만 그는 매들린을 살려낼 수 없기 때문에 그럴 수 없다고 잘라 말한다. 그때, 인기척을 듣고 올라온 수녀의 그림자를 보고 망령으로 착각한 쥬디는 놀라 뒷걸음질 치다 진짜로 추락사하고 만다.

　이 허무하고 안타까운 사랑의 이야기, 스카티가 매들린의 흔적을 찾아 방황하는 장면이나, 쥬디를 매들린과 똑같은 모습으로 만들고 나서 감격의 눈물을 흘리는 장면은 사랑하는 사람에 대한 집착이 얼마나 아름답고 감동적인지를 보여준다. 사랑은 변하는 거라고, 옮겨가는 거라고 거침없이 말하는 삭막한 요즘 세태하곤 너무 다르다. 그런 사랑을 그려낸 히치콕도 분명히 그런 사랑을 동경했으리라. 어려서부터 외모에 대한 콤플렉스와 소심함으로, 참여하기보다는 엿보는 삶으로 일관한 히치콕. 그가 대본을 쓰던 시절 보조였던 평범한 알마와 결혼하고, 묵묵히 일생을 살아간 그. 그가 얼마나 아름다움을 추구했는지는 그가 창조해 낸 미녀들만 보아도 알 수 있다. 그레이스 켈리를 위시한 차갑고도 우아한 금발 미녀들. 그는 자신이 조각한 처녀상 갈라테아를 연모했던 키프로스 왕 피그말리온이었다. 신화 속 피그말리온은 그의 무조건적인 헌신이 보상받아 기적적인 사랑을 이루었지만, 현실은 기적에 인색했다. 히치콕은 「마니」를 촬영하면서, 여주인공 티피 헤드런의 연인인 숀 코너리가 될 수 없는 자신이……. 현실이…… 얼마나 안타까웠을까. 티피 헤드런은 그가 사랑을 고백했던 유일한 대상이었다. 그러나 그는 거절당했고 무참하게 무너졌다. 후대에 가장 널리 연구되고 있는 천재 영화감독. 하지만 사랑엔 운이 없었다. 「현기증」이라는 영화를 통해 그처럼 아름다운 사랑을 우리 마음에 심어준 그에게 감사한다. 뛰어난 감수성으로 수많은 멋진 남녀 주인공들을 만들어내면서도, 정작 자신은 외모에 대한 열등감과 소심함 때문에 누굴 사랑할 엄두조차 못 내고, 바라만보는 삶으로 일관한 히치콕. 그의 친한 친구들은 그가 결혼 전과 후를 통틀어 알마 외엔 여자라곤 안 적이 없음을 안다. 그의 고결함에 놀라움과 경의를 표하면서도 마음이 아픈 건 왜일까.

흔들흔들 살고 싶다는 나에게
— 내가 나에게 쓰는 편지

김문숙

▌수필가, 약학과 45(입)▐

수향 선생, 2013년 여름이 봄도 없이 다가오고 있소.

언제나 떠나가는 계절이 새침해서 쓸쓸하게 나이를 헤아리게 되는 요즘 자주 '이런들 어떠하리, 저런들 어떠하리, 하면서 흔들흔들 살아 보았으면 좋겠다.'라고 나에게 이야기 하게 된다.

평생을 이것은 옳고 저것은 틀렸고, 저것은 정의(正義)이고 요것은 부정이고 하면서 살아 온 여유 없고 편협한 삶이 이제 와서 생각하니 웃음이 난다는 수향 당신에게 미소를 보내고 싶은 마음으로 이 글을 쓰오.

이런 것이 아닌데……. 언제부터인가 당신은 혼잣말하게 됐어요.

사람! 참으로 복잡하고 정묘한 기계지요. 인생! 참으로 슬프고도 재미나는 연극이지요. 사람마다 삶의 방식이 있고 사람마다 나름대로의 철학을 가지고 사람마다 각자의 인생여로가 있는 것을 이제야 허허로운 마음으로 인정하게 된 늦배기 수향, 당신과 오늘은 어쩐지 마음 편하게 인생의 한 자락을 논하고 싶구려.

이 세상에는 태어나는 것도 죽는 것도 모두 운명이라는 별표로 정해져 있다고 믿는 운명론자들이 체념이라는 약방문을 안고 침묵하고 살고 있지만, 야심찬 악바리들은 그것이 아니지요. 노력만 하면, 몸부림만 치면, 아니 어떤 방법으로라도 더 많이 행복해지고 더 많이 가지게 되고 더 많이 권력을 잡게 된다고 착각한 악바리 인생.

그들은 인생 도처에 깔려 있는 불행도 악운도 자기만을 기피하고 오직 행운만이 찾아오기를 바라는 욕심쟁이. 그들이 자기 욕심 때문에 남을 해치고 양심을 팔아넘기고 부정을 저지르고 불의와 타협하게 되는 이기주의를 수향 당신은 얼마나 미워했소. 그들의 황금만능주의와 인간상실과의 싸움에 평생을 걸었잖소. 그런데 지금 와서 그들의 이기주의와의 싸움에 지쳐서 흔들흔들 타협하고 싶다고? 눈감고 안 보고 편안하게 살고 싶다고? 힘의 한계를 알았다고?

수향 선생, 그것은 당신 변명대로의 성숙이 아니라 패장의 때 묻은 비겁이오.

극락도 지옥도 공존하는 이 세상이지만 이러한 이기주의자들의 용서할 수도 용서해서도 안 되는 양심부재가 통용되는 데서 인간 타락이 시작되고, 사회 부패의 골이 깊어진다고 펄펄 뛰던 수향 당신의 대쪽 같은 정의감은 어디 갔소? 어디에다 버렸소?

수향 당신이 제일 듣기 싫은 소리가 '성인(聖人)도 시세를 따른다.' '모난 돌이 정 맞는다.' '정으로 다스리면 수월하고 지혜로 다스리면 모가 난다.'는 소리였는데 이젠 어떻소? 이제 와서 고개를 끄덕이며 '그말도 맞다.'는 꼴이 참으로 보기 싫구려.

'모난 돌' '철부지' '고집통'이란 상처투성이의 훈장을 달고 천방지축으로 뛰어다니던 그때가 그립겠지요? 그럼요. 그 만용이 지금은 부러워요.

생각해 보면 내가 달려온 길에 대한 이런 후회와 아쉬움의 심정은 늙었다는 것에 대한 서글픔이 아니겠소. 적당히 타협하고 적당히 넘어가 주는 아량을 참을 수 없는 비겁성으로 몰아붙이고 한 치의 어긋남도 한 줌의 허위도 약간의 가식도 용서 못하고 따지고 나무라고 싸우자고 했으니 얼마나 힘들게 좁고 불편한 길을 달려왔나 싶어 새삼 혼자 애처롭다는 수향 선생. 그러나 당신에게 또다시 인생이 주어진다면 당신은 틀림없이 그 길을 정의와 인도주의의 깃발을 들고 그렇게 뛸 것이오.

흔들흔들 살고 싶다는 지금 타협의 성숙은 순간에 집어던지고 말이오. 그렇지요?

수향 선생, 그래 좋아요. 그렇지만 당신 마음속에 도사리고 있는 요지부동의 이분법 사고는 버리셔야 하오. 선 아니면 악, 백 아니면 흑, 정의 아니면 부정. 모든 것이 분명하고 명백하고 완전하기를 바라는 결벽증 이상론자에서 벗어나야 하오.

인간은 사실 복잡한 동물인 것을 당신이 누구보다도 잘 알잖소. 선도 악도 알고 보면 표리인 것을…….

나의 선이 상대의 악일 수 있고, 갑의 악이 을의 선일 수도 있는 사바세계의 모순. 그래서 길을 닦고 마음이 부처가 되기를 발원하는 재미도 있는 거잖소.

사랑 타령도 그래요. 지순한 어머니의 사랑에도 선악은 표리부동합니다. 내 자식을 위해 남의 자식에게 상처를 준다면 그 사랑이 선일 수 없듯이, 탐관오리 아내의 지아비 사랑이 선일 수 있느냐 말이요. 지아비에게 도둑질시키지 않는 악처의 양심이 선 아니겠소.

손바닥의 표리를 알 듯 인생의 표리, 사랑의 표리, 선악의 표리를 알아차리면 인생의 반은 이해한 거요.

수향 선생, 흔들흔들 살고 싶다고 했지요. 흔들흔들 살면서 시간과 돈과 사랑이 있어야 된다는 것을 아시나요? 아무 일에도 아무에게도 매이지 않는 자유로운 시간과 언제든지 어디든지 갈 수도 올 수도 있는 필요한 만큼의 돈, 다시 말해 경제적 여유와 떨어져 있어도 따뜻하게 다가오는 사랑의 에너지가 있어야 흔들흔들 자유롭게 살 수 있다오.

꽃을 사랑하고 맑은 공기를 마시며 계절을 챙기는 흔들흔들 살아가는 준비가 전혀 안 되어 있는 수향 선생, 당신의 흔들흔들 살겠다는 희망은 아무래도 아직 시기상조인 것 같구려.

참으로 서글프다. 80에 시기상조라니…….

그래도 노력할 거야. 모든 것을 이해하고 허허하고 모든 이를 도우고 웃으며 마음 편하게 도울 거야.

살아오는 갈피, 그 추억

김선진
┃시인, 국문학과 66┃

통도사 가는 길섶
― 신평에서

첫 울음 울던
아름다운 옛 마을

터덜터덜 힘겹게
고개 넘어오는 앞머리 튀어난 시골 버스
먼지 낀 정류소의 뿌얀 유리창 너머로
쪽진 머리 아지매가 내리고
오촌 당숙의 누우렇게 바랜
보릿짚 모자가 구겨져 내린다

방터 어느 논자락에서 피를 뽑다 돌아오는
구릿빛 무릎 관절, 거머리 문 검붉은 생채기들
허리춤의 땀에 절은 광목수건
퉁퉁 불은 젖가슴을 가린 베적삼의 앞섶도
너풀거리며 앞장 선다

풋감이 돌각담 너머에서 수줍게 몸 숨기느라
당수나무 그늘보다
짙게 울어쌓는 매미울음도
귀에 담지 못한다

은빛머리 외할머니
평상에서 깜박 수잠이 들고
고사리 손으로 밀치는 사립문
살금살금 우물가 두레박 떨구는 소리

적막한 뜨락에
상기된 볼, 봉숭아 꽃잎이 우수수 떨어진다.

나의 시 「통도사 가는 길섶」― 신평에서 ― 이다.
시 속에 자주 등장하는 신평은 경남 양산의 통도사 입구에 자리하고
있는 마을이다.
나는 이곳에서 태어나 다섯 살 되던 해에 부산으로 이주했다. 원래
아버지의 고향은 양산군 상북면의 상삼리였는데 외가가 있는 순지리
신평에서 태어났다. 외할아버지는 신주사 어른으로 통하는 한의사이셨

고 작은할아버지도 같은 한의원을 하고 계셨다.

다섯 살 때 항도 부산으로 이주는 했지만 늘 외가댁을 오르내린 기억으로, 지금도 고향이란 단어를 떠올리면 이곳 신평과 나의 성장을 지켜준 부산을 에워싼 바다가 한 폭의 아름다운 수채화로 펼쳐진다. 나는 이렇게 항상 두 고향을 간직하고 있는 셈이다.

내가 태어난 시골 마을의 아름다움과 바다와 함께 늘 숨 쉬며 갯 내음으로 자라났던 부산에서의 두 기억이다. 지금은 부산에서부터 고속도로가 시원히 뚫려 있지만 내가 어릴 때는 시골 버스로 양산행의 국도를 오르내렸다.

길은 온통 굵은 자갈로 덮혀 차바퀴가 구르는 가장자리는 언제나 패여 있고 가운데는 자갈무덤이 수북이 쌓여 있었다. 어느 길을 가든 자동차가 가는 길에는 그런 자갈무덤이 중앙으로 치솟아 있었다. 엔진이 있는 앞머리가 툭 튀어난 낡은 버스일지라도 터덜거리며 논두렁 밭두렁을 옆에 끼고 달려가는 그 쾌감이 내 어린 마음을 자주 외가댁으로 찾아가게 했는지도 모른다.

양산 읍내를 벗어나면 작은아버지가 살던 석계를 지나 멀리 짙푸르다 못해 시커멓게 보이는 영취산. 그제서야 안도의 숨을 내쉬던 그때의 내 모습이 지금도 선연하다. 당시에는 영취산이 어린 나의 눈에 너무도 높게 비쳤다. 감히 근접할 수조차 없게 묵묵히 버텨 서 있는 산세는 어릴 적부터 산에 대한 무한한 외경심과 그리움을 나로 하여금 키워오게 하지 않았나 생각된다.

차창 밖으로 스쳐 지나는 산과 들, 전봇대와 그 전깃줄에 무수히 앉아 있는 참새떼들, 버스의 흔들림에 따라 참새떼의 행렬도 오르락 내리락 춤추는 듯한 환각이 나를 홀리는 듯했다. 낮으막한 산들, 산허리마다 무슨 무덤들이 그렇게 많았던지 무덤자리만 보여도 무서움증에 얼굴을 돌릴 때가 많았다.

신평 동구 밖에서 안으로 들어서면 벚꽃길이 늘어서 있다. 벚꽃나무가 줄지어 긴 꽃 터널을 이루고 있어서 우리나라가 광복이 된 아주 훗날까지 '사꾸라' '돈네루' 라고 불려지기도 했다. 봄철에는 연분홍의 꽃밭, 꽃이 질 무렵이면 바람을 타고 눈송이처럼 꽃잎이 흩날리곤 했다. 고속도로가 생기고 이곳에 인터체인지가 있고부터는 이 꽃 터널의 길이도 훨씬 줄어졌고 그 옛날의 안개가 내리듯 한 꽃바람도 볼 수 없게 되었다.

그러나 내 기억 속에 차곡차곡 그려 넣어졌던 옛날의 모습은 영원히 지울 수가 없다.

그것이 내 그리움이기 때문이다. 벚꽃 터널을 지나면 오른쪽에 하북초등학교, 신평파출소를 지나면 신평여관이 있었는데 내 기억에는 빗장 달린 대문을 들어서면 포도넝쿨 우거진 마당과 그릇이 가득한 고방이 왼켠에 있은 듯했다.

신평여관 건너편엔 일본식 이층 건물이 하나 있었는데 양산과 언양을 오르내리던 버스정류소였다. 그 앞길이 삼거리가 되면서 통도사 가는 길과 방터. 언양으로 가는 길이 나 있다. 삼거리에서 왼쪽으로 약국이 있었고 그 약국을 끼고 들어서면 왼쪽에 작은할아버지의 한의원, 그 뒤켠이 내가 태어난 곳이다. 지금은 예식장이 들어서서 옛날의 모습은 찾아볼 수 없다. 그 안쪽으로 들어가면 신평 장터가 있는데 어린 날의 눈에 비친 장터의 아름다움을 훗날 〈장터일기〉라는 시로 빚어 보기도 했다.

장터 바로 옆, 대청마루가 넓은 기와집이 내 외가댁이다. 외할머니께서 검정보를 씌운 콩나물 시루에 수시로 물을 끼얹던 모습, 넓지만 조금 컴컴하고 서늘했던 대청마루가 아직도 생생하게 떠오른다. 그 외가

댁 왼편으로 초가집이 하나 있었는데 건장하게 잘 생긴 남자가 쌀 씻는 항아리에 두 발을 담그고 있던 모습이 떠오른다. 무슨 병이었는지 그곳에 갔을 때마다 그런 모습을 보았다.

방터 가는 길은 멀리 보이는 자갈길로 언덕이 되어서 그런지 어린 눈에 길이 늘 곤두서 있는 느낌이었다. 누워 있지 않고 솟구쳐 있는 저 길 너머에는 무엇이 있을까 궁금했다. 누가 오고 있을까. 어린 마음에 아련한 동경과 그리움을 함께 했던 듯싶다.

외할머니를 따라 논밭으로 새를 쫓으러 다니던 일. 논두렁. 밭두렁의 단풍든 콩잎 따기. 논바닥에 빠져 거머리가 올라붙어 울음을 터뜨리기도 했던 내 어린 날. 지금도 눈앞에 펼쳐지는 한 폭의 그림이다.

신평 삼거리에서 양조장을 지나고 물풍지 쪽으로 오르면 길 옆에 당수나무가 늘 푸른 그늘과 짙은 매미울음을 들려주었다. 왼쪽 돌담길을 돌아 좁은 길로 들어서면 마지막으로 이사해 살던 외가댁이 보인다. 뒷마당에 빨갛게 익은 홍시가 달려있다. 여름에는 생감을 따서 소금물에 담근 김치감을 부산의 딸네집으로 보내주시던 외할머니. 늦은 가을이나 겨울밤 손 시리도록 찬 김치감을 꺼내 깎아먹던 그 맛. 평생 잊을 수가 없을 것 같다.

외할머니, 어머니, 나, 그리고 내 딸아이 혜정이, 오래전의 일이지만 모녀 4대가 함께 찍은 사진, 그때는 젊은 날로 지금은 외할머니와 어머니의 모습이 그 사진 속에만 남아있다. 한 시대에 태어나 그 시대에 순응하면서 한 획이나 점으로 존재를 남기고 서서히 사라져 갈 뿐, 그리움의 허무함만 숨 차오르게 할 뿐이다.

통도사 가는 입구 물풍지는 추억 속의 물풍지가 아니었다. 사라 호 태풍 때 그 아름다웠던 계곡이 깡그리 씻겨져 내렸다. 여섯살 때인가, 부산에서 외가댁으로 갔다가 신평여관의 오빠와 언니들을 따라 백운암

암자까지 간 기억이 있다.

백운암은 통도사의 암자 중에서 가장 멀고 높은 곳에 있는데 얼마나 비탈졌던지 나무들이 비스듬히 누웠던 기억은 잊을 수가 없다. 언젠가 그곳엘 꼭 한번 가보고 싶다. 그날의 그 그리운 사람들은 다 가고 없지만 옛 기억의 흔적이라도 더듬어 보고 싶다. 그날은 해가 떨어지고 어두워져서야 누군가의 등에 엎혀서 산을 내려오니 외할머니께서 물풍지 다리목까지 나와 기다리시다가 심하게 우릴 꾸짖으시던 일이 어렴풋하다. 해 지도록 어린 것 데리고 오지 않는 어른들을 못마땅해서인지. 물풍교 오른쪽에는 서리, 지산, 평산으로 오르는 길이 나 있고 모단으로 가는 한적한 길이 또 있었는데 요즘은 '통도 판타지아'라는 유원지로 변모되어 있다.

물풍교를 지나 좀 더 따라 들어가면 하늘까지 가린 아름드리 나무들이 서 있다. 혼자 걷노라면 자꾸 뒤가 돌아다 보이는 서늘하고 호젓한 길, 비석이 많이 서 있어 비라도 내리는 날에는 을씨년스런 기분마저 드는 길이다. 군데군데 있는 석등의 외로움도 만나고 울창한 수목들과 넓다란 반석들, 맑게 흐르는 물소리는 몸과 마음을 씻어 내리게 한다.

통도사 경내를 접어들면 일주문 앞에 세 개의 무지개 돌다리, 삼성반월교가 보인다.

광목천왕, 지국천왕, 증장천왕, 다문천왕, 사천왕(四天王)의 그 위세에 이곳을 통과하기란 언제나 무섭기만 했다. 통도사는 삼보(三寶)사찰 중의 하나로 부처님의 진신사리(眞身舍利)와 가사(袈裟)를 금강계단에 봉안하고 있기 때문에 대웅전에 불상이 없는 사찰로 유명하다. 신라 선덕여왕 15년(643년) 자장율사에 의해 창건된 이 사찰은 낙동강과 동해를 끼고 해발 1050미터의 영취산 남쪽 기슭에 자리 잡고 있다.

"모든 진리를 회통하여 중생을 제도한다(通萬法 衆生)"는 뜻의 글귀에서 얻어 통도사라 이름 했다 한다. 또한 "승려가 되려는 사람은 모두 부처님의 진신사리를 모신 금강계단에서 계를 받아야한다(爲僧者通 之)"는 의미의 통도사라고도 한다.

어록을 남기자

김영두

소설가, 물리학과 77

"골프는 세 번이나 즐길 수 있다. 코스에 도착하기까지, 플레이 중에, 플레이를 마치고 나서이다. 그 내용은 기대, 실망, 후회의 순서이다."

'아서 발포아'라는 분의 어록에서 발췌한 글귀이다. 무릎을 치며 동의할만한 참 훌륭한 명언이다.

내 경우, 늘 그래왔다. 코스에 도착하기까지 품었던 기대는 플레이 중에 빗나가고 우려는 적중해서 실망하고 플레이를 마치고 나서 통한의 눈물을 흘리고는 했다.

이 명언을 곱씹다가 이 글귀에서 골프라는 단어를 빼고, 야구 탁구 스쿼시 스쿠버다이빙 댄스 등의 스포츠나 소풍 맞선 카드놀이 따위의 단어로 대체를 해보면 어떨까 하는 호기심이 발동했다. 야구나 댄스 등으로 대체를 하니 내용이 잘 들어맞는다.

맞선이란 단어는 어떨까. 맞선이라면, 중이 제 머리를 못 깎아서, 중신애비에게 중매를 부탁하면, 참 희한하게도 성별만 바꾼 자기 자신을 대면한다고 한다. 서로의 스펙을 저울로 달아보면 균형이 잡혀서 어느 한 쪽으로 기울지 않는다. 자신이 60점짜리 신랑감이라면 똑같이 60 점짜리 신붓감을 만난다. 나라면 기대하고 실망하고 후회하리라. 더 좋은 대학을 나왔더라면, 연봉이 높은 직장을 얻었더라면, 운동으로 근사한 근육이라도 갖추었더라면 좀 더 나은 상대를 만날 수 있었을지도 모른다고 후회하고, 심지어는 부자 부모 밑에서 태어나지 못한 신세를 한탄하고, 짧은 팔다리를 내려다보며 조상을 탓할지도 모르겠다.

나는 다시 깊은 사색에 잠긴다.

진정 골프란 '기대와 실망과 후회'만을 주는 스포츠인가.

연습을 게을리 했다면 코스에 도착하기까지 불안하고 초조하다. 친지의 경조사나 제사에 참석해야 했다는 등의 연습에 몰두할 수 없었던 이유와 200가지쯤의 공이 안 맞는 핑계를 미리 마련하고 플레이에 임한다. 연습을 못했으므로 기록에 연연하지말자고 마음을 비우면 플레이 중에 가끔 환희가 찾아온다. 내가 모태에서부터 골프천재였던 것처럼 공이 내 의지대로 날았고 뛰었고, 구멍을 찾아들어갔던 적도 있다.

또한, 각고의 노력 끝에 얻어진 결과겠지만 겸허하게 플레이에 임했더니 70대의 베스트 스코어를 기록한 감격의 순간도 있었고, 전혀 꿈도 안 꾸었는데 이글이나 홀인원의 행운이 덥썩 품으로 뛰어들기도 했다.

'아서 발포아'가 어느 날 골프라운드를 마치고 나오면서 무심코 던진 한마디를 기자나 비서가 받아 적은 것은 아닐까. 그렇다면 이 어록은 수정해야 한다. '초조 번뇌 반성'이라든지 '겸허 환희 감사'의 경우도 있다고.

내가 문단 말석에 이름을 걸 즈음, 소설가들의 모임에 많은 지원을 해주신 정치인이 계셨다. 타 정치인에 비해 예술에 조예가 깊었고, 소설가협회의 회장과 개인적인 친분이 있기도 했지만, 가난한 소설가들의 모임인 소설가협회의 사무실 마련에 힘을 써주셨고, 행사 때마다 상당한 지원을 해주었던 관계로 나도 여러 번 가까이서 제법 오랜 시간 그를 뵙고는 했다. 30여 분의 소설가를 총리 공관에 초대하기도 했는데 초대자 명단의 맨 끄트머리에 내 이름도 올라있어서 총리 공관 구경하고 맛난 음식 대접받고 온 적도 있다.

재미있었던 일은 그가 좌중 앞에 등장할 때면 어디선가 '일송정 푸른 솔은 늙어 늙어 가지만─' 하는 '선구자의 노래'가 흘러나온다. 그리고 그가 연설을 할 때나 축사 혹은 술자리 객설을 늘어놓을 때도 늘 옆을 지키는 비서가 수첩에 그의 말을 빠르게 받아 적고는 했다. 조선시대에 글을 잘하고 문벌이 좋은 사람을 사관으로 임명하여 국가적인 사건, 왕의 언행, 백관의 잘잘못, 사회상 등을 정확한 직필로 기록하여 조선왕조실록을 남겼듯이.

후에 책으로 묶여 나온 그의 회고록과 칼럼모음집을 읽었다.

적어도 사회적으로 존경받는 인사라면 긴 시간의 숙고를 거쳐서 철학적 결론에 도달한, 타인에게 감동이나 깨달음을 주는 글귀를 어록에 남겨야 한다. 하지만 내가 관찰한 바로는, 배움과 경험과 독서와 사색으로 무르익은 방대한 데이터베이스가 기억의 곳간에 질서정연하게 저장되어 있다가 현장의 상황에 맞게 홀연히 부상하여 순간에 빛나는 명언으로 탄생하는 듯하다.

나도 골퍼에게 육체의 피와 살이 되고, 영혼의 양식이 되는 명언을 남기려 한다.

"열심히 연습하면 할수록 당신은 행운아가 될 확률이 높아진다." ─ 김영두 ─

이크, 이제야 정신이 든다. 내가 하고자 하는 말은 그 유명한 골퍼 '게리 플레이어'가 먼저 했다.

"인간의 지혜에서 만들어진 게임 중에서 골프만큼 건강에 좋고 끊임없는 지적흥분으로 인간에게 즐거움을 주는 게임은 없다." 이 역시 '아서 발포아'의 명언이다.

고독한 새

김행숙

▮시인, 교육심리학과 66▮

　이탈리아에서 한 달을 머무는 동안 내가 꼭 가봐야 할 곳이 있다고 친구는 말했다. 19세기 낭만주의의 별, 시인 자코모 레오파르디가 살던 집을 가야 된다는 것이었다. 성악 공부하러 왔다가 40년 가까이 여기 눌러 산 친구는 이탈리아 사람이 다 되어 있었다.

　레오파르디의 집은 레마르케주 레카니티에 있었다. 한눈에 보기에도 거대한 저택이었다. 사방을 높이 벽돌로 쌓아서 몇 백 년이 지난 지금도 꽤 견고해 보이는 집에서 그는 마을 사람들과도 별로 왕래를 않고 살았다. 백작 아버지와 후작 어머니 사이에서 태어났으나 11세에 구루병, 17세에 심한 눈병으로 고통을 받았고 한 쪽 눈은 실명하게 된다. 게다가 뇌척수 이상이 생겨 평생 고생하다가 종내에는 꼽추가 되었다고 한다. 무관심한 부모에게 상처받으며 형제자매들에게 의지하여 겨우 삶을 지탱해 나간다. 그는 가정교사를 들여 어학을 공부했으나 가정교사는 더 이상 가르칠 게 없다고 사직하고 떠난다. 16세에 그는 독학으로 그리스어, 라틴어, 프랑스어 등 6,7개의 언어를 습득한 어학의 천재였지만 절망, 고독, 좌절 등에서 벗어날 수 없었다. 예민한 그는 슬픔의 존재였다.

염세사상을 표현한 시집 『죽음에 다가서는 찬가』를 썼는데 좌절된 희망, 고통 등 염세사상이 잘 표현되어 있고 그의 시에서 볼 수 있는 자연스러운 음악성 등은 높이 살만하다고 평가받는다.

거실 벽에 걸린 그의 사진을 바라보았다. 예리하면서 맑은 눈빛의 그가 겪었을 고독을 생각하며 내 가슴이 아려왔다. 그는 특히 인간의 고뇌를 절감한 시인이었다. 39년이라는 짧은 생애 동안 사랑과 죽음을 노래했고 그의 시집 제목은 대부분 '노래'(canti)라고 한다.

레오파르디는 로마, 피렌체로 옮겨다니다 마침내 나폴리에 정착해서 많은 작품들을 썼는데 그중 「지네스트라」라는 장시는 사후 작품집에 실리기도 했다. 오랫동안 죽음만이 유일하게 자신을 해방할 수 있는 길이라 믿던 그는 나폴리에서 콜레라로 갑자기 숨을 거두게 된다.

그의 저택에는 평일인데도 많은 사람이 모여 들었다. 빼어난 서정시를 쓴 시인으로 레오파르디를 추모하고 있는 사람들의 표정은 짧은 삶을 애도하고 있는 듯했다. 나는 그가 오랜 시간 머물렀을 서재에서 정신을 집중하고 젊은 꿈을 키웠을 것을 생각하며 천천히 주위를 둘러보았다. 서재는 이 층에 있었는데 빽빽한 장서와 넓은 공간은 충분히 그의 상상력을 키울 만 하였다. 창문 밖으로는 그가 책을 보다가 내다보았을 들판이 펼쳐져있고 낡은 교회도 보였다. 거기서 그는 「고독한 새」라는 시를 썼을지도 모른다는 생각이 들었다.

낡은 교회의 종탑 위에/ 고독한 새 한 마리/ 해질 때까지 넓은 광야를 향해/

끝없이 노래하고 있나니/ 그 노래 소리 온 마을에/ 즐겁게 울려 퍼지도다 /

  - 중략 -

그는 생각에 가득 찬 듯한 한 마리 새를 보고 넓은 광야를 향해 끝없이 노래하는 모습이 자신의 고독함과 어찌 그리 닮았느냐고 감탄한다.

레오파르디의 시 몇 줄씩이 도서관 앞에, 저택 정문 앞에, 창문을 열고 바라보이는 맞은편 집 벽에, 이곳 저곳 돌판에 금언처럼 새겨져 있었다. 그것은 이탈리아 인들이 얼마나 예술을 사랑하고 아끼고 있나 하는 생각이 들게 하였다.

열렬히 사랑하던 마부의 딸 테레사가 폐결핵으로 죽자, 그녀의 죽음을 노래한 「실비아」 등이 실린 「이딜리(Idillii)」라는 시집은 유명해졌다고 한다.

시인이 태어나서 살았던 집을 둘러보면서 사람들은 떠날 줄 모르고 그의 천부적인 재능에 젖었다. 많은 학생들도 조용히 참관하고 있었다.

뛰어난 작품세계를 높이 산 이탈리아 정부에서는 그를 기념하는 우표와 화폐를 발행하였다고 한다.

레오파르디는 말했다.

"어린아이의 눈으로 바라보면 이 세상의 모든 것은 늙었습니다."

자기의 조국을 모르는 것보다 더한 수치는 없다

박순자

▌수필가, 국문학과 60▌

6월 26일, 서울을 벗어난 버스는 상쾌한 아침 공기를 가르며 철원을 향해 막힘없이 달리고 있었다.

나는 지금 중부지역 안보현장 체험교육에 '한국의정연구회'의 일원으로 합류하게 된 것이다.

차창 밖은 마른 장마가 계속되어서인지 눈이 부시게 쾌청하다. 평화롭다. 초여름의 푸른 하늘 아래 진초록으로 물든 산과 들, 그리고 조용한 도시에서 사람들이 각자의 하루를 보내고 있음이 평화롭기만 하다.

1950년, 소련과 중공의 지원을 등에 업은 북한군의 기습남침으로 6·25전쟁이 발발한 지 63년, 1953년 7·27 휴전협정이 조인된 지 꼭 60년이다. 무려 3년 1개월이나 지속되었던 전쟁은 한반도 전체에 큰 상처를 남긴 것은 물론 인명피해도 전사자, 부상자, 실종자, 포로 등을 포함해 국군은 약 62만 명, 북한군은 약 64만 명에 이른다. 일반인들도 전쟁의 불길을 피해갈 수 없었다. 여인들은 남편을, 아이들은 부모를 잃어 천만 명에 달하는 이들이 가족들과 조각나는 애끓는 슬픔을 겪어야만 했다. 전쟁의 폐허 속에서 많은 이들이 먹을 것이 없어 쓰레기를 뒤져 배를 채우다 보니 대한민국이라는 신생 국가는 외국의 원조 없이는 버티기 힘든, 세상에서 '가장 가난한 나라 중의 하나'가 되었다.

평화로워 보이는 이곳 중부지역 역시 여러 곳의 격전지를 잘 보여주고 있다. 철원 8경의 하나로 국내 최대의 안보교육장인 철의 삼각 전적지 관광사업소가 있는 '고석정'으로부터 시작한 우리 일정은 북한이 남북대화를 하는 시점에서도 파내려온 두 번째로 발견한 기습남침용 지하 땅굴 속을 들어가보고 나왔다. 이어 민족 분단의 현실을 생생하게 볼 수 있고, 북한 선전 마을을 조망할 수 있는 '평화전망대'는 모노레일 운행 시설을 갖춰 이용이 편리했다.

철원 '노동당사'는 북한이 해방 후부터 6 · 25전까지 주위 여러 지역을 관장하면서 양민 수탈과 애국인사들의 체포, 고문, 학살 등의 만행을 수없이 자행하였으며, 한 번 이곳에 끌려 들어가면 시체가 되거나 반 송장이 되어 나오리만치 무자비한 살육을 저지른 공산독재로 악명을 떨치던 곳이다. 이 건물 뒤 방공호에서는 많은 인골과 함께 만행에 사용된 수많은 실탄과 철삿줄 등이 발견되었다.(근대문화유산 등록 문화재 제22호 지정)

'백마고지'는 국군과 중공군이 이 고지를 차지하기 위해 열흘 동안 무려 스물네 번이나 주인이 바뀔 정도로 치열한 전투를 벌여 심한 포격으로 산등성이가 하얗게 벗겨져서 하늘에서 내려다보면 마치 백마가 쓰러져 누운 듯한 형상을 하였다 하여 붙여진 곳이다. 이곳 백마고지 전투에서 희생된 슬픈 영혼들을 진혼하기 위해 건립된 위령비 앞에서 우리는 당신들을 잊지 않았다고 위무하고는 연천으로 향했다.

전장(戰場)의 들판에도 꽃은 피는가. 6 · 25 격전지 이곳에서도 더없이 넓은 양쪽 들판에는 인삼밭으로 가득 찼고, 얕은 곳엔 예쁜 연백초가 외로워서일까 마치 나 여기 있음을 알리려는 듯 흐드러지게 바람 따라 하늘거리고 있었다.

오후에 안보수련원에 도착한 우리는 숙소 배정에 따라 여장만 풀어놓고 교육장으로 향했다. 안보교육자로 탈북자 서른한 살의 미녀 아가씨 조 양의 강연이 있었다. 2004년 대한민국에 입국한 강사로 서울예술대학 졸업 등 이력도 다채롭다. 남북한의 여러 생활상을 비교 설명하고는 끝으로 "말이 통하는 대한민국, 우리나라에 있다는 사실 하나만으로도 행복하다며 잘 살게끔 해 주신 여러분께 감사하다"고 말한다. 사실 조 양의 경우 꿈을 안고 대한민국 품에 안겨 그 꿈이 성취된 지금의 행복하고 당당한 모습을 보게 돼 좋았다. 나는 많은 북한이탈주민들이 조 양처럼 자신의 꿈이 실현된 대한민국이기를 바라본다. 이어 안보영상물을 시청할 때는 더러는 알고 있었지만 더러는 끔찍한 참상을 다시 새로운 시각으로 보게 됐다. 정말이지 정전 60돌을 되새기는 마음이 가볍지는 않다.

'입법부'란 큰 울타리 안에서 직장 동료로 같이 근무하다 퇴직 후 다시 '한국의정연구회원'으로 연결된 우리는 백학면 부녀식당에서 저녁 식사와 다과를 대접받게 됐다. 부녀회원들이 계속 부족한 먹거리를 챙겨주시어 서로의 쌓였던 묵은 얘기로 연천의 밤은 깊어가고…….

이튿날 27일, 새벽 공기가 박하사탕처럼 상큼하고 달콤하다. 나는 두 팔을 벌여 활개짓으로 내 몸 안의 밑바닥에 깔린 찌든 먼지를 털어내듯 심호흡을 연신 해대며 주위를 돌아다녔다. 여러 남자 회원들도 이미 밖에 나와 담소하고 있고, 몇몇은 모퉁이에서 담배 피는 모습이 보인다. 그들은 서울에서 담배 필때면 입안에 가래침이 고이는데 지금 이곳엔 전혀 느끼지 못하니 역시 공기맛이 다르다고 말한다.

1968년 1월 17일 북한군 김신조 외 30명의 무장공비가 침투한 곳으로 갔다. 안보수련원의 부원장으로 근무하고 있는 관광해설사 최 선생님은 그때의 상황을 재현한 밀랍 모형이 세워진 자리에서 소상하게 설명하신다. 21일 서울로 잠입한 공비들은 대통령 관저 폭파와 요인 암살 및 주요기관 시설을 파괴하고자 했으나 군·경 합동작전으로 모두 소탕되었다.

승전 OP는 육군 비룡부대의 또 다른 관측소로, 망원경으로 북한을 바라보면 넓은 개활지인 연천평야를 한눈에 내려다볼 수 있다. 여군 정훈장교 이 중위님은 군모가 얼굴보다 커보여 군인 같지 않는 애띤 모습으로 열심히 지휘봉으로 모형지도를 가리키며 설명하신다. 최 선생님이 연구회 회장님과 이 중위님을 가운데로 또 국장님, 과장님과 함께 한 우리 일행 40명의 사진을 찍어 주시기도 하면서 계속 우리를 안내했다.

문화유적지로 신라의 마지막 왕인 경순왕릉을 돌아봤다. 신라왕 중 경주지역을 벗어나 있는 유일한 능이다. 또한 고려시대의 왕들과 공신들의 위패를 모시고 제사를 받들게 했던 숭의전을 둘러보고 나왔다.

전국 고교생 대상 설문조사에서 응답의 69%가 '6·25를 북침'이라고 했다니 충격이 아닐 수 없다. 올해가 정전 60주년이라고 하나 6·25에 대한 학생들의 역사인식이 이 정도라니 아찔할 뿐이다. 이 행사는 젊은층이 우리 역사에 대해 관심과 애정을 갖도록 하자는 뜻에서 현장학습으로 생생하게 역사를 체험할 수 있게 함이 그 목적이라 하겠다.

우리는 역사를 모르는 나라로 잘려졌던 뿌리, 이제사 역사가 필수과목이 됨으로써 그나마 세상으로부터의 부끄러움을 걷을 수 있게 됐다. 자기 나라 역사도 제대로 모르는 세대에게 우리의 미래를 맡길 수는 없지 않은가?

우리 민족사의 가장 참혹한 전쟁! 우리는 우리 스스로를 지킬 힘이 없었기 때문에 겪어야 했던 비극 6 · 25가 국제 사회와 일치단결하여 공산권의 침략으로부터 자유를 지켜낸 자랑스러운 전쟁이라고 우리는 잊고 살지만 6 · 25는 아직도 끝나지 않은 미완성 현재진행형 전쟁이다.

평화는 거저 주어지는 것이 아니라, 힘이 있을 때만 지켜지는 것임을 우리는 기억해야 한다.

부디 지나간 과거를 제대로 알아 이 땅에 다시는 그와 같은 비극이 일어나지 않도록 준비해서, 이 소중한 평화를 계속해서 지킬 수 있기를 간절히 바란다.

아마 오늘도 '카우보이 모자'가 잘 어울리는 최 선생님이 수없이 관광객과 마주하며 현장 설명 후에는 잊지 않고 "자기의 조국을 모르는 것보다 더 한 수치는 없다"고 열변을 토하실까?

동문서답

서용좌
▌소설가, 독문학과 67 ▌

벌써 십수 년 전이다. 독일인 독문과 교수가 독일어 전체를 소문자로 기록하는 편지를 보내와서 놀랐다. 영어처럼 고유명사만이 아니라 온통 명사를 대문자로 시작하는 것이 독일어의 특징이고, 외국인인 우리들은 죽어라 정자법을 배우고 있는 터에. 하긴 그가 중점적으로 연구하는 작가도 완전히 독창적 존재로서 독문학사 어디엔가 마땅히 배열할 자리가 없는 아르노 슈미트였다.

슈미트는 문학에서나 개인적인 실존방식에서 철저히 예외적 존재였다. 1910년대 태어난 독일인의 운명을 피할 수 없이 2차 대전에 징집되었고, 전후에 아사 직전의 가난 속에서 자유 작가의 길을 선택한 것 — 거기까지는 동시대 작가들과 공유하는 삶의 방식이었다. 그러나 곧 시골에 정착하여 나머지 평생을 완전히 독자적인 은둔 생활을 했고, 합성적—연상적 서술방식으로 정통적인 정서법을 해체하면서 박식으로 넘치는 작품들을 내놓았다.

그의 기념비적인 작품 『카드의 꿈』(1970)은 과거의 위대한 정신들과의 30년간에 걸친 대화를 독자이자 필자로서 완고하게 작성한 기록물이다. 카드가 꿈을? 이 이상한 조합은 작가의 학식을 대변하는 독서카드들이 담긴 상자와 감성을 대변하는 셰익스피어의 『한여름 밤의 꿈』을 동시에 풍자한다. 주인공이자 작가의 숨은 자아에 해당하는 학자 — 이름이 중요하랴? — 를 에드거 앨런 포의 번역에 조언을 구하는 부부와 16세 된 딸이 방문한다. 여름 하루 일출에서 일몰까지 그들은 황야를 산책하고 수영을 하고 집안일을 나누어 하면서 신과 세계와 시인 포에 관해서 담화를 나누는 것이 내용의 전부이다.

놀라운 것은 A4 용지 두 배 크기의 종이에 타이프로 쳐서 1330매를 기록한 것이며, 10만 장이 넘는 독서 카드에 모은 자료들을 3단으로 정리한다. 중앙단에는 여름날 하루의 일을, 왼쪽 단에는 포에 대한 해석과 인용문들, 오른쪽 단은 서술자 자신의 산만한 생각들과 각주를. 이처럼 언어 선택과 작문법에 대한 정자법에서부터 인쇄방식까지 독창성을 추구했다.

소문자 글쓰기 — 그런 운동이 있었다 — 의 주인공은 독일 남쪽 ㅂ대학의 교수였는데, 그때 마침 내가 머물던 쾰른까지 일주일간 문학 강연을 나와서 얼굴을 보게 되었다. 그는 이 저녁에, 이역만리에서, 의무로서가 아니라 여가로(?) 독문학 특강을 듣고 있는 한심한 외국인을 조금은 의아해하는 눈치였다. 왜? 뭣 하러?

조금 어색해진 나는 바로 강연 내용으로 되돌아갔다.
아까 강연 내내 아르노 슈미트의 유아론을 절대적으로 옹호하시는 것으로 들었는데, 실재하는 것은 자아뿐이고 다른 모든 것은 자아의 관념이거나 현상에 지나지 않는다는 극단적인 주관적 관념론을 어떻게…….

이건 어때요? 당신이 보고 있는 이 장면, 엉뚱한 노교수와의 대화 등이 당신의 의식 속에서 반응하는 환영이 아닌 실재라는 확증이 있나요? 당신의 의식이 존재하는 한 그것이 존재할 뿐 아닌가요? 그 너머를, 이것이 꿈이 아니라고, 누가, 무엇이 보증하나요?

아뿔싸, 논쟁에서 이겨낼 100% 언어능력도 되지 않은 주제에 너무 심오한 것을 건드렸나? 맥주잔 하나를 들고서 한 시간씩을 이야기하는 그들의 근성을 어찌 당하려고. 멍해진 나는 이번엔 내 진영으로 대화를 돌렸다.

그럼, 이건 다른 문젠데, 라인 강의 기적을 이루어냈다는 '사회적 시장경제'에서 '사회적'과 '시장'이 어떻게 조화를 이루나요? 제가 전공한 하인리히 뵐의 경우는 — 슈미트와 동시대인이지만 — 그것을 자유시장경제와 구별을 두지 않으려는 의미에서 비판적으로…….

어쩌나, 저는 사회참여 문제를 문학의 본령이라고 간주하지 않기 때문에.

예, 그건 압니다. 순수문학 계열에서는 사회참여다 하는 부분을 부차적인 것, 목적적인 점에서 자칫 위험한 것, 문학의 생명을 위험하게 하는 것이라고.

고약한 문제를 가지고 나오시네요. 우리 그건 좀.

예. 그렇담 간단한 산술평균에 관해 들어 보실래요?

웬 수학? 나 그거 아주 약해요.

간단한 거예요. 이건 가정인데요, 어느 작은 회사에 사장을 포함한 직원 수는 10명, 총 급여의 합은 3,000마르크라 합시다. 그럼 평균 월급은 300마르크이겠지요?

그런데요?

하지만 그게 좀 이상합니다. 다 똑같이 300마르크씩을 받는 건 아니니까요. 주 생산자들인 6명은 100마르크를, 3명의 간부직원들이 300마르크씩 그리고 사장은 1,500마르크를 받습니다. 그러니 산술평균이 300이라고 해도 체감은 그게 아닙니다. 최빈수 6명의 월급은 100마르크에 불과하죠. 또 중앙 5, 6번째 사람도 100마르크니까, 대푯값도 100마르크죠. 최빈수의 느낌과 대푯값이 이러할 때, 산술평균 300은 실질적인 의미를 갖지 못합니다.

허, 참. 난 수리영역은 잘 안 되는 사람이오.

이건 수리가 아니라 사회학, 심리학이어요. 또 이런 세상에선 문학이, 예술이 관여를 해야 하는 것이 옳죠.

아, 바로 그것. 옳다 그르다를 초월해야 하는 것이 문학과 예술의 일입니다. 세상엔 옳은 것도 그른 것도 따로 없어요.

그럼 예술적으로 심오한 유희만?

유희라기보다는 어떤 절대적 삶이…….

절대적인 삶이 보장되는 사회란…….

순수문학과 참여문학 논쟁은 뫼비우스의 띠처럼 맞물리고 돈다. 존재냐 소유냐 — 삶을 사랑하라 무언가를 성취하라.

그 교수와는 내가 집에 돌아온 후로도 몇 번의 편지 왕래가 이어졌다. 자연스러운 완전 소문자 편지에 공들여도 늘 틀리며 정서법을 지향

하는 문장으로 답하면서. 생각이 달라 동문서답. 비교적 노령이었던 그
와 언제부턴가 연락이 닿지 않은 일은 자연의 섭리에 속할 것이다. 그
래도 나는 그가 말했던 절대적 삶이라는 가치를 가끔 되뇌어 본다. 어
떤 정치 사회적 환경에도 불구하고 절대적일 수 있는 삶이라는 가치를.
혹시 그것이 누군가의 의식의 반영일 뿐이라 하더라도. 학문으로 굳은
머리의 또 다른 꿈일지라도.

바다 안개

이미연

▮ 수필가, 영문학과 80 ▮

지루한 장마가 한 달 넘게 이어지고 있다. 딸아이가 갑자기 바다가 보고 싶다고 말한다. 나는 망설인다. 머뭇거린다. 왜 바다가 보고 싶을까? 남쪽에는 폭염이라는데, 구름이 가린 해를 찾아 굳이 먼 길을 떠나려는 것일까? 비가 내리고 또 내리는 서울 거리를 거닐면서 이글거리는 태양과 바다를 보고 싶은 것일까?

딸아이는 직장을 가진 후 첫 휴가를 얻는다. 남편은 이런 와중에 미국으로 출장을 가게 된다. 이번 여행의 진행은 특별히 더 가고 싶어 한 딸아이가 하기로 한다. 구체적으로 휴가계획을 짜기 시작하려고 보니, 피크타임이고 한 동안 피서를 가본 적이 없다는 것을 알았다. 그래서 목적지는 남들이 많이 간다는 부산으로 정한다. 숙박할 호텔과 기차표도 예매한다.

우리는 기차를 탄다. 부산역을 걸어 나오면서 아이의 표정은 여행에 대한 기대와 우려를 보이는 딱히 편안한 표정은 아니다. 재빨리 해운대에 위치한 호텔로 향한다.

새벽에 눈을 뜨고 보니, 바깥은 아직 고요하다. 쿠폰 하나 들고 일 층으로 가서, 6시에 시작하는 뷔페식당의 첫 번째 손님이 된다. 창밖에는 자전거 타는 사람, 강아지와 산책하는 사람, 아침 운동으로 해변을 뛰는 사람들 틈으로 우리는 들어가서 하나의 풍경을 만든다.

해변 산책로를 벗어나 모래사장을 거닐면서 바닷가로 향한다. 하늘과 바다의 경계는 보이지 않는다. 간밤의 안개는 무거웠는지 아직도 바다 위 제자리에 있다. 이쪽 해변에서 동백섬 쪽으로 신발을 벗고 걷기 시작한다.

파라솔들을 설치하는 상인들의 분주한 손놀림이 바쁘다. 그렇게 파란색, 빨간색, 노란색 파라솔들이 군대처럼 색깔별로 나누어서 정렬하고 있다. 쓰레기들을 다 치운 백사장은 걷기에 한결 편하다. 백사장에 앉아서 바다를 바라보면서 말없이 파도 소리를 듣는다. 아이는 그 파도 소리와 바다의 안개를 손 안에 스마트폰으로 동영상을 담고 있다.

그때쯤인가 햇살이 나오면서 안개가 눈앞에서 걷혀 하늘로 올라가고 있다. 회색빛 안개가 걷히면서 푸른 바다와 녹색의 달맞이고개와 파란 하늘이 그 베일을 벗어 올린다. 그래도 파도 소리는 크게 들리는데, 눈앞의 풍경이 변하고 있다. 짧은 탄성이 들어가는 동영상 몇 편이 아이 손에 있는 스마트폰에 저장된다. "바다가 보고 싶을 때 봐라." 내가 나지막이 말한다. "그럴게." 아이가 말한다. 우리는 임무를 완수한 요원처럼 자리를 일어난다.

한참이 지나고, 수영이 허락된 시간이 되자 아이는 바닷속에 풍덩 몸을 담그더니 하얀 포말을 일으키며 파도를 탄다. 부서지는 물살보다 더 환하게 웃는 아이의 얼굴이 보인다. 점프를 하고 파도에 몸을 맡기고, 수영하기에는 파도가 사나운 바다의 상태를 살짝 눈을 흘기면서 첨벙 첨벙 뛰어다닌다.

"얼마 만에 내가 바다에 왔지?" 아이가 묻는다. "글쎄 생각해보니 십년이 훌쩍 넘었네."라고 내가 답한다. "그래, 다음에 또 오자." 아이가 말한다. "엄마, 바다에 들어가니 몸이 깨어나는 것 같아." 아이가 말한다. 그동안 무슨 일이 있었던가. 안갯속이었던가 보다. "그래, 너 바다 좋아했잖아. 오자니까 왜 싫다고 했니?" 내가 묻는다. "그랬지, 내가 바다를 좋아했었지. 이제는 잠깐잠깐 휴식을 취하고 싶어." 아이가 말한다.

나보다 더 키가 큰 딸아이와 나는 바닷가를 걷기 시작한다. 뿌옇고 시커먼 하늘을 마주보고 걷노라니 발밑에 젖은 모래와 바닷물이 발가락을 간질이고 있다. 호텔로 들어온다. 어릴 때 딸아이의 성격처럼 활달하고 거침없는 빨강머리소녀 앤이 장만하던 티타임을 우리도 갖자고 한다.

티 팟에 담겨진 얼 그레이와 갈색 설탕 레몬 조각과 그것을 담는 작고 앙증맞은 접시까지 다 예쁘게 모여 있다. 조용하게 깔리는 실내악 음악의 선율까지 있어서인가. 웃음 띤 얼굴로 재잘재잘 얘기하는 아이의 모습에서 내가 좋아하던 초등학교 때의 아이의 얼굴을 찾을 수 있다. 나도 웃는다. 그리고 맘속에 담아두었던 이야기가 나온다. 마음의 밑바닥에 감추었던 생각들이 이야기가 되어 졸졸졸 시냇물 소리를 내면서 흘러내리고 있다. 물이 흘러내리면서 감정의 응어리들도 풀리는 듯싶다. 이십대인 딸은 학업과 취업이란 긴 길을 힘겹게 걸어 온 것이다. 어렵게 들어간 직장의 첫 휴가를 받아 온 지금 안개가 걷힌 것인가, 인생이란 바다에. 어느새 티타임이 끝나가면서 딸아이는 이제 어른이 되고 있음을 알게 된다. 내게는 좋은 친구이며, 동료가 되고 있다.

그때 손바닥 안에서 바다 안개를 본 영상이 세상의 먼지를 내게 맡기라고 내게 청한다. 신라 말 최치원이 난세를 피하다가 이곳에 이르러 그 절경에 붙인 이름이 왜 바다안개(海雲)인지, 즉 그 안개의 풍광을 나는 오늘 제대로 만나게 된 것이다.

그곳에 서서 저 바다(太平洋)를 바라본다. 안개를 지금 막 올려 보낸 바다가 내게 말한다. 그냥 파도에 그러니까 세파에 몸을 맡겨 보라고.

아버님의 명화집

이예경
▌수필가, 교육학과 70▐

추석에 시아버님 성묘를 하면서 이런저런 생각들이 떠오른다. 아버님이 생전에는 어렵기만 하신 분이었는데 돌아가신 지도 3년이 지났는데, 왜 갑자기 이런 생각이 떠오르는지 모르겠다.

아버님이 82세 때였다. 어느 날 안부전화를 드린 내게 컴퓨터를 배우고 싶다고 하셨다. 강습을 받아보니 재미있다고 하셔서 컴퓨터를 선물했는데, 그 전에 우편으로 보내시던 육필원고들은 한글문서가 되어 이메일로 보내오셨다. 며느리에게 철자법을 고쳐 보내라고 하셨던 얼마 후 그 글이 실린 교회 회보를 보내주셨고 그렇게 이메일이 꽤 많이 오고갔다.

수필 내용 중에는 어린시절, 육이오 전쟁, 집안 내력 등인데 조상들 이야기는 내가 혼자 보기엔 아까운 내용도 많았다. 아버님께 글을 좀 더 모아서 책을 만들어 나누어 갖고 싶다고 했다. 처음엔 완강히 사양하셨지만 어느 날 수줍은 미소와 함께 원고 뭉치를 넌지시 내 손에 쥐어주시는 게 아닌가. 그래서 탄생한 작품이 『양지마을 이야기』라는 책이다.

아버님께서 그렇게 기뻐하시는 모습을 난생 처음 뵈었다. 책을 한 아름 안으신 채 벙글벙글 입을 다물지를 못하셨다. 평소의 근엄하신 모습과는 딴판이다. 그 뒤로 뵐 때마다 활짝 웃으시는 모습으로 그 책을 어디어디 주었더니 이렇게 저렇게 말하더라 하셨다. 그렇게까지 기뻐하실 줄을 나는 미처 생각하지 못했다.

어머님께서도 덩달아 책에 대한 인사를 많이 받았다고 하셨다. 그런데 아버님이 컴퓨터도 잘 하시고 글을 잘 쓰시니 자랑스러우시겠다고 했더니 의외의 대답을 하신다. 글을 쓰시는 건 잠깐이고 툭하면 세계 각국 미녀 감상에 정신없단다. 그렇다고 그림 속의 미녀를 가지고 바가지를 긁는 것도 뭣하다 하시며 나에게 눈을 흘기신다. 컴퓨터에 아버님을 뺏기신 게 며느리 탓이라고 생각하시는 듯, 자못 심각한 얼굴이시다.

그러나 아버님은 나이가 들어 친구들이 다 죽고 하나도 안 남아 꽤나 적적하더니 컴퓨터를 알게 된 후로는 여러 가지 새롭고 재미있는 세상을 쉽게 접할 수 있어 나날이 즐겁다고 하셨다. 컴퓨터가 생전에 알고 지냈던 세상 어느 친구보다도 더욱 맘에 꼭 맞는 귀한 친구라고 표현하셨다.

아버님 돌아가신 후 자손들이 몰려가 아버님 방을 정리했는데 '명화집'이라는 책이 나왔다. 책장을 넘기니 총천연색으로 프린트된 세계 각국의 미녀들이 온갖 포즈로 날 쳐다본다. 어쩜 그렇게 예술적인 사진들이 있을까. 감탄하며 보는 내게 아랫동서들이 다가와 들여다보더니 책을 휙 빼앗아 쓰레기통에 던지면서 하는 말.

"추해요 추해. 아버님이 이런 분인 줄 몰랐어요."

시아버님이 그런 바람둥이인줄 몰랐다는 말처럼 들린다. 개인적인 생각에 정답이 뭐라고 말할 수가 없는 것 같다.

시아버님의 일기장도 3권이나 있었다. 장남은 아버님의 유물이라며 소중하게 간직하겠다고 했다. 명화집도 있었는데 쓰레기통에 들어갔다는 내 말에 장남은 아깝다고 혀를 끌끌 찬다. 그렇게 아까워하는걸 보니 이 사람 역시 명화집이 있는지도 모르겠다는 상상에 웃음이 난다.

일기 내용 중 이런 말이 있었다.

"내 나이 86세, 그러나 때로는 젊고 이쁜 여자들을 보면 꼭 껴안고 입 맞추고 싶다……."

추한 건 지, 측은한 건지, 멋쟁이인지, 동물인지, 바람둥이인지 개인적인 해석은 여러 가지일 것이지만, 시아버님이 안고 입 맞추고 싶으신 건 그 젊은 여자들이 아니라 아버님의 지나간 젊은 청춘에 대해 입 맞추고 싶으셨던 것이리라.

우리도 가끔 풋풋한 바람만 불어도 그 바람이 마치 젊은 날을 지나온 그 시원했던 공기 같아서 감탄과 함께 마음속의 그리움이 요동치는 것을 느끼지 않는가. 아버님도 그러셨을 것이다. 다만 대상이 다를 뿐.

그날이 오면

이재연

▮ 소설가, 독문학과 67 ▮

『코리아, 코리아』는 독일 사진작가 라이스트너 교수가 평양과 서울에서 찍은 사진집 제목이다. 서울 거리는 색깔이 있고 활기가 있는데, 평양 거리는 적막에 싸인 무채색의 회색 거리다. 한쪽 코리아는 뭐라 말할 수 없는 아득한 슬픈 땅으로 다가온다. 그 사진을 보자, 2002년도 '한민족복지재단'의 일원으로 평양을 방문했을 때의 기억이 밀려왔다.

평양 순안공항에 내렸을 때 가슴에 김일성 배지를 단 야윈 사람들이 남쪽에서 온 사람들을 부러운 듯 이상야릇한 눈으로 보면서 서로 뭐라 말했다. 그들의 생기 없는 목소리가 슬픈 강물 소리처럼 가슴으로 밀려왔다. 임금님 귀는 당나귀 귀, 하고 아무도 없는 곳에서 누구에게도 하지 못한 비밀스런 말들을 목청껏 소리치고 싶은 얼굴처럼 느껴졌다.

고려호텔에 묵은 우리 일행은 각 조로 나누어 매일 똑같은 길로 관광지를 돌아다니며 주체사상탑이나 김일성 생가 등을 구경했다. 내 옆에는 김일성대학을 나온 반듯하게 생긴 젊은 남자가 어딜 가나 따라다녔다. 젊은 사람이 할 일도 많을 텐데, 어디 가지도 않을 사람들을 일일이 한 사람씩 따라다니는 현실이 안타까웠다. 여기저기 감시하고 추적하는 그물망이 촘촘히 깔려 있고, 한 발짝만 잘못 디디면 보안 당국에 끌려가는 신세가 되는 것이다. 감시하는 사람은 엘리베이터 타는 데도 있었고, 호텔 입구에도 있었다. 도시를 감도는 억압적인 공기, 붉은 글씨의 구호와 개인 우상화의 동상과 얼굴이 살찐 부자(父子)의 초상화······ 어딜 가나 폐쇄적 사회의 상징물로 넘쳐났다. 강압적이고 획일적이고 폭력적인 짙은 회색 공기, 뭔가 터질 것 같고 위태하게 느껴졌다.

거리에는 메마르고 광대뼈가 나온 몰골이 앙상한 사람들이 뭔가 생각하고 또 생각하는 얼굴로 살피듯 걸어다녔다. 그들은 누군가 따뜻한 손이 뻗치기를 간절히 바라고 있는 듯했다. 메마른 얼굴에 스민 깊은 침묵 속에 도와줘요, 하는 갈망의 소리를 뱉어내고 있는 듯했다. 도와줘요, 도와줘요······ 갈망이 모아져 무거운 회색 장막을 찢어버릴 것 같았다. 갈망이 빛이 되어 새로운 세상을 맞이할 것처럼 보였다.

동아채널의 「이제 만나러 갑니다」하는 프로는 가끔 눈물이 나게 한다. 탈북미녀들 열댓 명이 나와 떠나온 북쪽 코리아에 대해 말하는 프로이다. 그들은 두만강을 건넌 다른 탈북자의 운명적인 슬픈 얘기를 들을 때는 눈가가 젖는다. 북쪽 노래를 소개할 때는 자리에서 일어나 단순한 동작으로 어설프게 춤을 추는데, 아직 자본주의 사회에 적응을 못하는 고달픈 흔적이, 살고자 하는 질긴 생명력의 흔적이, 이방인 같은 막막한 그늘이 이상하게 감동을 준다. 치약이나 칫솔도 없는 나라에서 죽기 아니면 살기로 두만강을 건너왔는데, 몇몇 사람은 마치 독일 시민사회의 교양인처럼 품격이 있고 맑은 얼굴은 눈부시도록 아름답다. 아름다움이란 고난의 풀무불에서 단련되어 잉태된 신의 잔인한 선물인지 모른다.

지난 7월 초순엔 「꽃제비」에 대해 방영했는데, 얼굴에 석탄가루를 뒤집어 쓴 듯한 대여섯 살난 꽃제비 아이들이 거적을 뒤집어쓰고 빼짝 마른 얼굴로 먹을 것을 찾아 헤매는 모습은 가슴을 찢어지게 아프게 했다. 잠잘 곳도 없고, 먹을 것도 없고, 보호자도 없는 굶주린 아이들…… 흙에 묻은 국수 한 올을 위해 땅바닥을 보며 떠도는 아이들…… 그들의 입에서 터져나오는 낯선 슬픈 모국어…… 찢겨지고 갈라지고 상처난 모국어…… 어린 영혼들의 고통의 행렬을 보고만 있는 침묵하는 무정한 신…….

2003년도에 두만강을 보기 위해 연길에 머무르면서 러시아와 중국 국경지대 방천까지 두만강을 따라갔었다. 국경지대에 자주 내리는 거칠고 음산한 비는 목숨을 걸고 강을 건너다 비명으로 사라진 사람들의 눈물처럼 느껴졌다. 탈북자들은 피가 통해서 그런지 한눈에 봐도 알 수 있었다. 그들은 난파된 뱃조각에 올라타고선 폭풍에 휩쓸려 하루하루 간신히 살아가고 있었다. 살기 위해 대륙으로 건너오면 헐벗은 조국이 그립고, 굶주린 조국에 오면 저쪽 대륙의 잘사는 나라에 가고 싶고…… 강가의 소문은 흉흉하고, 그들은 공안 당국의 눈을 피해 두려운 얼굴로 도망자 신세가 되어 주위를 살피며 손짓 눈짓하며 소곤소곤 말하고 있었다. 고통의 상징물이 되어 지하에서 지하로 떠도는 조국의 말은 무슨 암호 같았다. 언어에는 그 민족의 혼이 스며 있는데, 혼이 울고 있었다.

나는 그곳에서 세 명의 꽃제비들을 만났다. 열댓 살이지만 먹지 못해 예닐곱 살로 보였다. 그들은 낮에는 둑가를 헤매고 저녁에는 그곳 장마당 아래에서 잠을 잤다. 건너편 아파트에서는 따듯한 불빛이 새어나오고, 그들은 그 불빛을 보며 헤어진 아득한 흐린 얼굴, 엄마를 그리며 잠을 잔다고 했다. 아이들 입에서 더듬거리며 하나씩 나오는 상처투성이인 우리나라의 슬픈 그리운 말들, 그 울림…… 집, 따듯한 밥, 옷, 신발, 고향, 엄마…… 엄마…… 아이들의 우주는 엄마. 꽃제비들은 점점 희미해지는 엄마 냄새, 엄마 얼굴, 엄마의 말을 더듬으며 밤이면 기억의 온기 속에서 차디찬 시멘트 바닥에서 꿈나라로 갔다.

요즘 남쪽 어린아이들은 대개 네 사람의 보호자에 둘러싸여 있다. 할머니와 할아버지와 엄마와 아빠. 어떻게 해서든지 아이한테 한 숟가락이라도 더 먹이려고 어른들은 별 궁리를 다한다. 전자파가 나오는데도 불구하고 스마트폰을 눌러보게 하면서 한 숟가락 얼른 떠먹이기도 한다.

북쪽의 어린 유랑의 굶주린 무리들, 탈북여성들이 음지에서 낳은 중국 대륙에서 떠도는 4000명의 아이들…… 꽃제비들은 우리를 제발 살려달라고 억압의 땅에서 해방시켜 달라고 어른들을 향해 아우성치고 있다. 그들의 울부짖는 소리가 하늘에 닿아 만남의 기적이 떨어지는 평화의 시절이 오면, 그들의 눈물이 씻겨지고 언어는 생기로 차오르고, 아이들 얼굴엔 웃음꽃이 피어날 거다. 라이스트너 교수는 언젠가 하나가 된 한반도를 다시 찍고 싶다고 한다. 이 땅의 어른도 산천초목도 하나의 조국을 사랑하는 마음으로 간절히 염원한다면, 어느 날 어느 순간 기적처럼 하늘문이 열려 통일의 깃발은 천지를 뒤덮을 것이다.

서러움도 아름다운 깊은 밤

정연희
▌소설가, 국문학과 58 ▌

시골 막차에는 승객이 없다. 낡아서 마냥 덜컹거리는 버스는 더러 부서지는 소리를 내지르며 시골 길을 달린다. 늦은 밤, 마을이 아득한 들판은 저승 같은데, 막차는 신작로 시골정거장에다 나를 던져주고 달아난다. 외로운 기사에게 고맙다는 인사를 건네도 대답없이 달아나는 막차의 붉은 미등이 저만치 멀어져 가고 나면, 중천을 물속처럼 만든 열하룻 달이 밤길을 열어준다. 열린 길 앞에서 맑은 물에 가만히 가라앉듯 허허 벌판에 한동안 숨 고르고 서 있다.

벌판 가득 한참 패기 시작한 벼 이삭향기 다시 아득한 저승 같은데, 길섶에서 여치, 귀뚜라미, 온갖 가을벌레가 가만가만 걷기 시작한 내 걸음을 따라온다. 이승살이 내 목숨에다 가녀린 시간의 바퀴를 달아주며 함께 가자고 한다. 땀 절어 부풀었던 한여름을 달래가며 고요한 가을로 가자고 한다. 체득(體得)을 가르칠 일 없이 혼(魂)으로 열리는 귀에다 가을을 알려주는 가을풀벌레들. 얼마를 이승에 더 머물게 될는지……

풀벌레들의 숨결이 내 들숨 날숨에 가을 무늬를 이루며 따라온다. 저승 물속 같은 논둑길, 열하루 달. 호젓한 달밤의 논둑길. 밤길을 홀로 걷게 아니 하시고 풀벌레 동무 삼아 주시는 분. 그분도 분요한 대도회를 피하여 이 논둑으로 오셨는가. 그리고 나와 함께 이 밤길을 가시는가. 더러는 빠르게 속삭이듯, 더러는 지지지지 가녀리게 제 목숨을 노래하는 가을벌레들 속에서, 혹여 그분이 무슨 말씀이라도 들려주시려는가. 걸음 멈추고 서서 귀를 기울인다.

그 벌판의 논에는 친환경농법으로 '농약을 쓰지 않는 논'이라는 현수막이 여름내 걸려 있더니, 그래서 벌레들이 살아남아 밤길을 함께 가고 있는지, 어렸을 때 이 무렵이면 외가에 들려 논으로 달려든 새떼를 쫓으며 메뚜기를 잡았다. 나보다 두 살 위의 사내아이, 외사촌의 맏아들 장조카는 강아지풀 줄기에다 메뚜기를 줄줄이 꿰었다가, 한밤중에 모닥불을 피우고 노릇노릇 구웠다. 구수한 냄새를 풍기는 메뚜기 구이를 선뜻 받아먹지 못하는 나를 두고, "꼬마 아지메, 이거 얼마나 맛있는지 알아요? 이거 먹으면 운동회 때 날 듯이 달려서 일등할 수 있다고요! 자! 먹어봐요, 어서!" 하며 놀려댔다.

벼이삭 사이사이로 날아다니던 메뚜기가 어른거려 도저히 받아먹을 수 없어서 두고두고 놀림 받던 그 메뚜기가 요즘에는 어느 논에서도 보이지 않는다. 풀벌레들의 속삭임 속에서 장조카의 목소리가 아직 아련하건만……

봄은 나비와 벌, 물방개의 철이었다. '봄에 흰나비를 처음 보면 엄마가 죽는단다.' 시골 아이들 말에 혹여 흰나비를 만날까보아 눈을 감고 시골길을 걷던 어린시절이 있었다. 서울서 태어난 계집아이에게 외가며 고모가 살고 있는 시골은 잔잔한 경이의 세계였다. 실개천의 송사리와 모래무지를 잡다가 고무신을 떠내려 보내고 울며 울며 걸어가던 시골길은 숨겨진 전설이었다. 뛰어놀다가 벌에 쏘이면 어머니뻘의 외사촌 올케는 된장 한 숟가락 척 발라주고 돌아섰다. 된장이 무슨 약이라고……. 아무렇게나 대접받는 것이 서러워서 집 생각에 울고 울던 어린 시절이 있었다. 벌침 주고 달아난 벌도, 꼬리꼬리한 냄새 때문에 코를 벌름거리게 만들던 된장도 어린 생명을 뒷받침 해 자라게 만들어 주던 들숨들이었다.

산에서, 숲에서, 들에서, 논에서, 밭에서 저들 나름으로 살면서 더불어 어울리던 생명들이 이제는 서둘러 사라져가고 있다. 매년 5월 22일은 '국제생물다양성의 날'이다. 2010년 유엔은 국제자연보호연맹의 보고서를 통해 가슴 서늘한 뉴스를 전했다. 지금 지구에서는 한 시간에 3종(種), 하루 150종이 멸종하고 있으며, 해마다 1만8천여 종에서 5만 5천여 종의 생물이 사라지고 있다고 발표했다. 우리가 살고 있는 이 초록빛별에서 머지 않아 65만 년 전 공룡의 대멸종 이래 최악의 멸종 사태가 벌어질지 모른다는 예측이 난무하고 있다. 현재 생물의 멸종 속도는 자연적인 멸종 비율에 비해 최고 1천 배나 높다. 이 조용하나 심각한 재앙은 인간의 횡포가 원인이다. 지구온난화, 과학의 발달을 뽐내며 편리를 위하여 개발에 개발을 쉬지 않는 것이 생태계 파괴의 원인이 되고 있다.

2억8천만 년 전, 고생대 석탄기에, 날개 길이 70㎝가 넘는 거대한 잠자리, 참새만한 하루살이, 고양이만한 바퀴벌레들이 있었다는 화석이 발견되었다. 그 시기에는 대기 중 산소의 농도가 지금보다 훨씬 높은 35% 정도. 원활한 산소 호흡으로, 보다 가볍게 날 수 있던 덕으로 곤충들의 몸체가 그처럼 커질 수 있었다는 것. 그런데 현대 곤충학자들은 비관 탄식한다. '환경 오염 등 또 다른 이유로 인간을 비롯한 포유류가 대부분 멸종한다면 다음에는 곤충들의 시대가 될 것이다. 우리들의 혐오 대상 바퀴벌레는 방사능에 견디는 힘이 인간의 수십 배 이상, 설사 핵전쟁으로 생물이 거의 멸종된다고 해도 바퀴벌레는 살아남을 가능성이 가장 크다.' 스스로가 지구의 영원한 주인이라고 잘못 믿고 있는 인간이 근래 곤충들에게 배우고 있는 것은 여러 가지다. 우리가 그렇게 질색하는 파리는 아무 때고 천장에 올라가 앉을 수 있는 비행기술을 자랑한다. 그 비행기술은 현대의 첨단 항공역학으로도 따라가기 어려운데, 파리처럼 이착륙이 가능한 비행기를 개발하려는 시도가 진행 중이다. 파리의 비행기술을 터득했더라면 얼마 전 아시아나의 참사를 피해 갈 수 있었을 것을……

'꿀벌을 응용한 지뢰탐지 시스템, 딱정벌레의 후각을 모방한 첨단센서, 나비의 신비로운 날개 비늘을 본 뜬 도색과 열 분산 시스템, 반딧불이의 발광유전자 등, 인간은 곤충에게서 많은 것을 배워가며 여러 방면의 활용을 시도하고 있다.' 곤충은 인간의 인지능력으로는 상상할 수 없는 신비 속에 살고 있건만 인간은 그것을 하찮게 여겨 살충제를 써서 모질게 죽이고 있구나.

몇 년 전, 덴마크 코펜하겐에서 제15차 기후변화협약 당사자국 총회를 열었고, 1997년 채택 후 시한 만료된 2012년, 교토의 의정서를 대체하는 새로운 협약을 도출했다고 하지만, 현재 각국의 온실가스 배출은 줄기는커녕 갈수록 대책없이 증가하고 있는 실정. 국제자연보호연맹이 몇 년 전 발표한 '레드리스트(멸종위기에 처한 동식물 보고서)'에 따르면 지구상 포유류의 5분의 1, 양서류와 파충류의 3분의 1, 식물의 2분의 3 이상이 멸종위기에 처해 있다고 한다. 앞으로도, 정식으로 확인되고 있는 포유류 5,490종 중 79종이 멸종, 사육이나 재배 상태로만 생존하고 있는 188종의 멸종이 우려된다고 했다.

인간, 호모사피엔스는 지구가 제공하는 환경에서 다른 생물들과 함께 서식하는 생물들 중 하나에 불과한 존재일까. 단순하게 그런 종(種)의 하나일까. 인지발달로 지표면의 지형을 마구 훼손하고 대량생산을 위하여 제초제를 살포하여 물이며 땅을 죽여 자연을 강탈하는, 생존만을 위한 단순한 존재일까.

〈우주 공간에서 우리의 별 지구가 다른 별 하나를 만난다. 그 낯선 별이 지구에게 묻는다.

"너 잘 지내니?"

우리 별이 힘없이 대답한다.

"그렇지 못해. 나는 호모사피엔스를 태우고 다니거든."

그러자 그 낯선 별이 지구를 이렇게 위로한다.

"까짓것 신경 쓰지 마. 호모사피엔스는 금방 사라질 거야." (생태주의자 예수 중에서)〉

금방 사라지게 될 운명을 스스로 몰고 가는 것이 인간이라는 말인가. 경제개발 자본증식의 욕망으로 눈이 멀어버린 인간. 오존층이 얇아지고 대기의 온도가 높아졌고, 물은 마실 수 없이 더러워지고, 우리가 타고 가는 초록빛 지구가 신음하고, 대재앙으로 곳곳에서 곡소리가 높아져도, 자연이 주는 경고에 귀를 기울일 줄 모르는 인간. 우리는 다른 생물들과 마찬가지로 지구의 '세입자'에 불과하다. 인간이 지구라는 별의 아름답고 신비스러운 자연을 지배하겠다는 생각은 비극의 단초였다. 인간이 저 하찮은 벌레들과는 다른 존재라고 뻐기지 말자, 유전학자 프랜시스 콜린스의 이론을 얼마만큼 신뢰해야 할는지 알 수 없는 일이지만, 인간게놈에는 단백질을 합성하는 유전자가 대략 2만5천 개인데, 벌레나 파리 같은 단순한 유기체나 식물을 구성하는 유전자의 수도 대략 2만 개 정도로 인간과 비슷한 수준이라는 것이다. 인간의 유전자 수가 파리나 식물하고 거의 같다니……. 그리고 인간 개개인의 유전자는 다양성이라는 것이 거의 없어, 세계 어느 인종과 비교해 보아도 99.9%가 똑같다는 것이다. 무슨 이런 일이…….

풀벌레 소리에 얹혀 다시 논둑길을 흘러간다. 달빛 아래 벌레소리로 녹아드는 영혼. 열하루 달빛을 들이 쉬는 벌레들 숨소리는 가녀리지만 제 소리에 얹혀가는 나를 두고 서럽다한다. 하지만 이 호젓한 달밤의 논둑길을 홀로 걷게 아니하시고 풀벌레 소리 동무 삼아주신 분이 계신 데……. 우거진 나무 그늘에 어둑신한 대문을 거쳐 마당으로 올라서니, 마당 가득 깊은 물로 사무치는 달빛이 시리다. 풀벌레의 숨소리로, 열하루 달빛으로 영원의 문을 열어주시는 분. 고적해하시며 내게로 오시는 분. 서러움도 아름다운 깊은 밤. 가을 풀벌레와 더불어 영원으로 들어간다.

가을 단상

조연경
┃방송, 법학과 75┃

하나, 기타와 오보에

많은 악기 중에 기타처럼 대중적이고 매력적인 악기도 없다. 만만하지만 특별히 애정이 가는 막내 이모처럼. 특히 사랑을 막 시작한 청년에게 기타는 더할 나위 없이 멋진 사랑의 전령사가 될 수 있다. 연인 앞에서 '금지된 장난 중 로망스'를 연주하거나 다소 고전적이긴 하지만 감미로운 선율의 '예스터데이'를 한 곡쯤 부른다면 큐비트의 화살을 맞은 듯 연인의 가슴은 마구 뛰게 될 것이다. 다양한 세상 이야기를 담고 있는 매혹의 악기 기타. 그러나 유감스럽게 기타는 우아한 오케스트라에 결코 낄 수가 없다.

음악회장에 가면 오케스트라 연주를 시작하기 전 반드시 악기를 조율하는 시간을 갖는다. 다양한 악기가 어울려 가장 근사한 음을 만들려면 무엇보다 조화가 필요하다. 어느 한 악기도 튀어서는 안 된다. 음을 맞추는데 중심이 되는 악기는 오보에다. 우리에게 잘 알려진 피아노,

바이올린, 첼로가 아닌 작은 오보에다. 모든 악기가 오보에의 음에 맞춰 조율된다. 오보에가 없으면 모든 연주가가 손 놓고 기다려야 한다. 그만큼 중요한 존재다. 오케스트라에 낄 수 없는 기타와는 사뭇 다른 입장이다.

하지만 우아한 오케스트라에 끼지 못한다고 낭만의 악기 기타가 기죽을 필요는 없다. 어떤 악기보다 대중적으로 사랑받지 않는가.

사람도 마찬가지다. 상위 3프로에 끼지 못한다고 낙오된 인생이 결코 아니다.

흔히 말하는 상위 3프로는 무엇이 기준이 되는가? 주로 소득, 학벌, 사회적 지위다.

그 사람이 많이 웃는가? 주변 사람을 행복하게 해 주는가? 봉사활동을 얼마나 하는가? 상식과 질서를 잘 지키며 사는가? 에는 관심이 없다. 오직 겉으로 보이는 모습으로 평가 된다. 그런 상위 3프로에 끼지 못한다고 무슨 대수인가? 기타가 오케스트라에 낄 수 없다고 하찮은 악기가 아니듯이.

어떤 모임이든 중심이 되는 사람이 있다. 자전거 동호회에서 철새처럼 일렬종대로 자전거 여행을 하는데 중간쯤 한 자전거가 뒤집어진다. 자전거들이 멈추고 모두 일시에 한 사람을 쳐다본다. 그 사람이 이 사태를 잘 수습해 줄 것을 기대하며. 자전거 동호회에 중심이 되는 사람이다. 그 사람은 대부분 무한 신뢰를 받고 있고 책임감이 강하며 배려할 줄 알고 따뜻하다. 이렇듯 어디서나 중심이 되는 사람이 있다. 오케스트라의 오보에처럼.

때때로 우리는 가던 걸음을 멈추고 자신을 돌아본다.

'나는 잘 살고 있나?'

그때의 기준은 무엇인가?

아파트와 자동차와 예금통장에 찍힌 숫자가 행복의 잣대가 될 수는 없다.

우아한 오케스트라에 낄 수 없지만 자기 역할을 충실히 해내며 많은 사람에게 따뜻한 행복감을 주는 기타처럼 내 역할을 성실히 해내며 살고 있나? 그것을 먼저 생각하게 된다. 우리는 살아가면서 항상 새로운 이름이 주어진다. 아가씨가 결혼하면 아내와 어머니, 며느리가 되고 청년이 결혼하면 남편, 아버지, 사위가 된다. 학교를 졸업하고 취직을 하면 사원이 되고, 이사를 하면 새로운 이웃이 된다. 이렇듯 끊임없이 새로운 이름을 받게 되는데 이름값을 제대로 하고 살고 있나? 그것을 한 번쯤 짚게 되고 가능하면 더 나아가서 오케스트라의 오보에처럼 어디서나 중심이 되는 사람으로 살고 싶어진다. 그래서 삶은 눈부시게 발전하는 것이다.

중심이 된다는 건 '아주 소중하고' '매우 중요하다'는 뜻과 일맥상통한다.

내 자신이 중심이 되는 삶, 그 첫걸음은 내가 나를 귀하게 여기고 사랑하며 인정하는 일이 아닐까?

어느새 가을이다.

기타로 연주되는 로망스와 오케스트라 반주의 구스타프 말러의 아다지에토 그리고 진한 에스프레소 한 잔이 특별히 맛깔스러운 계절이다.

둘, 햄릿과 돈키호테

영국이 인도와도 바꾸지 않겠다는 대문호 세익스피어의 희곡 '햄릿'은 비극으로 끝나는 복수극이다. 덴마크 왕자 햄릿은 자신의 삼촌이 아버지를 독살하고 왕좌를 차지한 후 어머니까지 가로챘다는 사실을 아버지의 유령을 통해 알게 된다. 햄릿은 복수를 준비하지만 실패로 끝나고 죽음을 맞게 된다. 햄릿은 극중에서 매우 우유부단하고 결단력이 없다. 삼촌인 클로디어스를 확실히 죽일 수 있는 기회가 다가 왔을 때 그를 살려 준다. 햄릿은 항상 생각하고 세상을 이분법적으로 나눠서 비판한다. 선과 악, 있음과 없음, '죽느냐 사느냐 그것이 문제로다' 라는 유명한 대사에서 알 수 있듯이, 고민하면서 어떤 결정도 내리지 못하니까 결국 더 심각한 문제가 몰려오게 된다.

스페인의 소설가 세르반테스의 '돈키호테' 는 날카로운 풍자와 해학으로 인간의 본성과 세상의 비리를 비웃는다. 돈키호테는 기사도 이야기에 심취한 나머지 '산초 판사' 라는 종자를 데리고 기사수업을 떠난다. 이상의 세계에 사로잡힌 주인 '돈키호테' 와 현실적인 종자 '산초 판사' 가 함께 여행을 하면서 겪는 모험을 풍자적으로 묘사하고 있다. 말라비틀어진 말에 '로시난테' 라는 이름을 붙이고, 풍차를 거인의 무리로 판단하고 공격을 하며 여인숙을 멋진 성으로 생각하는 등 저돌적이고 거침없는 행동을 보인다.

끊임없이 고뇌하지만 정작 행동으로 옮기지 못하는 햄릿과 심사숙고하지 않고 보이는 대로 느끼는 대로 먼저 행동을 하고 보는 돈키호테는 정반대의 캐릭터를 갖고 있다.

그래서 사람의 유형을 나누는데 '햄릿형' 과 '돈키호테형' 으로 나눈다. 과연 어느 쪽이 바람직한 인간형인가?

가장 이상적인 것은 햄릿형을 거쳐서 돈키호테형이 되는 것이다. 충분히 생각한 다음 행동으로 옮기면 실수가 적어 원하는 바를 이룰 수 있는 확률이 높다. 그러나 반대로 돈키호테형을 거쳐서 햄릿형으로 마감하면 가슴을 치는 후회가 남게 된다. 생각 없이 행동한다면 그 결과는 뻔하지 않겠는가? 충분히 고뇌하고 옳다고 생각하는 시점에서 행동으로 옮기려면 용기가 있어야 하고 욕심을 버려야 가능한 일이다.

프랑코 제피렐리 감독의 「청년 토스카니니」는 천재 음악가 토스카니니의 사랑과 열정을 사실적으로 다룬 영화다. 등장인물 대부분이 실존인물이다. 이 영화에 등장하는 '나디나 불리코프'는 유명한 여가수이다. 베르디의 아이다에서 프리마돈나 아이다역을 맡은 나디나는 모든 청중의 시선을 한몸에 받고 무대 앞으로 나온다. 모두가 기다린 그녀의 차례다. 그러나 나디나는 노래를 하지 않는다. 그녀의 침묵에 객석은 웅성거리기 시작한다. 나디나는 노래 대신 인간의 존엄성을 무시한 브라질의 노예제도를 비판하면서 노예해방을 시켜야 한다고 강력하게 주장한다. 그녀는 오랫동안 이 불합리한 제도에 대해 고민했고 드디어 행동으로 옮긴 것이다. 햄릿형을 거쳐 돈키호테형으로 되는 순간이다. 황제를 비롯한 사회 지도자층이 많은 객석은 충격에 빠졌지만 박수를 보낸다. 사회적 신분 상승과 갈채와 장미다발을 포기하고 신념대로 행동한 한 여가수의 용기에 감탄했기 때문이다. 만일 그녀가 '노예제도는 나쁘지만 굳이 내가 나설 필요가 있을까?'라는 생각으로 침묵했다면 더 이상의 발전은 없었을 것이다.

이듬해 브라질은 노예해방을 선언했다.

물론 브라질의 노예해방은, 4년여에 걸쳐 수많은 피를 흘렸던 미국의 경우와는 너무도 다르게 비교적 순조로웠다. 브라질의 노예해방이 이처럼 평화롭게 이루어질 수 있었던 것은 커피 농장주들이 노예가 아닌 자유노동자를 원했기 때문이다. 커피는 가지 하나에 달리는 수많은 열매 중에 자기가 판단하기에 잘 익은 붉은 열매만 조심히 골라서 따줘야 하는, 자유의지와 선택을 필요로 하는 작물이다. 그저 허리를 숙이고 등 뒤에 있는 감독관의 채찍을 피해서 자기 앞의 사탕수수를 베어나가는 작업에 익숙해져 있던 노예들에게 자유의지의 반영을 기대하기란 어려웠을 것이다. 하지만 나디나처럼 행동하는 양심이 곳곳에서 힘을 실어 준 덕분이기도 하다.

충분히 생각한 다음 행동으로 옮기는 용기, 이마를 맞대고 어깨를 부비고 가슴을 합치며 함께 어울려 살아야 우리 모두 행복하게 되는 요즘 꼭 필요한 덕목이 아닐까?

어느새 가을이다

바바리코트 깃을 세우고 코스모스 향기를 맡으며 내 인생에 가장 아름다운 추억 속으로 걸어 들어가고 싶은 계절이다.

희미하게나마 볼 수 있는 축복

최자영
▌동화작가, 기독교학과 66▐

이사 온 지 세 번째 가을을 맞는다.

알싸한 아픔으로 다가온 가을이, 자꾸 가버리려고 만하는 10월의 짧은 시간 속으로 날 끌어당긴다. 요즘처럼 덥지도 춥지도 않은 단 20여 일밖에 안 되는 초가을이 되면 하루하루 날짜 가는 것이 그렇게 아까울 수가 없다.

가을이 주는 고독과 그리움 같은 건 거의 누구나 경험하는 계절병이지만 점점 시력을 잃어가는 나로서는 그 안타까움이 죽음을 앞에 둔 환자만큼이나 절박하고 불안하다.

'빛과 그림자만 구별해도 축복이라고 생각하는 사람들이 있습니다!'

그렇게 말하는 안과 의사는 그 방면에 국내외 최고의 권위자라면서 절망적인 결론을 내린다. 앞으로 나아질 가능성은 없지만 지금의 상태에서 더 나빠지지 않도록 하는 것이 최선이라고.

그런데 시력은 나날이 떨어지고 아직 물체는 보이지만 1미터 거리의 얼굴도 식별이 어렵다.

종암동으로 온 지 얼마 안 되었어도 그동안 알게 된 사람이 꽤 많아졌다. 여기저기서 아는 체를 해도 누구인지 몰라서 난 상대방이 가까이 오면 그때서야 '아하.' 하고 뒤늦게 인사를 받는다. '제가 시력이 나빠 잘 보질 못해서……' 하는 변명부터 하게 되는데 그럴 적마다 무척 속이 상했다.

그건 내가 제일 싫어하는 행동이었기 때문이다.

열 번을 인사해도 처음 보는 사람 대하듯 하는 이가 있다. 무관심해서 그랬을 것이다. 한번 보고 기억하기는 어렵다 치더라도 두세 번째쯤엔 얼굴을 기억했다가 반갑게 대해야 할 것이다. 그것이 세상과의 인연을 소중하게 여기는 기본적 도리 아니겠는가.

난 처음 보는 사람일지라도, 그 존재가 누구든 대충 넘기고 싶지 않았다.

그렇게 해서 알게 된 사람 중에는 차라리 마주치지 않았더라면 좋았을 악연도 있다. 그러나 인간미 넘치고 생산적인 사고를 가진 진실한 사람이 더 많았다. 내 삶에 촉촉한 감동을 주었던 친구와 이웃에게 나는 내 마음의 표현을 편지나 쪽지에 써서 전하는 걸 좋아했다. 그건 아주 오래된 나의 습관이기도 했다.

못 생긴 글씨는 아니어도 내 필체가 또박또박 단정한 편은 못 되었다.

기자 출신들은 거의가 글씨를 흘려 썼다. 당시엔 녹음기도 귀하고 취재를 하려면 수첩에 일일이 받아 적었다가 그 걸로 기사작성을 해야 하는 상황이어서 생긴 습관이리라.

나의 메시지를 받아보는 이들이 내가 듣기 좋으라고 한 말일는지 모르지만 내 글을 받았을 때 글씨체가 일단 친근하게 느껴져서 기분 좋았다고 했다.

그런데 어쩌나! 늘 해오던 그 간단한 일에도 지장을 받게 되었다.

시력이 형편없고부터 내가 쓰는 글자가 내 눈에 선명하게 보이지 않아 그렇지 않아도 흘려 쓰던 글자가 종이 위에서 멋대로 춤을 추는 것이었다.

물론, 불을 켜지 않은 어둔 곳에서 밥을 먹어도 숟가락이 정확하게 입을 찾아가듯, 내 글씨도 습관대로 써내려가긴 하지만 보이는 상태에서 쓰는 것과는 차이가 있었다. 노안(老眼)이 되었어도 단정한 글씨를 고집하는 남편이 내가 쓴 글을 보고 실망스러운 표정으로 '술 취한 글씨 같다!'고 할 때엔 그저 씁쓸하게 웃을 수밖에 없었다.

스마트폰이라는 것이 보급되면서 종이에 쓰던 글을 나도 문자로 주고받게 되었다. 그러나 해프닝은 여기서도 일어나고 있다.

자판 글자가 작아서 아래 위가 헛짚어질 때가 있다. 다른 사람들은 글자를 두드리면서 오타가 생기면 바로 잡아 다시 치는데, 나는 안 보이는 상태로 일단 글을 두드렸다가 다 마친 다음에 4배 확대경으로 교정본 후 전송을 한다. 국내에 없는 독일제 확대경의 도움으로 교정을 보아도 놓치는 일이 있었다.

한번은 친구에게 밤늦은 시각에 사무적인 메시지를 전송할 일이 있었다. 너무 늦은 시각이어서 미안도 했고, 내 딴에는 부드러운 마무리를 한답시고 '내 꿈꿔!'라고 찍어 보냈다.

그런데 그 친구가 받은 글은 "개꿈 꿔!"였단다.

누가 한 말이었던가? 피할 수 없으면 즐기라고~

25년간 당뇨로 생긴 망막 파손을 어제 와서 어쩌겠는가, 평소 심한 난시로 취약했던 눈을 그 못된 것이 먼저 치고 들어온 것이다.

'빛과 그림자만 구별해도 축복'이라고 했던 말을 새겨들을 수밖에 없다.

이런 시력으로, 아직은 화면을 키워 이메일도 하고, 주일마다 교회에
도 간다. 가끔은 콜택시를 부르지만, 아는 노선의 지하철을 이용하여
병원, 은행, 시장에도 간다.

 아주 가까이 다가가면 예쁜 손주들의 웃는 모습을 볼 수 있는 행복.

 내 시야에서의 세상이 비록 흐릴지라도 이나마 볼 수 있는 건 축복중
의 축복이다.

조각상 '심(深)'의 세계

허근욱
▌ 소설가, 영문학과 46(입) ▌

1.

인생의 결실을 다지는 40대.

젊은 20대에 독일이 동서독으로 분단되어 있던 때에 서독 함부르크의 조형미술대학 조소과에 유학하여 졸업을 한 후, 귀국하여 첫 조각전시회를 하기 위해 조각 작품을 준비하고 있을 때였다.

조소과에서 함께 조각 공부를 했던 모니카가 첫 전시회를 함부르크에서 개최한다는 편지를 받은 가회는 몇 년만에 다시 함부르크의 풀스뷔텔 공항으로 달려갔다. 오랜만에 모니카를 비롯한 쿠르트와 토마스 등 동문들과 만나 즐거운 시간을 보낸 그녀는 모니카의 전시회를 축하한다.

오랜만에 꿈결처럼 예술적인 희열을 만끽하다가 귀국하기 직전에, 쿠르트가 동문들에게 권유했다.

"나 내일 동독에서 조소과 조각 교수로 활동하고 있는 삼촌과 베를린

장벽이 있는 동독 검문소에서 만나기로 했는데, 너희들 같이 안가겠니?"

그러자 모니카가 말했다.

"쿠르트, 너희 삼촌으로부터 동독의 조각 작품에 대한 여러 가지 얘기를 듣고 싶다. 그리고 가희도 같이 안가겠니?"

"나는 귀국해서 내 조각 작품을 빨리 완성해야 하는데……."

"가희 난 너하구 같이 가면 좋겠는데……."

그러자 옆에서 토마스가 권했다.

"우리 서독과 동독은 분단은 되어 있어도 정해진 날에는 서로 베를린 광장에서 얼마든지 자유로이 만나서 서로 교류를 하고 있거든. 그러니까 가희, 같이 한번 가서 동독 조각계의 이야기를 한번 들어봐."

그러자 옆에서 모니카가 말했다.

"그래, 가희 같이 가자."

그러나 결과는, 마침내 서울에서 일어난 '동베를린 사건'으로, 가희는 오해를 받고 느닷없이 쇠고랑을 차고 투옥되었던 것이다. 이처럼 어느 날 새벽, 느닷없이 딸이 경찰에게 체포되어 가면서 가희의 어머니는 심장 쇼크로 쓰러져 세상을 뜨고 말았다.

약 몇 개월 동안 감옥에서 무서운 형극을 치른 그녀는 별다른 혐의 없이 풀려나기는 했지만, 정신적인 그 후유증으로 반년 동안 요양을 한 뒤, 훌쩍 서울땅을 떠나 함부르크로 날아가 조형예술대학 조소과 대학원에서 조각 작품에 몰두했다.

1989년, 이제 그녀는 40대가 되었다.

단 하나의 혈육인 언니는 어머니가 남기신 집을 팔아 동생이 서독에서 조각 공부를 할 수 있도록 성실하게 도와주었다. 그래서 가희는 함부르크 알스터 호수에서도 가깝고 모니카의 집에서도 가까운 담투어 역 근처 낡은 빌딩의 지하실을 빌려 개조하고 수리했다. 한켠에 거실을 만들고 넓은 공간을 작업실로 사용했다.

　그녀는 평범한 생활을 버리고 빈 마음으로 흙을 빚으며 시간으로부터의 탈출 속에, 허무주의와 인간 속에 잠재되어 있는 냉혹한 괴물의 상태, 군사독재의 사슬인 쇠창살에 얽혀있는 세월의 잔흔(殘痕)과 소리 없는 절규 그 너머로, 아스라한 과거의 기억들을 조각 속에 되살리고 있었다.

　거기에는 앞서, 죄없이 사형대의 이슬로 사라져간 삶들의 얼이 담긴, 한의 숨결을 토해내는 검은 침묵, 그리고 고통과 번뇌 그리고 슬픔을 아우르는 파탄의 검은 서정주의가 깔려 있었다.

　가희에게 있어 세상은 어쩌면 초현실의 미래를 위한 환상적 현실로 발돋움하기 위한 층계인지도 몰랐다. 일시에 폭풍과 같이 그녀에게 몰아닥친 불행의 시간과 공간은, 가장 극단적으로 여과(濾過)된 본질과도 같이 이 세상 저 피안(彼岸)의 삶으로 들어가는 희열의 통로를 열어주었던 것이다.

　해가 뉘엿뉘엿 서쪽으로 기울어져가고 있었다. 가희는 조형미술대학 도서관에서 나와 대학 정원의 나무숲 벤치에 앉아 고국의 언니에게 편지를 썼다.

　─ 사랑하는 언니!
　내가 함부르크대학에 온 지도 긴 세월이 지났어. 김포공항을 떠나던 그날이 엊그제 같은데……. 이제 내 나이 45세가 되어서야 첫 전시회를 개최할 수 있게 되었어. 29세 때에 개최하려고 했던 첫 전시회를……. 전시회 날짜는 6월 5일이야. 첫 전시회 개회 테이프는 언니가 어머니 대신 끊어주어야 해. 기다릴게~.

잠시 후 그녀는 대학에서 나와 차를 타고 조각의 청동작업을 하고 있는 주물 공장으로 갔다. 공장에서는 전시할 작품 13점을 청동으로 마무리 짓는 작업을 거의 끝내고 있었다. 긴 시간 동안 흙을 빚으며 제작해온 조각 작품 앞에 선 가희는 가슴이 설레었다.

인간의 삶과 죽음, 슬픔과 기쁨과 고통의 순간순간들을 포착하여 섬세한 이미지와 표정으로 그 형태를 부각시킨 자신의 조각 앞에 선 가희는, 심호흡을 하며 인간이란 존재와 그 운명에 대한 사유(思惟)속에 깊이 젖어 들어갔다.

아주 멀리 떠나간 자애로운 어머니의 사랑, 쇠창살을 움켜잡고 삶과 죽음의 갈림길에서 소리없는 절규로 항변하고 있는 젊은이의 얼굴, 자유를 향해 휘젓는 두 손, 그리고 세월의 잔흔이 새겨져 있는 채로 사형대에 서 있는 사형수의 비장한 모습, 공포에 일그러진 얼굴의 흉상, 체념한 얼굴의 흉상……

마지막으로 긴 침묵 속에 앉아 그 멀리 절대적 현실을 모색하며 명상을 하는 조용한 얼굴의 흉상 앞에 선 가희는 부동의 침묵 속에 꼼짝도 않고 서 있었다.

이 작품의 제목은 심(深)이었다.

그녀가 '동베를린 사건'으로 혐의를 받고, 교도소 독감방에 투옥되었을 때의 찰나적인 깨달음의 경지를 포착한 작품이었다.

밤과 낮이 없이 독감방 한가운데에 앉아 묵념에 잠기고 있는 그녀의 머리를 느닷없이 벼락이 강타해오는 것 같은 순간, 옷이 벗겨져 나가는 것 같고 피부가 벗겨져 나가는 것 같고 살과 뼈가 부서져 나가는 같으면서, 그녀 자신이 까만 점으로 증발되어 가는 것 같은 무(無)의 경지…….

훗날 그녀는 도서관에서 중국 송(宋) 나라 때의 대전선사(大顚禪師)가 쓴 『대전화상주심경』(大顚和尙注心經:禪에서 본 반야심경)이라는 책을 접하게 되었다. 그녀는 감방 안에서 자신이 터득했던 그 순간의 진리를 이 책을 통해 다시금 재확인할 수 있게 되었던 것이다.

심(深)…….

그 모든 것을 다 태워버리고 몸에 달라붙은 땀받이 적삼마저도 벗어 던지고 나서, 자신에게 구해보면 모든 것이 텅 비어 '나'라는 것도 없게 되니, 자연히 해탈(解脫)의 경지에 이르게 된다.

반야(般若)…….

이와 같이 깨달으면 세상의 모든 것은 가져갈 수 없지만, 오직 하나의 빈 몸인 법신(法神)이 있게 되니, 이것이 바로 큰 안락이니라.

조각 앞에 서서 깊은 상념에 잠겨있던 가희는 인기척 소리에 자기 자신으로 돌아오며 뒤를 돌아 보았다. 주물 공장 주인이 웃으며 물었다.

"청동으로 마무리 지은 조각상이 마음에 드십니까?"

"에에, 청동작업하시느라고 수고가 많으셨어요."

"작품이 훌륭합니다. 뭐랄까, 한마디로 살아 있는 작품입니다. 많은 조각의 마무리 작업을 하다보니, 작품을 보는 눈이 열리게 되지요."

"감사합니다."

"전시회 날짜는 언제입니까?"

"6월 5일이에요."

"그럼 며칠 후에 선생님 작업실로 조각을 보내드리겠습니다."

"네, 미리 전화로 연락주세요."

집으로 돌아온 가희는 전시회 팸플릿의 '작가의 말' 원고를 쓰기 시작했다.

심(深)이라는 작품을 핵심으로 하여 그녀의 생각을 잔잔하게 피력해 갔다. 원고를 끝낸 그녀는 아직 완성하지 않은 석고 형틀에 폴리우레탄 스폰지 액을 주입하는 작업을 하기 위해 작업복으로 옷을 갈아입었다.

일을 막 시작하려고 하는데 전화가 따르릉 하고 걸려왔다.

"할로오."

"가희, 나 모니카야."

"응, 모니카. 어디야?"

"나 집인데, 지금 뭐 해?"

"작품 한 점이 미완성된 것이 있는데, 석고 형틀에 폴리우레탄 스폰지 액을 주입하려고⋯⋯."

"내일 하면 안 돼?"

"왜?"

"한동안 우리 못 만났는데 잠시 만났으면 하고⋯⋯."

"그래."

"그럼 슬슬 걸어서 외 알스터 호수 벤치에서 만나."

"응, 곧 나갈게."

잠시 후 두 사람은 나란히 한적한 외 알스터 호수의 벤치에 앉아서 건너편 호숫가의 야경을 바라보며 얘기를 주고 받았다.

"가희, 이번에 갖게 되는 첫 전시회는 너의 삶에 새로운 전기를 가져다 주는 중요한 계기를 가져다줄 것 같애. 우선 작품의 평가에서도 그렇고 그 평가에 따라 훌륭한 작가를 최고의 교숫감으로 꼽는, 이곳 조형미술대학의 풍토에서는 지금 너의 자리가 한 계단 올라갈 수도 있는 행운을 잡을 수도 있으니까⋯⋯."

"모니카 고마워. 이곳에 와서 이렇게 작품을 형상화할 수 있게 된 그 활력소는 모니카와 토마스와 쿠르트의 진정한 우정, 그리고 피셔 교수님의 사랑 어린 지도력이었어."

"물론 그런 영향력도 컸지만, 중요한 핵심은 가희에게 잠재되어 있는 예술가적인 예지와 창조의 능력이었어. 20대 때에, 내가 가희의 첫 전시회에 참석하기 위해 서울로 가려고 했었는데, 운명의 아이러니라고나 할까 갖은 고초를 겪고 오늘에야 함부르크에서 첫 전시회의 테이프를 끊게 되다니……. 그 긴 세월 속에, 가희는 자기에게 몰아닥친 불행의 시간들을 용광로의 뜨거운 쇳물처럼 거르고 걸러서, 여과된 본질의 차원에 서서 조각 작품을 구현한거야. 가희! 훌륭해! 그동안 가희의 작업실에서 흙으로 빚어진 조각의 원형 형틀 앞에 서 있었을 때, 나는 그 흙 조각에서 영혼의 울림이 스며 나오는 듯한 환각에 사로잡혔었어. 동양적인 움직이지 않는 침묵 속에 응집되어 있는, 삶과 죽음마저도 넘어선 신비한 분위기를 느꼈어. 전에, 위가 대학 다니던 시절에 함께 여행 갔었던 인도의 땅 바라나시의 갠지스 강 생각나지?"

"그럼."

"현실적으로 가장 더러운 강이 갠지스 강이야. 소의 시체가 떠다니고 때로는 화장할 돈이 없는 가난한 사람들이 버리는 사람의 송장이 떠다닌다고 하는, 그 강에서 온몸을 담그며 정화하고, 그 물로 양치질을 하고 물을 떠가는 인도 사람들……. 우리의 상상을 초월하는 불가사의한 정경이었어."

"모니카, 사실 우리의 육신이 숨을 거두면 더러운 것도 깨끗한 것도 없어져. 만약 인간이 극단적으로 죽음의 땅과 같은 끝없는 사막에 혼자 내버려져서, 굶주림과 뜨거운 태양열에 맞부딪쳐 빈사의 경지에 빠지게 되면 구정물도 마시게 될거야."

"그런데 인도 사람들은 보통 일상적인 상황에서, 너무도 태연자약하게 그 더러운 강물에서 양치질을 하고 몸을 담그며 심신을 정화하고 있어. 왜 그때 우리는 보았잖아. 우리와 눈만 마주치면, 어린이부터 노인까지 모두 미소를 짓곤 했지. 우리가 함께 웃으면, '나마스테!(당신 안의 신에게 경배를!)'하고 미소짓던 그들의 얼굴 말이야. 그들을 보면 그 어떤 오만도 자취를 감추게 돼."

"가희! 우리의 만남은 운명처럼 예정되어 있었는지도 몰라. 국경도 민족도 그리고 현실의 모든 '아포리아'마저도 넘어설 수 있는 인간관계를 창출할 수 있을 것 같아."

"그래 모니카! 우리는 영혼의 친구야."

"우리, 어디 까페에 가서 맥주 한 잔 할까?"

"그래."

두 사람은 호숫가 벤치에서 일어나 융페른슈티크 거리를 향해 걸어갔다.

2.

함부르크의 풀스뷔텔 공항.

가희는 가슴을 설레며 탑승객이 입국하는 문을 지켜보았다. 한참 만에야 탑승객들 틈에 끼어나오는 언니를 발견한 가희는 눈시울을 붉히며 언니에게로 달려갔다.

"언니!"

"오, 가희야!"

두 자매는 서로 부둥켜안고 목이 메어온다. 오랜 동안 서로 전화선을 통해 목소리만 들어오다가, 서로를 확인하는 만남의 기쁨이 너무도 감회가 깊었다.

숙희는 동생의 얼굴을 어루만지며 말했다.

"이젠 얼굴이 전처럼 회복이 되었구나."

"언니, 그동안 내 뒷바라지를 해주느라고 정말 수고 많았어."

"수고는……. 삼청동 집 판 돈을 잘 활용해서 너에게 송금해준 것뿐인데……. 원금은 그대로 있으니까 나중에라도 다시 고국으로 돌아오면 쓰도록 해."

"글쎄, 다시 서울로 돌아가게 될까?"

"그럼, 언젠가는 돌아와야지."

"그동안 나, 박사학위도 취득했고 이제 교수의 관문인 하빌리타치온 논문을 쓰면 돼."

"그래 가희야, 그동안 공부하느라고 정말 수고가 많았다. 요즘엔 서울의 너희 모교에서도 이따금 전화가 오곤 한다. 한번 서울에 다녀가도록 하지."

"생각 중이야."

"하기는 여기서 더 공부해야지. 허지만 너 이렇게 평생 독신으로 살 생각이니?"

"언니, 좋은 조각가, 좋은 엄마, 좋은 아내가 되려고 하는 여자는 욕심쟁이야. 나는 좋은 조각가가 되는 길에만 전념할게."

"그래 알았어."

숙희는 쓸쓸히 동생의 어깨를 쓰다듬어 주었다.

동생의 작업실에 도착한 숙희는 거실과 작업실을 둘러보면서 말했다.

"깔끔하게 정돈해서 참 좋구나. 그런데 지하실이라 햇빛이 안 들어서 건강에는 좀 안 좋을 것 같다."

"언니, 작업실은 넓어야 해. 집세가 비싸서 지하실이래야 넓은 공간을 사용할 수가 있어."

"가희야, 너 건강 체크는 잘 하고 있지?"

"별다르게 아픈 데는 없어."

"내가 서울에서 보약을 지어 왔어. 아예 한약을 다려서 한 봉지씩 해 왔으니까, 먹을 때 데워서 마시도록 해. 그리고 김이랑 마른 반찬과 한 국쌀도 조금 가져왔어. 내가 오랜만에 한국음식 만들어 줄게."

"그래 언니, 그리고 조각 작품 한 번 둘러봐."

"내가 뭐 볼 줄 알아야지."

숙희는 작업실 한켠에 진열되어 있는 조각상을 둘러보면서 가슴이 뭉클해지는 아픔을 느꼈다. 특히 자애로운 어머니상엔 동생의 어머니에 대한 극진한 그리움이 짙게 어려 있었다.

그리고 각각 조각상에는 동생이 겪었던 그 잔인한 세월의 흔적이 너무도 격렬하게 각인되어 있어서 가슴이 미어지는 듯한 아픔에 밀리곤 했다. 숙희는 동생의 머리를 쓰다듬어주며 말했다.

"가희야, 엄마가 네 조각 작품을 보셨으면 얼마나 기뻐하셨을까. 저세상에서 지금도 지켜보시는 것만 같다. 수고했다! 작품들이 저마다 무엇인가 소곤소곤 하소연을 해 오는 것만 같아. 네 조각 전시회에서 개회 테이프를 끊을 때 눈물이 쏟아질 것만 같다."

"언니!"

"오 그래, 가희야!"

잠시 후 숙희는 서울에서 준비해 온 양념으로 된장찌개를 끓이고 마른 반찬과 함께 오랜만에 동생과 둘이 저녁밥을 먹었다.

"언니, 포도주 한 잔 하겠어?"

"그래."

두 자매는 포도줏잔을 부딪치며 앞날의 행운을 기원하면서 도란도란 얘기를 주고 받았다.

"참, 가희야."

숙희는 생각난 듯이 말을 이었다.

"김포공항 대기실에서 D신문사 기자를 만났어. 그 기자가 나에게로 오더니, 네가 감옥에서 출옥하여 요양하고 있을 무렵, 안국동 로터리에 있는 모나리자 찻집에서, 동생을 만난 그 자리에서 만났던 언니 되시는 분이 아니냐고 묻잖아. 그래서 네 얘기가 나왔지. 나는 간략하게 네가 겪었던 얘기며 서독으로 건너간 얘기를 했어. 그랬더니 그 기자는 전에는 자기가 프랑스 파리의 특파원으로 나가 있었는데, 이번에는 베를린 특파원으로 나가는 길이래. 그러면서 네 전시회에 와서 취재도 하고 기사를 써서 서울 본사로 보내겠다는 거야. 그래서 내가 너의 전화번호를 가르쳐 주었어. 그 기자의 명함도 내가 받았는데 찾아봐야지."

숙희는 핸드백에서 명함을 꺼내어 동생에게 주면서 말했다.

"독일에서 좋은 평가를 받게 되는 네 조각 전시회 소식을 국내에 알리는 일도 중요하니, 그 기자가 전화 걸면 친절히 대해 주도록 해."

"알았어 언니, 하지만 작품에 대한 평가가 어떻게 나올지는 두고 봐야 돼. 좋게 나오면 좋게 소식이 전해질 테고 나쁘게 나오면 나쁘게 소식이 전해질 테니까……."

"하여간 일이 잘 되어야 할 텐데……."

"내일은 작품을 포장해서 화랑으로 운반해야 돼."

"다른 준비는 다 되었니?"

"응, 팸플릿 준비도 다 되었고 초청장도 벌써 발송했어. 내일 운반하는 차량이 오면 실어보내고, 언니는 나와 함께 화랑에도 가 보고 알스터 호수에도 가 보고 시내 구경도 해."

"그래, 비행기표 날짜는 6월 12일이니까 여유가 있어."

"전시회 끝나는 날이 11일인데 전시회 하는 동안은 언니와 함께 화랑에서 지낼 수 있게 되어서 마음이 든든해."

"마음 같아서 너를 데리고 서울로 가고 싶다."

"언니, 이번 여름 방학에 서울로 갈까 해."

"정말이니?"

"첫 전시회도 열었으니까, 서울의 엄마 묘소에 가서 큰절을 올려야지."

"그래 가희야, 고맙다."

3.
다음날 두 자매는 아침부터 조각의 운반 준비를 서둘렀다.

운반을 맡은 젊은이들이 나무로 된 상자 속에 조심스럽게 조각들을 넣고 안전하게 포장하고 있었다. 가희는 조각이 조금이라도 손상될 것을 염려하여 줄곧 옆에서 살펴보곤 했다. 젊은이가 말했다.

"그럼 선생님, 저희들은 바라흐 화랑으로 가겠습니다."

"네, 나도 곧 뒤따라 가겠어요."

가희는 외출 준비를 했다. 그녀가 막 언니와 함께 집을 나서려고 하는데, 전화벨이 울렸다.

"할로오."

"아, 거기 혹시 조각하는 이가희 선생 계십니까?"

"네, 전데요."

"안녕하세요. 전에 삼청동 언덕길에서 만났던 D신문사의 권형섭입니다."

"네에, 언니로부터 얘기 들었어요."

"내일 전시회가 개최된다고 들었는데 어느 화랑입니까?"

"바라흐 화랑에서 5시에 개회 테이프를 끊어요."

"어디쯤 됩니까?"

"예니슈 하우스와 바라흐 하우스 근처예요."

"그럼 제가 화랑으로 곧 가겠습니다."

"지금 어디 계신데요?"

"함부르크로 가는 중입니다."

"저도 지금 언니와 함께 화랑으로 나가려던 참이었어요."

"그럼 나중에 화랑에서 만나지요."

잠시 후 화랑에 도착한 두 자매는 운반된 조각상의 위치를 정하여 정리를 했다. 그리고 각각 조각상 옆에 작품의 제목이 씌여 있는 표지를 부착했다. 또 화랑 입구에 있는 테이블 위엔 흰 테이블 보를 씌우고 팸플릿과 방명록을 가지런히 놓았다.

화랑 안을 둘러보던 숙희는 동생에게 물었다.

"내일 개회 테이프를 끊은 다음 전시회에 오신 분들에게 대접할 다과와 음료수는 어떻게 준비되었니?"

"응, 내가 잘 아는 다과점에서 준비해주기로 약속이 되어 있어. 글라스와 포크랑 모두 준비해 올 거야. 그리고 포도주는 이따가 집에 가는 길에 몇 병 준비해야지."

"가희야, 내가 참 오기를 잘 했다. 너 혼자서 모든 것을 정리하려면 얼마나 외롭겠니."

"아냐 언니, 모니카가 오늘 같이 오겠다는 걸 내가 언니 얘기를 하고 오지 말라고 했어."

"그 모니카라는 친구가 너하고 자매처럼 지내는 것 같아서 내가 마음이 놓인다."

이때 한 대학생이 큰 꽃다발 바구니를 들고 화랑 안으로 들어왔다. 그는 가희를 보자 웃으며 물었다.

"이가희 선생님이시지요?"

"네."

"전시회를 축하드립니다. 모니카 사촌 누나가 보낸 꽃다발입니다. 어디에 놓을까요?"

가희는 '심(深)'이라는 제목의 흉상 옆을 가리키며 말했다.

"여기에 놓아요."

"네."

보라색 난꽃 바구니에는, 모니카, 토마스, 쿠르트 세 친구의 이름이 나란히 적혀 있었다. 꽃다발을 보던 숙희가 말했다.

"너하고 친한 '삼총사'라는 친구들이니?"

"응, 그런데 쿠르트는 이미 결혼했고 모니카와 토마스는 올 가을에 결혼할 예정이야. 하지만 우리들의 우정은 결혼과는 아무 상관없어."

"그래두 너만 혼자 남게 되면 아무래두 외롭지."

"언니, 나는 이제 외로움 같은 것은 극복한 지 오래 되었어."

숙희는 살며시 동생의 손을 꼭 잡으며 남 모르는 한숨을 내쉰다. 조각상을 둘러본 대학생이 상기된 얼굴로 가희를 바라보며 말했다.

"선생님, 조각 작품이 훌륭합니다, 저마다 조각들이 독특한 표정으로 메시지를 보내오고 있습니다."

"고마워요."

"내일 또 오겠습니다."

대학생이 화랑을 나서면서 D신문사의 권형섭 특파원이 주홍색 장미꽃 바구니를 들고 화랑으로 들어섰다. 그는 꽃바구니를 조각상 앞에 놓고는 두 자매에게로 다가갔다.

"축하드립니다."

숙희는 반갑게 웃으며 말했다.

"이렇게 동생의 조각 전시회를 위해 찾아주셔서 감사합니다."

"오히려 저에게 좋은 문화기사를 쓸 기회를 주셔서, 제가 감사해야지요. 이국 땅에서 한국 예술가가 개최하는 조각 전시회에 대한 높은 평가를 기대하게 됩니다. 이가희 선생은 오랜만에 다시 만났는데 아주 건강한 모습이어서 반갑습니다."

"동생은 이제 완전히 건강을 회복했어요."

언니의 옆에서 조용히 미소만 짓고 있던 가희는 상냥하게 말했다.

"권 선생님을 다시 함부르크에서 만나게 되니 감개무량해요."

"그동안 궁금했던 사연들은 천천히 취재하기로 하고 우선 조각상들을 촬영해야겠습니다."

가희는 팸플릿을 권형섭에게 주며 말했다.

"팸플릿에 각각 조각에 대한 작가의 해설을 썼어요. 한번 읽어보시고 촬영하세요."

"네 그러지요."

권형섭은 팸플릿을 펼쳐들고 조각상을 세심히 관찰하기 시작했다. 그의 뒷모습을 눈으로 쫓는 가희의 마음에 잔잔한 마음의 설레임이 인다.

한참 동안 조각상들을 둘러보고 난 권형섭은 가희에게로 다가서며 말없이 그녀의 두 손을 감싸 쥐었다. 그리고는 삶과 죽음의 터널에서 갓 빠져나온 사람처럼 나직히 말했다.

"이가희 선생의 작품 속에는 인간의 삶과 죽음에 대해 사색하도록 만드는 비상한 힘이 있습니다. 저마다 조각상들은 인간이라는 삶의 실험실에서 걸러져 정화된 세계 속으로 우리를 빠져들게 합니다. 이 두 손으로 흙을 빚으며 인간의 부조리와 삶과 죽음, 그리고 고뇌의 그 어두운 침묵의 터널을 걸어나오느라고 얼마나 외로이 고투를 하셨어요? 이 작품을 통해 우리 인간의 육신 그 너머에 있는 영혼의 고귀함에 대해, 나를 돌아보는 귀중한 체험을 했습니다. 이렇게 이 자리에, 이가희 선생을 서 있게 해주신 신에게 감사합니다."

이가희는 대답할 말을 찾지 못한 채 살며시 그의 손에서 자기의 두 손을 뺐다. 옆에 서 있던 숙희는 심각한 분위기를 희석시키려는 듯 미소를 지으며 말했다.

"권 선생님, 저희 동생을 깊이 이해해주시고 작품에 대해 높이 평가해

주셔서 정말 감사합니다. 아까 말씀하시기를 취재도 하신다고 했는데, 어디 조용한 레스토랑에서 저녁도 하실 겸 취재하시면 어떻겠어요?"

옆에 서 있던 가희는 밝게 웃으며 권했다.

"권 선생님, 한국음식을 잘 하는 레스토랑이 있어요. 같이 가세요."

"네, 감사합니다."

4.

바라흐 화랑.

훨씬 전에, 모니카 슐라퍼가 첫 전시회를 열었던 바로크 양식의 고풍스런 화랑이다. 전시회 개회에 앞서 화랑으로 나와 조각상들을 살펴보던 가희는 주홍색 장미꽃 바구니 앞에서 문득 발을 멈추었다.

권형섭 기자의 준수한 모습이 망막에 떠오른다. 형체 모르게 가슴이 설레인다.

'그의 출현은 고요했던 나의 아성을 흔들어 놓을 것만 같다. 그는 함부르크에서 차를 타고 달려가면 만날 수 있는 베를린에 살고 있다.'

숙희는 순백의 단아한 드레스를 입고 있는 동생의 매혹적인 모습을 지켜보다가 가까이 다가서며 말했다.

"가희야, 오늘 네 모습은 너무 아름답다. 혼자 지내기엔 너무 아까워."

"언니, 그런 걱정은 마아."

"애두, 어릴 때부터 공부벌레이더니……."

이때 다과점 종업원들이 다과와 음료수를 준비해 가지고 화랑에 도착했다. 종업원이 물었다.

"어디에 준비할까요?"

가희는 화랑 입구 왼쪽을 가리키며 말했다.

"관람객들이 조각들을 둘러보고 돌아나오는 이쪽에다 준비해 주세요."

"네."

종업원들은 조립식 탁자를 펴놓고 흰 식탁보를 씌운 다음, 각종 케이크와 다과와 마른 안주를 큰 접시에 담아 놓고 포크와 글라스와 접시들을 한켠에 가지런히 놓고는 그 옆에 음료수 병을 놓았다.

"언니, 탁자 밑에 놓아둔 포도주 병들과 티슈를 여기 갖다 놔줘."

"그래."

잠시 후 정오가 다가오자 두 자매는 화랑 옆에 있는 레스토랑에 가서 간단하게 점심을 먹고는 초청인사들을 맞이할 준비를 했다.

숙희는 동생의 옷을 매만지며 아쉬운 듯이 말했다.

"가희야, 엄마가 이 자리에 서 계신다면 얼마나 기뻐하셨을까."

가희는 눈시울을 붉히며 대답했다.

"그래서 언니, 팸플릿의 첫 페이지에, '첫 전시회 조각 작품을 어머니의 영전에 올린다'고 썼어."

"서울엔 언제쯤 다녀가겠니?"

"전시회 끝나고 상황을 봐서 7월 중에 잠시 다녀올까 해."

오후로 접어들면서 함부르크의 일간신문인 '함부르크 모르겐포스트'의 필립 마이어 기자가 화랑으로 찾아왔다. 그는 대뜸 가희에게로 다가서며 물었다.

"구텐 타크(안녕하세요). 이가희 선생님이시지요?"

"네, 구텐 타크."

"함부르크 모르겐포스트의 필립 마이어 기자입니다."

"이렇게 와주셔서 감사합니다."

가희는 기자에게 팸플릿을 건네 주었다. 기자는 잠시 팸플릿을 펼쳐보더니만 말했다.

"우선 조각상들을 둘러보겠습니다."

기자가 조각상 앞으로 다가서는데 모니카가 화사한 옷차림으로 화랑 안에 들어섰다.

"모니카 비겟츠."

"가희, 축하해! 오늘은 마치 내가 전시회를 여는 것처럼 기뻐."

"모니카, 내년 전시회에 출품할 작품은 잘 준비되어가고 있어?"

"거의. 그런데 결혼식은 두 번째 전시회를 끝내고 내년 가을에 할까 하는 생각도 하고 있어."

"토마스는 슈피겔 주간지의 주간이어서 늘 바쁘지?"

"매주 슈피겔 주간지를 편집하면서 또 미술평론 잡지에 미술과 조각에 대한 평론을 쓰느라고 정신없이 바빠. 아마 곧 슈피겔 주간지의 기자가 올 거야. 그리고 토마스는 별도로 가희의 조각 작품에 대해서 평론을 써서, 미술평론 잡지에 게재하려고 해."

이때, 슈피겔 주간지의 여기자인 에델 기어가 화랑으로 들어섰다. 그녀는 모니카를 보자 반갑게 인사했다.

"구텐 타크."

모니카는 가희를 가리키며 여기자에게 말했다.

"오늘의 주인공인 이가희 선생이에요."

여기자는 가희에게 악수를 청하며 말했다.

"축하합니다."

"이렇게 와주셔서 감사합니다."

가희는 여기자에게 팸플릿을 건네 주었다. 팸플릿을 펼쳐보던 여기자는 상냥하게 웃으며 말했다.

"조각을 둘러보겠어요."

모니카는 가희와 나란히 서서 초청인사들을 맞이했다. 초청인사 중에서 모니카와 가희가 가장 중요한 비중을 두고 있는 프란츠 피셔 교수는, 꽃바구니를 든 제자와 함께 들어서며 두 사람의 볼을 비비며 반가워했다.

"가희! 축하한다!"

모니카는 팸플릿을 펴서 교수에게 건네주며 말했다.

"가희에게 있어 오늘의 염원은 피셔 교수님의 한 말씀 평가예요."

"허허, 모니카! 오늘의 주인공인 가희보다 모니카가 더 걱정이 되는 모양이군."

"가희는 제 분신이나 마찬가지니까요."

"모니카는 내년에 개최할 두 번째 조각 전시회 작품 제작을 잘 진행시키고 있겠지?"

"네."

"첫 번째 전시회 때 내가 지적한 점을 잘 승화시키고 있겠지?"

"네, 하지만……."

"허허 열심히 해요. 어디 내가 한번 조각상들을 둘러볼까?"

팸플릿을 펼쳐들고 한참 동안 조각상들을 둘러본 피셔 교수는 상기된 표정으로 모니카와 가희에게로 다가왔다. 가희는 긴장된 표정으로 피셔 교수를 바라보았다.

피셔 교수는 가희의 어깨를 토닥거려주며 말했다.

"가희! 훌륭해!"

모니카는 반색하며 피셔 교수에게 말했다.

"교수님, 감사합니다."

피셔 교수는 사랑하는 두 제자를 바라보며 말했다. "모니카, 가희, 내 말을 잘 들어."

"네."

"지난번 전시회 때 출품한 모니카의 작품과 이번에 전시된 가희의 작품은 한결같이 삶과 죽음의 표정이 강하게 호소력을 내뿜고 있어. 그런데 한 가지 두 사람의 작품이 다른 점은, 모니카의 작품이 비상한 상념으로 자신의 고뇌와 슬픔을 표출한 형태로 조각을 형상화한데 그친 반면에, 가희는 자신이 직접 삶과 죽음의 극한 상황에서 인간이라는 존재와 부조리의 삶, 그리고 운명에 대한 사유나 깨달음을 터득한 고투의 흔적이 조각상에서 비장하게 배어나오고 있어. 지난번 내가 모니카에게 지적했지. 인간 존재의 고뇌와 슬픔을 더 거르고 걸러서 승화시킨, 사유와 깨달음의 경지가 농축된 표출로 작품을 승화하라고……. 가희 작품에서 최고의 분수령은, 바로 심(深)이라는 흉상에 표출된, 그 깊은 무(無)의, 깨달음의 경지야."

피셔 교수는 말을 끝내면서 가희에게 말했다.

"가희, 나 목이 마른데 음료수 좀 주겠어?"

"네, 교수님."

음료수를 가지러 가려고 몸을 돌린 가희는, 바로 그녀의 옆에 D신문사의 권형섭 특파원을 비롯하여 많은 초청인사들이 피셔 교수의 말에 귀를 기울이고 있는 광경을 보게 되었다.

조각평론가인 마틴 안츠 박사, 함부르크 모르겐포스트 신문의 필립 마이어 기자, 함부르크 시립미술관의 조각평론가인 하이만 기어 박사, 토마스와 쿠르트, 그리고 모니카의 부친인 슐라퍼 박사와 모니카의 어머니, 국제사면위원회 서독인권연합위원회의 프린츠 히델 위원장, 서울 장태식 변호사의 동창으로 의대 교수인 오현철 박사, 그리고 각계각층의 인사들이 모여 있었다.

그들 틈에 끼어 서 있던 숙희는 피셔 교수의 말을 듣고 있다가 얼른 레몬쥬스가 들어있는 글라스를 가희에게 가져다 주었다.

"피셔 교수님, 레몬쥬스 드세요."

모니카는 시계를 바라보며 말했다.

"교수님, 테이프 끊을 시간이 되었어요."

잠시 후, 가희를 비롯하여 피셔 교수, 안츠 박사, 가희의 언니, 슐라퍼 박사, 토마스와 모니카, 쿠르트는 모두 흰 장갑을 끼고 가위로 오색 테이프를 끊었다.

순간, 화랑에 모인 사람들은 박수를 치며 전시회를 축하했다. 그 사람들 틈에 끼어 박수를 치는 권형섭 특파원의 깊은 눈길이 사뭇 가희의 모습에 머뭇거리고 있었다.

은은한 음악이 흐르는 가운데, 초청인사들은 조각상을 둘러보고는 저마다 자기의 소감을 피력하곤 했다.

조각평론가인 마틴 안츠 박사는, 모니카와 가희를 바라보며 말했다.

"두 사람은 마치 쌍둥이같이 조각의 흐름이 같아요. 예술의 영원한 테마인 삶과 죽음의 문제에서……. 피셔 교수가 지적한 대로 차이는 있지만……."

피셔 교수의 건배로 포도줏잔을 부딪치며 축하의 분위기가 고조된 가운데, 초청객들은 다과를 맛보며 담소를 나누곤 했다.

"가희, 축하해. 그리고 지난날에 나로 인해서 고초를 겪게 된데 대해서 나는 지금도 진심으로 사과하고 있어."

"쿠르트! 무슨 말을 해? 오히려 나는 쿠르트 너에게 고마워하고 있어.내가 그같은 고통을 겪지 않았다면 지금의 정신적인 깨달음의 경지를 터득하지 못했을거야."

"가희, 너는 앞으로 더 훌륭한 조각 작품을 형상화할 거야."

"고마워."

피셔 교수는 모니카와 가희를 바라보며 물었다.

"모니카와 가희, 하빌리타치온 논문 준비는 하고 있겠지?"

"네."

"그럼 전시회가 끝나고 우리집으로 초대할테니, 모두 그때 다시 만나도록 하지. 나는 이만 가보겠어."

"교수님, 감사합니다."

전시회 마감시간까지 남아 있던 권형섭은 가희에게 말했다.

"오늘 저녁에 제가 식사 대접을 하고 싶습니다."

옆에 서 있던 숙희는 동생을 바라보며 말했다.

"우리가 권 선생님을 대접하겠습니다."

"아닙니다. 지난번에 이 여사님께서 저녁 대접을 받았으니 이번엔 제가 초대하겠습니다."

"네, 고마워요."

가희는 상냥하게 말하며 고개를 숙였다.

기억의 정원

1쇄 발행일 | 2013년 11월 11일

지은이 | 이대동창문인회
펴낸이 | 정화숙
펴낸곳 | 개미

출판등록 | 제313 − 2001 − 61호 1992. 2. 18
주소 | (121 − 736) 서울시 마포구 마포동 136 − 1 한신빌딩 B-109호
전화 | (02)704 − 2546, 704 − 2235
팩스 | (02)714 − 2365
E-mail | lily12140@hanmail.net

ⓒ 이대동창문인회. 2013
ISBN 978 − 89 − 94459 − 32 − 5 03810

값 12,000원